Wi-Fi 幽霊

乙一・山白朝子　ホラー傑作選

乙一・山白朝子
千街晶之＝編

角川ホラー文庫
24597

目次

階段

乙一

prologue

あれから十二年が過ぎていた。私は目の前に広がっている荒れ放題の地面を見つめたまま、しばらく寒空の中に立ちすくんだ。その土地と道路の間にはロープが張られており、中に入らないようにという警告を示す板切れがかかっていた。ロープも板切れも古く黒味がかっており、設置されたのが最近ではないとわかった。

視線を周囲の建物へ向けると、記憶と重なるものばかりが瞳《ひとみ》に映った。とりかこむ古い民家の並びはあの当時と変わっていなかった。ただ、私や家族の住んでいた家だけが消え、その部分が雑草の茂る見捨てられた土地となっていた。

成長して改めて見るとその土地は小さなものだった。縦も横も数歩で横切ってしまえそうで、この狭《せま》い土地に家など建つものだろうかと思えた。しかし、確かにあの木造の古い家はそこに建っていたのだ。そして私と家族はその中で生きていた。

ポケットの中の両手には、知らず汗が握り締められていた。その土地を前にして、私はあらためて自分が緊張していることを知った。乱れそうな呼吸を整えるため大きく息を吐《は》き出すと、白くなって灰色の空へ消えた。冬の空気は冷たく、コートを着ていても体は冷えた。冷たさが頬《ほお》を張り詰めさせ、自分が険しい顔をしていることがわかった。古い民家の間を風が吹き抜け、かつて家の建っていた場所を通っていった。風は私の耳元で空気の渦《うず》となり嵐のような轟音《ごうおん》を鼓膜《こまく》に伝えた。私は目を閉じて襲《おそ》いかかる記憶に耐《た》えた。風の作り出す轟音の向こう側に、私たちに浴びせられる父の怒《ど》鳴《な》り声が蘇《よみがえ》った。父につけられた痣《あざ》のいくつかはまだ体に残っていた。瞼《まぶた》の裏側に私はいまだ十二年前のあの日を見続けていた。

1

その家は木造の二階建てで、壁も屋根も黒色だった。窪《くぼ》みが少なく箱のような形をしており、密集している民家の間へパズルのピースがはまるように建っていた。外壁《がいへき》となる木の板は湿《しめ》り気を帯びてところどころ苔《こけ》を生やし、屋根は瓦《かわら》ではなくトタンだった。玄関を抜けると廊下が左手に延びており、その途中に、二階へ通じる階段があった。

その階段は木製で、黒色をしていた。両側を壁で挟《はさ》まれ人が行き来をする余裕もないほど狭かった。崖《がけ》のように急な勾配《こうばい》を持っており、一段一段の足を乗せる幅が小さかった。光が当たると、黒色の表面は濡《ぬ》れているように見えた。私の部屋は二階にあったので、階段を使用する頻度《ひんど》は高く、靴下を履《は》いているときなどは、足を滑《すべ》らせないように慎重に上り下りをしなければならなかった。

家には父と母、そして妹の梢《こずえ》と住んでいた。梢とは年が三歳離れており、十二年前のそのとき彼女は小学校に入学したばかりだった。梢の真新しいランドセルはつぶれておらず完璧《かんぺき》な箱の形をしていた。しかし当時の彼女にとっては大きすぎ、バランスを崩《くず》して尻餅《しりもち》をついて、道の真ん中でランドセルに押しつぶされているところを頻繁《ひんぱん》に見かけた。

梢が小学校に入学して二ヶ月ほど経《た》ったある夜、父が彼女に言った。

「お前はもう小学生だ。今夜から二階で寝ろ」

父の命令は絶対だった。それまで梢は一階の寝室で両親といっしょに眠っていたが、その夜はじめて自分の部屋が与えられ、二階の部屋でひとりきりの寝起きをすることとなった。

二階には六畳間がふたつと物置があった。六畳間は壁を一枚挟んで隣り合っており、その一方を私が自室として与えられていた。梢に与えられたのは、私の部屋に隣り合ったもう一方の六畳間だった。

父の命令の後、母が部屋の片付けを行なった。それまで一階に置かれていた梢のランドセルや制服も二階に運ばれた。母の片付けが終わったころ、私たちは二階の廊下に立って入り口から部屋を覗《のぞ》き込んだ。

「広いね……」

梢は心細げにつぶやいた。私の部屋と造りは同じだった。壁に窓があり、押入れの襖《ふすま》があった。しかし家具が布団《ふとん》と机しかなく、寂しい印象を受けた。

寝る前にトイレへ行くよう私は彼女に忠告した。トイレは一階にあり、夜中に階段を下りてそこへ行くのは面倒だった。足音で父を目覚めさせてしまったことが何度かあった。そのことを話すと、妹は顔を蒼白《そうはく》にした。

「父さんを起こしたの……？」

彼女の問いに私は頷《うなず》いた。眠りから覚めた父に怒鳴られたことは強く記憶に残っていた。

一緒にトイレへ行くこととなり、私たちは一階へ向かった。崖のような階段を私は慎重に下りた。振り返ると、梢が階段の上の方に立ちすくんだままじっとしていた。

「どうかした？」

「姉さん……」

梢は困りきった表情をしてつぶやくと、へたり込むように座った。そして、椅子へ腰掛けるような格好で最上段におしりをつける。恐々《こわごわ》と次の段に足を伸ばし、急勾配の階段を一段ずつ、まるで岩肌《いわはだ》にしがみつくようにしながら下りはじめた。

「怖い……」

蚊《か》の鳴くような声で梢は言った。彼女はその日まで、ほとんど二階に上がったことはなかった。急勾配の階段で怪我するのを恐れ、母が彼女に、一人で二階に行ってはいけないという決まりを作っていた。彼女はそれを真面目に守っており、上り下りするという場合には抱き上げられて一階と二階を移動した。

そのため、一人きりで家の階段を下りるのははじめてだった。階段を上るのは平気だったが、下りるときに足がすくむという性質が梢にはあるらしかった。そのことに、私も彼女自身もその夜はじめて気がついた。彼女が階段と戦う日々のそれがはじまりだった。

梢は階段を上るとき、足とともに両手を駆使《くし》して、梯子《はしご》を上がるように二階へ移動した。視界はすべて目の前にある急な角度の段に埋《う》められ、自分のいる場所の高さが見えなかったからか、普通に階段を上がるのとそれほど変わらない速度で、彼女は二階へ上がることができた。

しかし一転して下りるときは駄目だった。階段の下を見る彼女の目は、まるで崖の端に立たされた者のように怯《おび》えていた。そのため、彼女は蝸牛《かたつむり》が這《は》うような速度で一段ずつ下り、途中で呼吸を整えるために休憩をとった。

梢は階段のことで手こずっていたが、それ以外のことは順調にこなし、二階に自室のある生活に数日で馴染《なじ》んだ。夜中に寂しがって泣く彼女の声などは壁越しに聞こえてこなかった。また、それまで居間や両親の寝室を生活の拠点としていて滅多に来なかった私の部屋で過ごすことが多くなった。

「姉さん、ここで漫画を読んでもいい？」

私の部屋に入るとき、彼女はいつも首を傾《かし》げながら私に許可を求めた。私の部屋には漫画の入った本棚があった。彼女が私の部屋にある少女漫画に興味を抱いたのも、二階に部屋を持ったのがきっかけだった。

夕方になると西日が木製の窓枠から斜めに入り、畳《たたみ》の表面を四角形に切り取った。梢は畳に座り、その光の中に足を伸ばして漫画を読んだ。白い靴下に包まれた彼女のつま先は、夕日で桃色に染まった。

「足のさきがあたたかい」

彼女は小さな指でつま先を握り、にこにことした顔で言った。その安らいだ表情から、彼女が二階を気に入ったらしいとわかった。私のいないときでも、彼女は二階の自室で畳に寝そべって塗り絵をしていた。家の一階で梢を見かける機会は急速に減っていった。

彼女が二階を気に入った理由が、私にはよくわかった。一階には父がいた。だから、少しでも距離をとるため二階にいたのだ。

「姉さん、この漫画はなんで汚れているの……？」

あるとき、梢が漫画についている泥の染みを指差して聞いた。それは、父がつけたものだった。以前、父が唐突《とうとつ》に二階へ上がってきたとき、私は漫画に没頭《ぼっとう》して父の気配に気づかなかった。父は唐突に勢いよく襖を開けた。横に滑った襖と柱が衝突《しょうとつ》し、その音は静寂《せいじゃく》を打ち破って耳を劈《つんざ》いた。父は、勉強をしろと私に怒鳴った。声は私の内臓を振動させた。そして父は、本棚から一抱《ひとかか》えの漫画を取り出して窓から投げ捨てた。あとでこっそり拾いに行ったが、その日、たまたま雨上がりで水溜《みずたま》りができていたため、漫画が汚れてしまったのだ。

父の暴れた跡は他にもあった。私の部屋には押入れがあり、その襖の右下に握りこぶしほどの小さな穴があった。それは父が昔、つま先で蹴《け》って開けたものだった。部屋にいてその穴の暗闇が目に入るたびに、私はその時のことを思い出して悔《くや》しくなった。

「父さんは二階にも来るの……？」

梢は漫画から目を離し、恐怖するように私を見つめた。

「滅多に来ないから安心しな」

私は彼女を安心させながら、手の中に滲《にじ》み出た汗をひそかに服で拭《ぬぐ》った。父の怒鳴り声が耳に蘇《よみがえ》ると、いつも私の手には汗が浮かんだ。

父のいるとき、家の一階では、足を伸ばして座っていることすらできなかった。常に正座をして、規則正しい姿を父に見せなければならず、でなければ生活の態度を指摘されて怒鳴られた。梢が家の中で安らいだ表情をするのは、父のいないときか、階段を上がって二階にいるときだけだった。

姉妹とはいえ、私と梢は性格が異なっていた。それは好む遊びによく反映されていた。私は運動が好きで、小学生のころ、よく男の子たちに交じって走り回った。髪の毛も短く、女の子らしい格好をしていなかったので、よく男の子に間違えられた。一方で梢は運動がまったくできなかった。小学校の校庭でバレーボールを使い、ボール投げをして遊んだことがあった。しかし妹は怖がってボールを避けてばかりいた。投げる番になっても、放《ほう》ったボールは私のところまで決して届かなかった。ボール投げをしたのは彼女が七歳になる直前だったが、その力のなさにこの子は異常な体質なのではないかと不憫《ふびん》に思った。

一度、梢が目をつむって両手で思い切りボールを放ったことがあった。ボールは彼女の足元で跳《は》ね、放った本人の顔にぶつかった。梢は鼻を押さえてしばらく座り込んだ。それ以来、彼女は決してボールには近寄らず、家で塗り絵ばかりするようになった。

梢は背が低く痩《や》せていたが、美しい顔立ちをした子供だった。私が性別を間違われることはあっても、彼女が私の弟として見間違われることはなかった。身に着けるものはぼろぼろになった私のお下がりのみだったが、もしもそれなりの服を身に着けていればだれもが誘拐《ゆうかい》したくなるほどかわいらしく見えただろう。

彼女が居間の炬燵《こたつ》台で塗り絵に励《はげ》んでいるのを私はよくそばで見ていた。彼女は細く小さな指で色鉛筆を握り締め、絵の白い部分を丁寧に塗っていった。彼女が前かがみで塗り絵に向き合うと、肩から滑り落ちた髪の毛が炬燵の上に広がった。

「姉さんもやってみ」

梢が色鉛筆と塗り絵帳を私に差し出すのでやってみたが、一分で力尽きた。小さな枠の中を一個ずつ塗りつぶしていく作業に、神経がどうにかなるところだった。その遊びを梢は続けたが、私にわからない塗り絵のおもしろさが見えているのだろうと思った。

居間は日当たりが悪かった。部屋の中央にある炬燵台は蛍光灯《けいこうとう》の真下だったため明るかったが、部屋の片隅《かたすみ》にはいつも薄い暗闇が拭われずに残っていた。梢の色鉛筆を動かす音がいつもそこに響いていた。彼女の白く小さな頬《ほお》は塗り絵と向き合っているときだけ緊張を解いた。色鉛筆の丸い芯《しん》の先が塗り絵帳の上を動くたびに、白色の絵は色彩を増し、彼女は小さな唇に笑みを浮かべた。ひとつひとつ白色の空間を色で埋めていく手つきは、まるで大事なものを扱っているようにも見えた。彼女の瞳《ひとみ》はそのとき、夢の中をさまようように細められ、視線は塗り絵よりもさらに奥の方へと向けられているようだった。彼女はおそらく、色彩の豊かな絵の中へ逃げたかったのだろう。

梢が二階に部屋を持って一週間後の朝、階段が本当の意味で彼女の前に立ちはだかった。

「ご飯よ、早く下りてきなさい」

いつも母の声で私は目覚めた。目覚まし時計を持ってはいたが、鳴っても音を消して二度寝してしまい、結局は母の声が最終的に私を布団から出した。学校へ行く身支度を整え、自分と梢の二人分のランドセルを腕にそれぞれ引っ掛けて階段を下りた。階段をうまく下りられない梢が、教科書の入ったランドセルを持って二階から一階へ移動するのは無理そうだった。そのため、いつも前夜に彼女からランドセルを受け取って朝には私が運ぶという手助けをしていた。

階段を下りきったとき、背後を振り返ると、制服に身を包んだ梢が、恐々《こわごわ》と下りてこようとするところだった。

「梢、早く下りてきなね」

そう声をかけると、彼女は私の方をまともに見ないまま頷《うなず》いた。体が落ちていかないようしがみつくので忙しく、私に返事をするどころではないらしかった。

居間に移動すると、炬燵台の上に朝食が用意されていた。母はいつも朝にご飯と味《み》噌汁《そしる》、そして目玉焼きを作っていた。

父が新聞を読んでいた。私はそちらを見ないよう視界から外して座った。まともに父の顔を見ることができなかった。同じ部屋にいるというだけで緊張し、お腹《なか》の皮膚を人差し指と親指でつままれるような気分になった。

父が私に朝の挨拶《あいさつ》をしたので、私も恐々と挨拶を返した。その後はなにも会話はなく、居間には朝の番組を流すテレビの音だけが響いた。

いつも居間の雰囲気は父の気分によって左右された。室内が無言であれば、父は変に家族へ気を使い、みんなに様々な質問をした。そのときの父の声は、猫を撫《な》でるような優しい声で、会話に飢えているようにも思えた。私と母がそろそろと話をしはじめ、次第に興に乗ってくると、父は舌打ちをしたり、鼻を鳴らしたりする。そうして結局は居間を険悪な雰囲気にさせた。どのように話しかければいいのかわからず、私はいつのまにか黙っていることしかできなくなっていた。

「梢、朝よ、早く下りていらっしゃい」

母が台所から再び叫んだ。梢はまだ階段を下りることに苦戦しているらしく、なかなか居間に下りてこなかった。彼女が二階に部屋を持って以来、毎朝そうだった。

母の声が聞こえた直後、父が新聞を畳み音をたてて炬燵台の上に置いた。視界の隅に見えた父の手つきはがさつで、畳んだ新聞には皺《しわ》が寄っていた。どうやら二階から下りてこない梢に対していらついているようだった。私はテレビの画面にばかり視線を向けていたが、そのことを感じ取った。

私は手の汗を握り締めた。空気に嫌な感じがあった。父がわめき散らして物を壊したり、頰をぶったりする直前、いつも似たような空気の震《ふる》えを肌で感じた。

外見では父のことなど気にしていない素振《そぶ》りを保ったまま、耳は父の動向をうかがうために鋭くさせた。父が不機嫌になったときは、来るぞ、と身構えなければならなかった。身構えていてさえなお、静寂を破って聞こえる一発目の怒声《どせい》は、心臓が止まって胃の縮むような衝撃があった。胴体の中に浮かんでいる内臓のありかがはっきりとわかり、心臓だけを浮かばせた器であることを感じた。

視界の外で、父の立ち上がる気配がした。殴られるような気がして、咄嗟《とっさ》に私は身を固くした。しかし父は私のことを意に介《かい》さず、居間の襖《ふすま》を乱暴に開けて廊下へ出て行った。足音は遠ざかり、階段の前で止まったらしかった。そこで父の目にした光景を私はよく頭に想像できた。梢が階段に張り付いている姿だった。

妹に向けて怒鳴る父の声が家中に響いた。

「二十秒以内に下りてこなかったら朝飯はないからな」

私は思わず目を閉じた。瞼《まぶた》の裏側にある暗闇の中で、怯《おび》える梢の表情が見えた。

階段の方から、数を数える父の声が聞こえてきた。梢は階段にしがみついたまま、落ちる恐怖と、父への恐怖とに挟まれているに違いなかった。ゆっくりと数字を声に出す父は、梢をいたぶって楽しんでいるように感じられた。

父の声が二十をすぎても、梢が居間に入ってくる様子はなかった。父が戻ってきて、梢の分の朝食を母に片付けさせた。母は決して父に逆らわなかった。母の手が、梢の分の味噌汁や目玉焼きの皿を炬燵《こたつ》台の上から次々と持ち去っていった。私は黙ってその様子を見つめていた。

しばらくして肩で息をしながら梢が居間に現れた。階段とどのような格闘をしてきたのか、制服の上が大きく捩《よじ》れて、顔からは血の気が失《う》せていた。彼女は入り口から居間を見回して私と目を合わせたが無表情だった。二階では笑みを交わして笑いあうこともできたが、父のいる場所ではなぜかそれができなかった。緊張がそうさせたのか、心が殻《から》をかぶったようになった。

「明日《あした》から階段を下りるとき時間を計るぞ。まともに下りられるようになるまでお前に朝飯はやれない」

彼女は小さく「はい」と応《こた》えて私の隣に正座をした。彼女の背は低く、隣に座った梢の頭は私の肩までもなかった。俯《うつむ》いて息をしている彼女の小さな後頭部を私は横目で見つめた。居間は日当たりが悪く、朝日はほとんど差し込まなかった。そのため朝の時間帯でも薄暗く、蛍光灯をつけていなければならなかった。古くなった蛍光灯の弱々しい黄色の明りが、梢の頰《ほお》に汗で張り付いた髪の毛を照らしていた。

その日以来、梢の生活から朝食が消えた。母の声で目覚めて梢が階段を下りようとすると、父が階下に立ち腕時計を見て時間を計った。

父にとってはゲームだったのだろう。毎朝、仕事へ行く前に、階段をうまく下りられない梢をいじめるという遊びだったのだ。腕時計を見て二十秒を計るというルールや、それができなかったら朝食を与えないというルールを作って、父は楽しんでいた。

梢が二十秒で下りることなどいつもできなかった。父が仕事へ出るのは、私や梢が家を出るよりも後で、隠れて朝食をとることも不可能だった。

幸いなことに、父のゲームは朝食の時にのみルールが適用された。そのため夕食は普通に与えられ、学校に行けば給食を食べることもできた。梢はそれでなんとか食いつなぎ、やせ細って命を落とすという大事には至らなかった。

しかし、私や父が普通に朝食を食べている間、もっとも小さな梢だけが何もせずにうつむいて正座をさせられている姿は、異様な光景として私の目に映った。

2

私は父に縦笛を壊されたことがあった。算数の勉強を見てやると言われ、目の前で問題を解かされたのだが、そのとき父が鞭《むち》のかわりに握っていたのが私の縦笛だった。父はそれで机の端《はし》を叩《たた》きながら、私が問題を間違えるのを待っていた。何か理由を見つけて、縦笛で頬をぶちたがっているのが私にはわかった。しかし私は問題を間違えなかった。そのため、父は、私の字が汚いと言いながら机に縦笛を振り下ろした。縦笛はそのときに壊れた。以来、音楽の時間、学校にある予備の縦笛を借りなければならなかった。予備の縦笛は他の子が持っているものと色合いが異なっており、臭《にお》いもひどく、使用した後は洗って戻さなければならなかった。音楽の授業が終わり他の子が校庭で遊んでいるときに、自分ひとりが居残って蛇口から出る水流に縦笛を当てていると、私は近くにあるものを蹴飛《けと》ばしたくなる衝動にかられた。

朝食の際、一人だけ何も与えられずに正座させられている妹の姿は、そのときの自分に重なった。

ある日、小学校の昼休み、私たちは階段を下りる練習をした。一年生の教室は一階にあったため、入学以来、梢が小学校で階段を上がることはなかったらしい。一緒に階段を上がりながら、梢はか細い声で私に聞いた。

「姉さん、私が転んで落ちそうになったら、横で支えてくれる……?」

私は頷《うなず》いた。梢は学校の階段も、家のと同様、上がることなら普通にできた。一階と二階の間の踊り場に立ち、手すりを小さな手で握り締《し》めながら梢は深呼吸した。横を私がついて下りながら、危なくなったら手助けをする作戦だった。

やがて梢は階段を下りるための一歩を踏み出した。そのまま淀《よど》みなく交互に足が段を下りて、すぐに彼女は一階の廊下へ下り立った。拍子抜けするほど簡単に、彼女は学校の階段を下りることができた。

「やればできるじゃない!」

私は驚いて彼女に言った。梢は、階段と自分の足を見比べて、なぜ下りられたのか自分でもわからないと首を傾げていた。学校の階段は、家のものに比べて比較的なだらかな造りだった。そのため梢にも下りられたのだと私は思った。

次に、土手の階段を下りることにした。コンクリート製で、家の階段ほど急ではなかったが、高さはその二倍はあった。

「姉さん、ずっと手をつないでいてくれる……?」

土手の上に立った彼女は、私の手にしがみついた。手を離した途端、土手の階段を転げ落ちると考えているらしかった。手を外そうとしても、彼女は必死になって力をこめた。しかたなく手をつかまれたまま私も階段を下りることにした。

梢は息を止めて最初の一歩を踏み出した。すぐ隣で、私も一歩を踏み出した。

階段の最後の段を、私たちは同時に下りた。梢の手を私は手首から離した。下りる前と違い、簡単に手は外れた。彼女は荒く呼吸をしながら背後を振り返り、たった今、自分の下りてきた階段を見上げた。信じられないという顔をしていた。

「この調子なら、家の階段も下りられるわ」

私は興奮して言った。しかし梢は浮かない顔をした。

「姉さん、私はきっと、おうちの階段だけがだめなの……」

梢は自分のつま先を見た。

「おうちの階段だけが、落ちて死ぬような気がするの……」

小さな梢の唇から、か細い声で「死ぬ」という言葉を聞き、私は動揺した。しかし、彼女の言ったことが、私にはわかった。

二階の廊下の壁には私の部屋や梢の部屋などの襖が並んでいた。階段の入り口はその並びの中で、突然、壁が消えて四角い暗闇の穴が開いているようだった。床のふちから見下ろすと、階段はまるで奈落《ならく》へ通じる穴のように見えた。梢にとって下りるという行為には、落ちるという恐怖のほかに、特別なものがあったのだろう。まるで死の国へ下りていくような恐怖が、彼女の心にはあったのだ。父が会社から戻って家にいるとき、一階は、私や梢にとって死の国と同じだった。

父の帰宅する時間は曖昧《あいまい》で、正確には決まっていなかった。午後の早めに家へ戻っている場合もあれば、夜遅くに帰ってくることもあった。しかし、多くの場合、帰宅は十八時以降だったため、夕方を過ぎると私たちは緊張して父の帰りを待った。私たちが小学校から帰るよりも早く父が帰宅していた場合は落胆《らくたん》した。いつもなら学校から家に帰りついた後、父が帰ってくるまでの数時間だけが、私や梢にとって心が安らかになるひと時だったからだ。

父のいない家の中には、母だけがいた。そのとき家の中の空気は安らいでいた。母は洗濯物を畳んでいる手を止めて梢の塗り絵を横から覗《のぞ》くことがあった。色鉛筆と塗り絵帳はもともと母が買い与えたものだった。色鉛筆は十二色がセットになったもので、梢はそれを大事に使っていた。母の買ってくる塗り絵帳は、アニメの絵のときもあれば、動物や風景のときもあった。梢はえり好みせずそのすべてに色をつけた。

「綺麗《きれい》ねえ」

梢が色をつけた風景に視線を注ぎながら、母はため息をつくようにつぶやいてくれった。梢はそれを聞いても黙って頷《うなず》くだけだったが、表情は嬉《うれ》しさを隠しきれていなかった。

いつも、父が家に戻ってこなければいいと思った。しかし現実は私の希望と異なっており、父は毎日、必ず、玄関の扉を開けて家に戻ってきた。

父の戻る音が聞こえると、母は急に父の側の人間となった。母は敵なのか味方なのかわからない存在だった。父のいない時間は私たちにも優しく接したが、家に父がいるときはいつも父の言葉に同調した。父が私を罵《ののし》れば、母も呆《あき》れたような声で私の生活態度の悪い部分を指摘した。梢が朝食を食べられないときも、「あなたが階段を下りられないのが悪いんだからね」と彼女を無理やり納得させるよう繰り返し言った。

父は不機嫌なとき、わけのわからない理由をこじつけて私を叱った。例えば、昔、私がチョコレートを食べていたときのことだった。父は突然に声を荒らげて怒り出し、私の頬をぶった。私はなぜ怒られたのかわからず、痛くてうめきながら母に手を伸ばして助けを求めた。

「あんたが悪いんでしょう。父さんはあんたのために叱っているんだから」

母は、父の方を横目で気にしながら私を納得させるように言った。父に何をされても、母はただ、他の人に言ってはいけないと私や梢の口を塞《ふさ》ぐだけだった。

若いころの母の写真を見たことがあった。会社で働いていたときの、制服を着た姿だった。大勢の女子社員がカメラに顔を向けて笑っていた。写真の中心に写っており、他の者が母を囲んでいるようにも見えた。髪型も服装も若々しく、別人のように美しかった。

ある日曜日、私と梢が二階で漫画を読んでいると、階下から父の怒鳴り声が聞こえてきた。父の不機嫌が母に向かって噴出《ふんしゅつ》したのだとすぐにわかった。物を壊す音や、母のぶたれる音が聞こえてきた。

私と梢は階段の上で身を寄せ合い、母の身を心配した。一階の廊下で父の乱暴は行われているらしく、その音は私たちにまで届いた。私と梢は首だけを突き出して階下の様子を確認したが何も見えなかった。急な角度の階段は、二階の廊下から見下ろすと、暗闇へつながる深い穴のように見えた。

階段の板は黒く、表面は濡《ぬ》れたように光を白く反射していた。父の怒声《どせい》による振動で、その表面の反射がわずかに震《ふる》えている気がした。階段を通って聞こえてくる階下の物音は、鼓膜を貫くほど大きくはなかった。しかし、暗い穴の底から反響して届く恫喝《どうかつ》と頰を打つ音は、私と梢の心を不安にさせた。

梢と目を見合わせ、どうしようか、という無言の視線を交わした。私たちに、階段を下りて助けに行くような勇気はなかった。階下から物音が響いてくるたびに、梢の肩は震えていた。

やがて玄関の開閉する音が聞こえて辺りは静かになった。乱暴の終わりには父がいらついた様子で家を出て行くのが通例だった。

玄関を出て行く足音はひとつだけだったから、おそらく母が階下に残っているはずだった。しかし、耳をすませても物音は聞こえてこず、人が生きて動いている気配はなかった。階段を見下ろす私の頭には、殴られすぎて冷たくなった母の姿が思い浮かんだ。

母が心配だった。私は決心して、階段を下りることにした。最初の一歩を踏み出そうとしたとき、梢が息を呑《の》んで引き止めるような表情をした。私は仕草だけで、そこにいなさい、と彼女に伝えた。しかし梢は短い逡巡《しゅんじゅん》の後、階段に張り付いて私に続く素振りを見せた。なぜかお互いに声を発することができなかった。声の振動で、家の中の静寂を壊すのが恐ろしかった。

階段を一段ずつ下りるたびに、板が軋《きし》む音を立てた。家のすみずみにまで音が響いて広がっていくのを感じた。階下が近づいてくるにつれ、心臓の音が速くなり、耳の後ろにある血管が脈打った。階段を下り、一階の廊下を見回す。私は呼吸を止めた。

廊下に座り込んでいる母の姿が視界に入った。生きているらしいとわかり、ようやく私は息を吐《は》き出した。母は表情をなくしており、激しくつかんで振り回されたのか服が乱れていた。母は長い髪の毛を持っていたが、昔の写真にあったような艶《つや》はなく、絡《から》まりあうように俯《うつむ》いた顔や肩へかかっていた。泣いているわけでも、恐怖しているわけでもなく、無表情を顔に張り付かせていた。頬が赤く腫《は》れており、目は床の一点を見たまま私がいることにも気づいていないようだった。どう声をかけていいかわからず私は立ちすくんだ。

私に遅れてしばらくすると梢が階段を下りてきた。その間、私も母も身動きしなかった。階段と格闘した後いつもそうであるように梢は肩で息をしていた。母の姿を見て、彼女も立ちすくんだ。

やがて、梢はゆっくりと踏み出した。廊下を一歩ずつ歩き、母の方へ近づいた。黒色の床板は彼女の歩く音を立てず、まるで水の上を進んでいるようだった。母の背後に立つと、座り込んでいる肩は、梢の胸までの高さがあった。梢は小さな手を、静かにその肩へ乗せた。いたわるような手つきで撫《な》でると、母の髪の毛を不器用にすきはじめた。その間、だれも口を開かず、家の中は静まり返っていた。窓から入る光が、梢の触れる母の肩や髪の毛に当たっていた。

六月に入ったある朝のことだった。

まるでおもちゃがバランスを崩《くず》したように、梢は道端でころりと転がった。小学校へ向かう途中でのことだった。一向に起き上がる様子を見せないので、どきどきしながら近づくと、梢はランドセルに押しつぶされたまま、「姉さん、おなかすいた」と細い声でつぶやいた。私は彼女を背負って学校へ行くと保健室に直行した。保健室の先生は、妹を背負い二人分のランドセルを腕にひとつずつぶら下げた私の姿を見て驚いていた。

梢の体調の悪さは、貧血が原因らしいとわかった。意識はあったが、しばらくの間、保健室のベッドで寝かせておくことになった。

「ちゃんと朝ごはんは食べてきたの？」

横になっている梢に先生は質問した。彼女はその朝も階段を早く下りられずに朝食を抜かされていた。私は横から口を挟み、事情があって食べていないということを説明しようとした。

「私、食べました……」

私が何か言う前に、素早く梢が口を開いた。少しでも家のことを言ったら父に怒られる、という怯《おび》えが彼女の目にはあった。ベッドのシーツを彼女の手は強く握っていた。

いつも小学校の授業は朝の会という挨拶《あいさつ》の時間の後に行われた。それがはじまるまでの間、私は保健室で梢のそばにいることを決めた。空腹にくわえて寝不足でもあったらしく、彼女はすぐ眠りについた。

保健室のベッドで目を閉じている梢は、家にいるとき滅多《めった》に見られない安らかな表情をしていた。寝息は静かで、人形が横たわっているようだった。私はそばの椅子《いす》に座り、枕に広がっている彼女の髪の毛を触《さわ》った。細い糸のようで、指先の上で髪はさらさらと滑った。彼女の肌は白く、頰《ほお》の辺りが薄《うす》く桃色だった。窓から差し込む陽光が、清潔なシーツに当たって白く輝かせていた。

妹はもう私と同じ小学生になったのだと思った。それまで彼女は保育園に通っており、ランドセルを背負う場面や小学校の制服に身を包んだ場面など想像できなかった。家にいても彼女は両親の寝室である一階の八畳間で寝起きをしていた。そのため自分と妹はかけ離れている気がどこかでしていた。

しかし隣の部屋で寝起きするようになり、近い存在として今は感じられた。壁を一枚、挟んだ場所で、父親の脅威に対し私と同じように息を潜《ひそ》めていた。階下から父の足音が聞こえるたびに、隣の部屋で、私と同じように梢も身をすくませているのを感じた。まるで仲間が近所にできたようで嬉しかった。

梢の寝顔を見ながら昨晩のことを思い出した。寝不足の原因はわかっていた。昨日、布団で眠ろうとしていた時、父が二階に上がってきたためだ。

父はいつも足音を消して階段を上がってきた。しかし、息を潜めて段を踏み二階に近づいてくる気配は壁や床を伝って感じられた。部屋の前に立つと、それまでの息を潜めた状態から一転して驚かせるように襖《ふすま》を勢い良く開け、何か理由をこじつけて部屋を散らかし不機嫌をぶつけるのがいつものことだった。そのことがわかっていたから、昨晩の私は布団から出ると、壁を小さく叩《たた》いて隣室《りんしつ》の梢に合図を送った。隣の部屋で、彼女の息を呑む気配がした。色鉛筆を折られないように隠《かく》す物音が壁越しに伝わってきた。

階段を上がってきた父の廊下を軋ませる音がしだいに近づいてくる。その音が私に想像させる父の姿は、子供に厳しい教育をする父親という存在からは遠い形をしていた。理不尽に力を行使して自分が強い存在であることを誇示《こじ》する得体の知れない生き物として私の頭に浮かんでいた。

ついに部屋の前で、体重のかかった床板が音を立てた。父が襖を開ける瞬間に耐えるため私は身を固くした。

しかし父の足音は私の部屋の前を通り過ぎた。直後に梢の部屋の襖を開ける音がした。私は目を閉じて祈った。父の恫喝《どうかつ》と乱暴がはじまったら、嵐が去るのを待つように、ただ頭を低くして祈ることしかできなかった。梢は机の上に、小学校の教科書を綺麗《きれい》に立てて並べていた。それが部屋中にぶちまけられる音を私は壁越しに聞いた。手で耳を塞《ふさ》ぎ、父の怒鳴り声と、悲鳴にも似た梢の泣き声が耳に入ってきて鼓膜を震わせないようにした。それでも梢の助けを求める声は聞こえてきた。しかしそれは私の頭の中にだけ聞こえていたのかもしれなかった。

父は梢の部屋で暴れた後、気がすんだのか、私の部屋を素通りして一階に戻った。私はそのとき、自分は助かったと安堵《あんど》した。隣室に行って梢を慰めることもしなかった。散らかった部屋に取り残された梢へどう声をかければいいのかわからず、その姿を見るのもつらかった。私は眠ろうと努力した。壁越しに彼女のすすり泣く声が聞こえてきた。

それでも、先生や大人に訴えて助けを求めようとはしなかった。梢が保健室の先生に、朝食は食べたと怯えながら言ったように、家のことを話すと父に叱られるという恐怖があった。体にあるいくつかの痣《あざ》も、先生には見られないよう常に隠し、友達に聞かれても転んだと答えるだけだった。どこにいても父がそばに立っているような気がした。学校にいてさえ、家の一階に自分はいるようで息苦しかった。子供の私たちには、逃げる場所などどこにもなかった。

眠っている梢の髪の毛を指先で弄《もてあそ》びながら、昨晩、助けにいかなかったことを心の中で謝った。自分だけ助かったと思ったことや、慰めにいかなかったことについても詫《わ》びた。私は悪い姉だ。自分が恥ずかしく、まともに梢の寝顔を見ていられなかった。彼女の髪の毛を見つめながら、私は枕元に片頬をつけた。ベッドを覆《おお》うシーツは陽光のために輝いていた。深く息を吸うと、鼻の奥に浮かんだ涙の気配と一緒に、乾燥したシーツの匂いが肺に入った。

そのうちに父のいない世界に行けるといい。梢の塗り絵のように、空は青く、草は緑色で、太陽の光が降り注いでいる世界に行けるといい。私はそう願った。彼女をそういった世界に逃げさせてあげたかった。

しかし実際は悪くなっていくばかりだった。


次の日の朝、特別なことが起こった。階下から朝を告げる母の声がして眠りから覚めるところはいつもと同じだった。しかし、身支度《みじたく》を整えて部屋を出ようとしたところで、宿題を机の上に置いたままであることを思い出した。その些細《ささい》なことが、私と梢の運命を変えることになるとは思わなかった。ランドセルに宿題をしまい、机の上に散らかっていた文房具を片付けた。そうして私が部屋で手間取っていたことが、すべての原因だった。

ランドセルを抱《かか》えて階段を下りようとしたところ、私は慌てて足を止めなければならなかった。私よりも先に梢が階段を下りはじめていた。制服に着替えた梢は、崖《がけ》のような階段にお尻《しり》と背中をぴたりとつけて体がずり落ちないよう踏ん張っていた。腕を段に引っ掛けて体を支え、スカートから出ている片足を次に移動する段に伸ばし、恐る恐るつま先で探っていた。目が覚めて、私が彼女の後について階段を下りることになるのは初めてのことだった。

いつも通り階下には父が立ち、梢を見上げながら時間を計っていた。私が階上にいると最初に気づいたのは父だった。私の名前を階下で呼び、朝の挨拶をした。梢は階段に体を張り付かせたまま振り返った。頭上にいる私を見上げ、強張っていた頰《ほお》をさらに引きつらせた。

私は二階の廊下に立ち止まったまま彼女を見守った。階段の両側は壁で、途中で人が行き来をするのを許さないほど幅が狭かった。梢が階段を下りきらないうちは、私も立ち止まっているしかなかった。

父が妹を叱咤《しった》し、早く下りてこなければ私の分の朝食もないと叫んだ。彼女はいつもより速く手足を動かして下りはじめた。体を支えている腕は細く震えており、今にもバランスを崩しそうな気がした。

「い、いいから梢、ゆっくり下りなよ……」

私は言った。しかし父が、まるで野次を飛ばすように妹をけしかけた。梢が階段で困っているのを、おもしろがっている様子だった。

「一生、そうやって下りるつもりか。階段は立って下りろ」

父が梢に短く命令した。

「梢、いいから、いつもの通りでいいから……」

私は怖くなり、つま先よりも下方に見える梢の後頭部へ声をかけた。彼女はそのとき階段の半ばを少し過ぎた辺りにいた。父の声で彼女は動きを止めた。私に見えるのは彼女の頭と肩のみだった。しかし、落ちないよう段を握りしめている彼女の手はよく見えた。いつもは桃色を透かしている指先の爪が、力をこめすぎて黄色になっていた。

その手を梢はゆっくりと段から離して壁につけた。手で体を支えるように、彼女は肩と膝《ひざ》を震わせながら階段の上で立ち上がった。

「梢、いいから……」

私の声はかすれた。父がさらにけしかけると、梢は再び追い立てられるように階段を下りはじめた。しかし今度は手もお尻も段につけず、足だけで体を支える格好だった。彼女は靴下を履いていた。それは踏み場が狭く、滑りやすい階段では、いかにも危険に思えた。梢は父の声とともに足を踏み出した。四段ほど危なげに立って下りた後、白い靴下に覆われた梢の踵《かかと》の丸みは段の上で滑った。梢は階段を踏み外し、落下した。

3

静まり返った教室内に、国語の教科書を読む先生の声だけが響いていた。クラスメイトたちはいずれも無言で教科書を見つめていた。私の席は窓際にあり、首を横に向けると、ガラスの向こうに広がっている運動場を見渡せた。梢のいる一年生のクラスが体育の授業をしているらしく、時折、はしゃいだ声が教室まで届いてきた。しかし運動場の中に梢の姿はなかった。

よそ見をしていた私を先生が注意した。私は教科書に向き直ったが、再び朗読を始めた先生の声はすぐに意識から消えた。私の耳には、朝に聞いた梢の落下する音だけが繰り返し聞こえていた。

梢の落ちた瞬間を、私は階段の上から見ていた。床に落下すると大きな音がして、うつぶせの格好で彼女は倒れた。私は悲鳴をあげ、階段を駆け下り、彼女のもとへ駆けつけたように自分では思っていた。しかし実際の私は声も出ず、足も動かず、階上で立ちすくんだままだった。床にうつぶせた梢の後頭部は少しも動く様子を見せなかった。

父は梢の横腹をつま先でついた。それでも小さな指先は力なく開いたまま動かなかった。梢は死んだのだと思い、私は恐怖でその場に座り込んだ。しかし、かけつけてきた母が梢を抱き上げて調べると、彼女は失神しただけらしいとわかった。頭を打っているらしく、梢の目が覚めたら母が病院へ連れて行くことになった。

まったく、世話がやける。父はただそう言って普通に仕事へでかけた。どこか、逃げるような印象だった。私は梢のことが心配で学校を休ませてほしいと母に頼んだ。行かないとだめよ。そしてこのことは、先生にも言ったらいけないわ。母はそう言って私にご飯を与え無理やり学校へ行かせようとした。ご飯は喉《のど》を通らなかった。梢の意識はいつまでたっても戻らず、彼女は両親の寝室に寝かせられた。母に救急車を呼んで今すぐ妹を病院へ連れて行ってほしいと懇願した。しかしそれも断られた。

救急車のサイレンがご近所さんの興味をひくじゃないの。母は梢のことを心配そうに扱っていたが、その一方で世間のことばかり気にしていた。私は家を出る前に、意識のない梢の指に触れた。指はひどく冷たかった。

登校中や授業中、彼女のことばかりが思い出された。梢は病院に連れて行ってもらえただろうか。今、この瞬間に死んでしまったのではないだろうか。早く家に帰って梢がどうなったのかを知りたかった。

午前中最後の授業である国語の時間。教科書を読み上げる先生の声ははるか遠く聞こえなくなり、実際にはそこにない梢の体が階段を落ちていく奇妙な音ばかりが耳の中で繰り返し反響した。彼女はまだ生きているだろうか。あまりにそのことばかり考えすぎたためか、吐き気がこみ上げてきた。立ち上がり教室を走って出ると、廊下で私は胃液を吐いた。しばらく保健室で休んだ後、私は早退の許可をもらった。

私は走って家に戻った。玄関を開けて母と梢を呼んだ。玄関の鍵《かぎ》が開いていたため、家の中にだれかがいることはわかっていた。靴を脱いで家に上がるのと、私の声を聞いて母が玄関に向かってきたのは同時だった。母は私の姿を見て、学校はどうしたのかと質問した。

「早退してきたの。ねえ、梢は？」

「居間で塗り絵をしているわ……」

　母を押しのけて居間に行くと、彼女は炬燵《こたつ》の台に塗り絵帳を広げていた。私を見ると、恥ずかしそうに笑みを浮かべた。

「姉さん、今日は早いね。まだお昼よ」

　彼女の声はいつもどおりか細かった。頭と右足首に包帯が巻かれており、痛々しくて、強く抱きしめられなかった。私は座り込みそうになるほど安堵《あんど》した。

　次の瞬間、感情をしっかりと制していた心の締《しま》りが壊れ、胸の中にあった嫌な気持ちが母へと向かった。背後に立っていた母へ向き直ると、私は大きな声で罵倒《ばとう》した。あまりに唐突だったため、母は驚いていた。

「なんですぐに救急車を呼んでくれなかったのよ！」

　無事だったから良かった。しかし、一刻を争う状態だったかもしれないのだ。

「いつもそう！　母さんは卑怯《ひきょう》よ！」

家の中で、父以外の声が大きく発せられるのはほとんどはじめてだった。父はいつも威圧的で大きな声を出したが、私や梢、そして母は、父を刺激しないようにという配慮からいつのまにか小さな声しか出せなくなっていた。だからいっそう、私の声は静かな家の中に響いた。

父の機嫌をうかがうように話をあわせる母を確かに私は憎んでいた。しかし、もっとも悪いのは父だ。それなのに私は、父よりも先に母を罵倒している。このような自分はおかしいと頭ではわかっているのに、母への非難を止めることはできなかった。

私の言葉を聞いて、母は最初、うろたえるように周囲を見ていた。しかしそのうち無言でうつむくと、苦しそうに眉間《みけん》へ皺《しわ》を寄せた。何も聞きたくないという表情だった。私は咄嗟《とっさ》に写真で見た母の若い姿を思い出し、目の前にある母と比較した。

「今の母さん、綺麗《きれい》じゃない！」

私の目じりから溢《あふ》れた涙は口の中に入って塩辛い味となった。頭の中が赤色になり、何もかもわからなくなった。この家の中はすべてが異常だった。母は座り込んで頭を抱《かか》えた。それでも私の罵倒は止まらなかった。私の手を不意にだれかが握り締めた。振り返ると、顔を強張らせた梢が立っていた。

「姉さん、やめて……」

彼女は泣きそうな顔で首を横に振った。私に対する恐怖が瞳《ひとみ》の中に見られ、何よりもそれが私を醒《さ》めさせた。

私たちに逃げ場などなかった。私と梢は、いつ、どこにいようと、常に父から首を絞められているような息苦しさを感じていた。だれか助けてほしい、私は常にそう願っていた。しかし、薄暗い家の中に光が照らされることはなかった。


帰ってきた父は、包帯を頭に巻いた梢を見て、彼女に謝った。

「朝は本当にすまなかったなあ」

父はそう言うと居間に座って梢を手招きした。彼女は強張った顔つきで父の方に歩いて近づいた。次の瞬間《しゅんかん》に何をされるかわからず、私は緊張して彼女を見つめた。

父は梢に向かって手を伸ばした。その瞬間、梢はまるで殴《なぐ》られるのを覚悟するように目を固く閉ざし、身をすくませた。しかし父は梢の体を持ち上げて膝《ひざ》の上に乗せただけだった。

父は上機嫌でビールを飲みながら母や私に話しかけてきた。梢のおなかに腕をまわし、まるで包帯を巻いた人形を膝の上に乗せているようだった。父の大きな手が何度も彼女の頭を撫《な》で、その手つきは梢をけしかけて階段で立たせた人間のものとは思えないほどやさしかった。膝に乗った梢の顔は青ざめていたが、父の方からは見えず、私と母にだけ彼女の表情がわかった。

妹は大事をとって数日の間、学校を休むことになった。彼女は頭にこぶを作っていたが、右足首の捻挫《ねんざ》の方が痛いらしかった。歩くことはできたものの、階段の上り下りは無理そうであるため、以前のように両親の寝室に布団を並べるかと母が彼女に意向を聞いた。

「二階のお部屋で寝たい……」

梢の声は小さかった。しかし意思ははっきりとしていた。そのため、眠るときに母が彼女を背負って二階へ連れて行った。背中に負われた彼女は、申し訳なさそうな顔をした。

梢の頭のこぶは一日で消えた。足首の捻挫も三日目になるとほとんど痛みもなくなったようだった。

母が私の罵倒をどう受け止めて生活しているのか、私の目からはよくわからなかった。すくなくとも私たちの関係はそれまで通り変化せず、母は朝になれば私を階下から呼び起こした。夕食の準備にも余念がなく、父が帰宅するまで掃除をしたり洗濯物を畳んだりしていた。

家事を行う母を横目にしながら、私は自問自答を繰り返した。自分はなぜ、母に対して父と同程度かそれ以上の憎しみを抱いてしまったのだろう。なぜ、すべての原因である父を罵《ののし》るより前に母を責めてしまったのだろう。

しかし結局のところ、父に対しては恐怖が強すぎて何も言えないのだと、いつも結論がついた。私は父の顔を正面から見ることができなかった。父の足音や気配がするだけで、体が言うことを聞かなくなった。私は父の目から視線を逸《そ》らし、その顔を常に視界の外側へ追いやった。私に見える父は、足や手、胴体や影に制限された。そのような状態で、何も言えるはずがなかった。

私は母のことを憎んでいたが、それでも、自分と同じ被害者だという仲間意識があった。梢の件で罵ったことを、私は改めて母に謝りたいと思っていた。私にとって母は、やはり母だった。

「母さんのお料理、味がかわったみたい……」

小学校を欠席した三日目の夜、梢は言った。私に背負われて二階の自室へ連れて来られた直後だった。もう自分は一人で階段を上がることができると彼女は言い張っていたが、私は無理やり背負って彼女の世話をやいた。

「そうかしら、わからないけど」

私は答えた。梢は部屋の隅《すみ》に畳んでいた布団を広げた。彼女は普通に歩行できていた。右足首にはまだ包帯を巻いていたが、外しても問題はなさそうだった。

「味がへんだった……」

梢は母の調子がおかしいのではないかと心配していた。

「それよりも明日《あした》から学校でしょう。ランドセルに教科書をつめな」

ランドセルを今のうちに受け取っておこうと私は考えた。梢は私の言葉に従い、学校の仕度をはじめた。学友が持ってきた連絡帳の写しを見ながら、彼女は赤いランドセルの中に教科書やノートを詰めていった。一年生の教科書は大きかった。

「明日の朝から、また父さんは階段の下に立つかしら……」

梢は手を動かしながらつぶやいた。部屋の入り口に立っていた私には、教科書をランドセルに詰める彼女の背中しか見えなかった。表情は陰になってわからなかったが、声は暗澹《あんたん》としたものだった。

私は返事ができなかった。彼女が捻挫をした夜、父は梢を膝に乗せてかわいがった。しかし次の日にはもう、梢の世話をする母と私に対して、「そうやって甘やかすから階段を下りられなくなったんだ」と言い放っていた。捻挫が治ったばかりだからといって、階段のゲームを取り止めるやさしさが父にあるのかどうか、私にはわからなかった。

深夜、布団の中で眠っていると、かすかな物音を夢の中で聞いた。音が夢ではなく実際の鼓膜《こまく》の震《ふる》えだとわかり、ようやく眠りから覚めた。目を開けても部屋の中は暗闇だったが、音は確かにあった。布団の横にある壁が、裏側から断続的に叩《たた》かれる音だった。壁の裏側は梢の部屋で、彼女が私を呼ぶために叩いていることは明らかだった。私も軽く手を握り締め、暗闇の中で壁の表面を叩いた。目覚めて呼びかけを聞いたという返事のつもりだった。彼女が壁を叩く音はそれで止んだ。

私は壁に耳を密着させた。向こう側で彼女が何かを言っているようだが、くぐもって聞こえなかった。私は立ち上がり彼女の部屋へ向かうことにした。階下の父を起こさないよう慎重に廊下を歩いた。辺りは何も見えず、光はなかった。電気をつけていれば襖《ふすま》と柱のわずかな隙間に光の線が見えるはずだったが、それもなかった。梢の部屋の襖に指をかけ、そっと横に滑らせると、暗い部屋の中で小さな息を呑《の》む気配がした。

「どうしたの……？」

私は暗闇の奥に小声で質問した。

「姉さん……」

彼女の声は泣いている子供特有の湿《しめ》り気を帯びたものだった。私は壁のスイッチを探して蛍光灯をつけた。明るくなり、眩《まぶ》しさに目を細めた梢の姿が目に入った。彼女は布団を出て壁際に膝をついていた。

「どうしよう……」

彼女は困り果てたように言った。顔をしわくちゃにして泣いていた。私は部屋の中央にある彼女の敷布団のシーツを見た。そして彼女のパジャマのズボンに視線を移した。

物音を立てないよう細心の注意を払って私は階段を移動した。母なら良いが、父を起こしては決していけなかった。このことを知られると、また梢は怒鳴られてひどいことになる可能性が高かった。これまでがそうだった。だから梢は、重罪を犯した人間のように、死刑を覚悟した顔つきで壁を叩いていたのだ。

玄関を出た脇に水道があり、その水を使ってシーツや梢の下着などを洗った。そうしていることを知られたら、私も同罪として処罰を受けるはずだった。決して覚られてはならず、音を聞きつけられる可能性のある洗面所や台所で作業することは避けた。私は暗闇の中で作業をこなし、洗ったものは部屋の中で乾かすことにした。

絞ったシーツなどを持って二階に戻ると、部屋を出る前に着替えさせておいた梢が、私の体に抱きついて腕をまわした。私の胸に顔をうずめて、泣いて謝った。

当時の私は十歳で、それほど身長は高くなかった。その私よりも妹は、はるかに小柄だった。私はシーツを畳の上に置き、彼女の頭に手を乗せた。彼女の頭は手のひらに包み込めた。彼女が泣き止んで落ち着くまで私は頭を撫でた。

泣かせているのは父だ。そして、泣かせているのは私でもあるのだ。私はそう思った。

私が父に何も言い返せないから、梢は泣かなくてはならない。自分が父よりも先に母を罵倒《ばとう》したのは、母が自分と同じで、父に対して何も言わないからだ。私は母を罵《のの》りながら、その実、恐怖のために原因から目を逸《そ》らす自分の卑怯《ひきょう》さと臆病《おくびょう》さを告発したかったのだ。私は梢の頭を撫でながらそのことに気づいた。

外でシーツを洗った次の日は土曜だった。母の声で眠りから覚めた私は、布団の中で目を細く開けながら、外から聞こえてくる雨音を聞いた。鼻のそばまで引き上げていた掛け布団をのけて、窓の方に目をやった。晴れた日ならカーテンの隙間から朝の輝きが見えるはずだった。しかしその朝、光は見当たらなかった。

布団から這《は》い出ると、壁のフックに引っ掛けていた白いシーツに左手を伸ばした。その傍《かたわ》らにハンガーで干していた梢の下着やパジャマへ右手を伸ばした。一晩ではさすがに乾かなかったらしく、どれも指先に冷たい湿り気があった。乾いていないからといって、そのままにしておくわけにはいかなかった。私が部屋にいない間、母に見られてはいけない。それらを折りたたみ、押入れの中に隠した。

押入れの襖を閉めると、ちょうどシーツを押し込んだ下段の辺りに襖の穴がきた。かつて父が暴れて作った拳《こぶし》ほどの大きさの穴だった。一瞬、中に隠したシーツが覗《のぞ》いてしまうかと思ったが、立って見下ろすかぎり穴の奥には押入れの中の暗闇しか見えなかったので、大丈夫だろうと思った。

壁越しに、隣室で梢が制服に着替える物音を聞いた。

昨晩、彼女の布団には別のシーツを被《かぶ》せておいた。私の部屋の押入れには未使用のシーツが入っており、それを引っ張り出した。洗ったものと同じ白色だったので、万一に母が見ても、シーツが換わっていることには気づかないはずだった。

私はカーテンを開け、制服に着替えながら窓の外を見た。家は古い木造だったが、窓枠はサッシだった。はまっているガラスの向こう側には、灰色の空と色彩の乏《とぼ》しい町並みが広がっていた。梅雨《つゆ》に入ったのか、薄暗い空を覆う雲から水滴が落ちて家々の屋根を濡《ぬ》らしていた。雨は強いわけではなかったが、弱いわけでもなく、屋根に降り続く雨音が小波《さざなみ》のように部屋を満たしていた。

部屋の襖をそっと叩く音がした。

「姉さん、開けてもいい……？」

躊躇《ためら》いがちな梢の小さな声が聞こえた。私が返事をすると、細めに襖を開けて彼女が顔を覗かせた。すでに彼女は制服へ着替え終わっていた。

「先に姉さんが下りてくれる……？」

緊張したように彼女は言った。

「階段の下に父さんがいるの？」

「わからないけど……」

着替え終わった私は、両腕にひとつずつランドセルを引っ掛けて部屋を出た。浮かない顔の梢の前を通り過ぎて階段の前へ向かった。

抱えた赤いランドセルの上から、薄暗い急勾配《こうばい》の階段に視線を下ろした。ほとんど真下に向かって連なっている黒色の段は、一階廊下へとつながっており、そこに父が立っていた。その姿は一階廊下にある窓のため逆光となり、黒い影の塊《かたまり》として私の目に映った。

階上の私を認めて父が朝の挨拶《あいさつ》をした。私も挨拶を返した。声はかすれて元気のないものとなったが父は気にしなかった。私の背後に続いていた梢も父に気づき落胆するような気配を見せた。

階段を下りながら振り返って後ろを見た。梢が恐々《こわごわ》と最上段に腰掛け、体を支える引っ掛かりを探し始めた。

「梢、二十秒で下りて来い」

父の張り上げた声は梢の肩を震わせた。父の黒い影は、腕時計を見る形となった。

私はすぐに階段を下りきった。父の横を通り抜ける際、いつものようにつま先ばかりを見ていた。私の身長は父の胸ほどしかなく、横を通るとき、巨大な肉食の動物とすれ違う気がして緊張した。

父の背後に立ち、階段を見上げた。梢は強張《こわば》った表情で階段のまだ上の方に張り付いていた。

腕時計と梢の姿を交互に見ながら、父は残りの秒数を口にした。早く下りなければ罰として朝食は与えないとも言った。

私は見ていられず、階段の梢から目を離し、視線の外にその姿を追いやった。朝食を用意するために母の立ち回っている気配が居間の方から聞こえていた。私はそちらへ歩き出しながら、自分の右腕に下げられた梢の真新しいランドセルを見つめた。

まだ箱のようにそれは大きく、艶《つや》があった。左手でその表面に触れてみた。彼女を落ち着かせるために撫《な》でた小さな頭の感触が手のひらに蘇《よみがえ》った。不意に涙が零れ落ちそうになった。

もう梢を泣かせてはいけない。その気持ちは何よりも強くかけがえのないものに思われた。その瞬間、私をいつもうつむかせていた父に対する恐怖は問題でなくなった。

私はランドセルを廊下に置いて、階段の前に立つ父を振り返った。父の横を通り過ぎて階段を駆け上がった。父が背後で何かを言ったが、私には聞こえなかった。

階段に張りついていた梢は、近づいてくる私を見て驚いていた。彼女の体に腕をまわし、ぶら下げるようにして抱き上げた。体重は犬を抱き上げるのとそれほど変わらなかった。私は彼女を抱えたまま階段を下りた。

4

自分は眠っているのか、それとも起きているのか、判然としなかった。朦朧《もうろう》とする意識のまま目を開けると、見上げたところに母の顔があった。彼女は悲しそうな顔をしていた。どうやら私は布団に寝かされ、母はその傍らに正座をしているらしかった。

眠っていていいのよ……。

母の唇はそのように動いた。私の額に手を乗せ、髪の毛を撫でるように動かした。彼女の手のひらは冷たく、皿を洗った後のようだった。それとも、私の額の方が熱を発しているのだろうか。

ゆっくり、眠りなさい……。

母の声はやさしかった。私はその声と額に当てられる手の感触へ体をゆだねるように目を閉じた。視界は暗闇となり、意識が溶《と》けて深い奈落《ならく》へと吸い込まれ始めた。完全に頭の中が黒色となる直前、私は、毛布のように温かい母のつぶやきを聞いた。

よくがんばったわね……。

頰《ほお》の熱が私を眠りから覚まさせた。目を細く開けると馴染《なじ》み深い天井が正面に見え、自分の部屋で寝かされているのだとわかった。壁の時計を見ると、長針は正午を十分ほど過ぎていた。朝に聞こえていた雨の音はすでになくなり、遠くの方から鳥の鳴く声が届いていた。

体に載っている布団をのけて半身を起こそうとした。その瞬間、背中に痛みが走り私はうめいた。体中の様々な箇所《かしょ》が痛かった。手のひらを頰に当てると、腫《は》れて燃えるように熱を持っていた。

私は朝のことを思い出した。梢を抱え階段を下りたところで父に張り飛ばされた。柱で背中を打ち、抱えていた妹も廊下に転がった。その時点で意識は危うくなった。床に倒れた私へ、俺をなめているのかと叫ぶ父の声がかかった。父の腕は高く振り上げられ、何度も私の頰に向かって振り下ろされた。意識を失う直前、傍《かたわ》らで立ち上がれもせずに泣いている梢の姿を見た。

六時間近く眠っていたらしかった。布団へ運んだのは父ではなく、おそらく母だろう。私は朦朧とする意識の中で見た母の顔を思い出した。父親に乱暴を受けた娘を背負い、階段を一段ずつ上がるときの母の心はどのようなものだったのだろう。

私は痛みに耐えながら立ち上がった。骨の折れているところはなく、歩けないこともなかった。しかし、踏み出すたび足裏に受ける床からの反動が、背骨を伝わり、頭の芯《しん》まで響き、そのまま頭痛となった。体のふらつく感じがあり、立って階段を下りることに不安があった。梢のように座った格好で一段ずつ移動し、一階の廊下に立った。

強くぶたれたせいか、絶えず耳鳴りが聞こえていた。全身を覆う痛みと熱に耐えながら、耳鳴りの向こうにだれかのいる気配がないかを探った。しかし、家の中は静かで、だれかがいるようには感じられなかった。声を出して母を呼んだ。自分の声が喉《のど》を震わせた振動で頭痛がひどくなった。しかし返事もなく、薄暗い廊下がトンネルのように延びているだけだった。

台所で蛇口を捻《ひね》り、コップに水を注いだ。透明な冷たい水を口に含み、飲み込むと、指先から生命の蘇る心地がした。コップを持ったまま居間に移動すると、炬燵《こたつ》台の上に紙切れを見つけた。母の文字で、買い物に行くことと、実家に寄ってくることが書いてあった。夕方ごろには帰ってくると最後に記されており安堵《あんど》した。私だけ家に残して家出をしたのかと思った。

父は仕事へ、梢は小学校へ行っているのだろうと私は推測した。空腹だったので、台所の戸棚を探してみると、ラップのかかった昼食が二人分あった。ひとつは私の分だとわかった。もう一皿がだれのものかを考えて、今日が土曜であることを思い出した。梢がそろそろ帰ってくる時間だった。

二階の窓から濡《ぬ》れた路地を見下ろしていると、曲がり角の陰から梢が現れた。彼女はあいかわらずランドセルの重さでふらついていた。畳んだ黄色の傘を両手で持ち、地面にできた水溜《みずたま》りを恐々と見つめながら慎重に迂回《うかい》して歩いていた。

「梢ー！」

声を出すと頭に痛みが走った。彼女は立ち止まり、視線を左右にさまよわせた。さらに声をかけると彼女は顔を上げ、手を振っている私に気づいた。彼女の顔に明るい笑みが広がった。足元にある水溜りは空の雲を映し、その雲の切れ間からは青空が覗《のぞ》いていた。彼女は雨上がりの空に立っているようだった。

「姉さん、大丈夫……？」

昼食を食べた後、私と梢は居間でしばらく過ごした。それから一緒に二階へ行き、私服へ着替えながら彼女は心配そうな顔で質問した。帰ってきて私の顔を見て以来、すでに二十回以上は同じことを言っていた。梢があまりに心配そうに言うため、私は何度も鏡を覗き込み、まだ鼻がついていることを確認した。

私の部屋で彼女は塗り絵をした。私は耳鳴りに耐えながら漫画を読んだ。体中が痛んでいたが、心地よい時間だった。時計を見るたびに長針は進み、やがて夕刻が近づいた。

強い風が吹いた。窓を開け放していたため、梢の前に広げられていた塗り絵帳のページが、勢いよく次々とめくれていった。風はすぐに止み、大気はそれ以来、気味悪いほどの静寂となった。

ページがめくれたために、梢は色を塗り損じてしまっていた。花びらを塗ろうとしていた赤色は、枠線《わくせん》を無視して横に伸び、そばにいた子供の顔を横切っていた。梢はその上を指先でなぞって悲しそうな顔をした。

階下で玄関扉の開く音がした。静かな家の中にその音はよく響き、私と梢は目を合わせた。おそらく母が帰ってきたのだと思った。

出迎えようと思い、私は階段を下りた。まだ立って階段を下りる自信はなく、座りながら一階へ移動した。それでも梢より早く下りることができた。しかし帰ってきたのは母ではなかった。仕事を早めに切り上げて帰ってきたらしく、靴を脱いで家に上がる父の姿がそこにはあった。


「体は痛むか」

父は玄関先で私を見下ろしたまま言った。玄関の扉には磨《す》りガラスがはまっており、そこを透《す》かして入ってくる外光を背負い、父の目は冷徹《れいてつ》に私を貫《つらぬ》いていた。私は声が出せず、ただ頷《うなず》いた。

「それに懲《こ》りたらもう梢の手助けをするんじゃない」

逆光のため黒い影の塊《かたまり》として目に映る父の姿の中で、眼球の白い部分ばかりがなぜか光って見えた。朝にぶたれた頬が熱さを蘇《よみがえ》らせた。

「反抗的な態度をとるんじゃないぞ」

父の声は命令のように絶対的な響きを持って私の背筋を震わせた。もしも気に入らない行動をとったら手加減をせずに痛めつけるという父の意思までもが聞こえてきた。

私が頷くと、父は満足そうに私の頭を撫《な》でた。父の手が頭に触れた瞬間、全身から汗が噴き出た。

「母さんはいないのか？」

「……出かけて、今はいない」

十年も喉を使っていなかったように私の声はかすれた。

「梢はもう帰っているのか？」

私は緊張したまま答えなかった。その間、父の視線は私の眉間《みけん》を上から貫いていた。

階段の方で物音がした。父の眼球はその方向に向けられた。

「姉さん……？　母さんは……？」

廊下の途中にある階段への曲がり角から梢の声が響いてきた。彼女は下りてこようとしているらしかった。私の心臓は跳ね上がった。

「梢！　母さんじゃなかった！　部屋に戻ってな！」

私は咄嗟《とっさ》に叫んだ。声を出すとやはり頭に痛みが走った。

声は廊下の空気を響かせ、ビルの谷間のような階段にもよく聞こえたはずだった。肩に父の大きな手が置かれ、私は壁の方に押しやられた。体をぶつけて私は膝《ひざ》をついた。朝につけられたいくつもの痣《あざ》が一斉《いっせい》に痛みを発した。父は階段へ向かった。

「梢、階段を下りる練習を今からしよう」

父は階段の前に立ち、首を上に向けた。玄関先にいる私からは階段の奥が見えなかった。しかし、父の見上げた先に梢が立ちすくんでいることは間違いなかった。

やめさせなければいけない。咄嗟にそう思ったが、痛みのために立ち上がるのが遅れた。腕にしがみつき、梢をいじめないでほしいと懇願したかった。しかしその前に、父の片足は階段へ踏み出された。

「梢、ほら、どうした」

階段を上がり、廊下にいる私の視界から父の姿は消えた。

私は痛みをこらえて階段の下に移動した。見上げると、父の背中がすでに階上の高いところにあった。その腕が動き、正面にいる梢をつかもうとしているところだった。

やめて。私は拳《こぶし》を握り締め、力いっぱい叫ぼうとした。しかし、声を父の背中にぶつけようとした瞬間、背後から見える父の腕がおかしな動きをした。梢に伸ばしかけた腕が、横に振り払われたようだった。

「嫌！　近づかないで！」

梢の声だった。日ごろ、か細い声しか出さない彼女が叫んでいた。その声は家中を震わせるような大きさではなかったが、小さな体で精一杯に自分の意思を主張していた。従うことしか知らなかった彼女は、赤ん坊が産声を上げるように、何度も繰り返し叫んだ。私の声は喉《のど》の手前で消えた。

わめき続ける梢に、父は何かを罵《ののし》りながら腕を振り上げた。人をぶつときの動作だった。一階の廊下から見上げ続ける私の瞳《ひとみ》には、次の瞬間に訪《おとず》れるはずの、張り飛ばされた梢の姿がすでに映っていた。しかしそうはならなかった。

「近づかないで！」

梢の叫びが空気を震わせた後、父の背中が揺れた。梢が階上で父の胸を突き飛ばしたらしかった。

父の足は黒色の靴下に覆われていた。階段の板に乗せていたその足が、段を踏み外した。両側の壁に手を伸ばしたが、体を支えるような引っ掛かりはなかった。崖《がけ》のように高く急な黒色の階段で、父は逆さまの状態になった。まるで時間が静止したようにゆっくりとそれは私の瞳に映った。

激しい音の後、耳がつぶれたのかと錯覚するほどの静寂が家の中を支配した。私は動けなかった。階上には涙で顔を濡らした梢が立っていた。棚に置かれた立ち人形のように直立し、呆然《ぼうぜん》と目を見開いたまま瞬きをしなかった。彼女は階下にいる私のつま先を見ていた。

　私のつま先から十センチほど離れた距離に、父の鼻先があった。崖のような階段を転がり落ち、体を折り曲げて倒れていた。右腕は奇妙な方向にねじれ、しかし痛みでうめき声をあげるわけでもなく、身動きすらしなかった。少量だが顔の下から赤い液体が線となって伸びてきた。私は白い靴下を両足に履いていたが、その右足のつま先に液体の線は衝突した。つま先に濡れる感触がして、靴下に血が染み込んでいった。私は階段を上がり梢に近づいた。靴下の裏側は全体に濡れて床にはりつき、滑りにくくなっていた。

　私が目の前にきても梢は身動きせず、まるで私を透かして階下の父が見えるように瞼《まぶた》を広げたまま固まっていた。

「梢……」

　声をかけると、反応があった。私を一度、見た。壁際に後ずさりして、背中をつけた。その場に座り込むと、私から顔を隠すように伏せた。これからどうすればいいのかわからなかったが、ひとまず梢を落ち着かせなければいけないと思った。彼女を立たせて私の部屋に入った。お互いに何も話さず、窓際に寄り添って座った。私は彼女の背中に腕をまわした。彼女の体は小刻みに震えていた。それが腕の内側から伝わってきた。

窓は開け放していた。その向こう側に広がっている空は、雨雲の半分以上を消し、全体的に黄色がかっていた。壁の時計を見ると、すでに夕暮れの始まる時間だった。傾き始めた太陽が窓から入り、薄闇の部屋に色をつけ、私と梢の影を畳に伸ばしていた。

畳の上をよく見ると赤い染みがついていた。廊下から自分の足元までそれは点々と続いていた。私は血のついた靴下を脱いだ。脱《ぬ》ぐ際に指の先へ赤いものがついた。それが忌《い》まわしいもののように思われ、すぐに畳で拭った。

しばらくの間、私たちは窓辺に背中を預け、遠くから聞こえる町の音に耳をすませた。家の中は無音だったが、外からは様々な音が聞こえていた。町のどこかで車の走っている音や、自転車の走っている音、母親が子供を呼ぶ声などが、空を渡って六畳間まで届いていた。窓を開け放していたが風はなく、夕日の沈みはじめる涼しい空気が外とつながっていた。とても静かだ。私はそう思った。

そのとき、私の鼓膜が、階段の軋《きし》む小さな音を捉《とら》えた。気のせいだと思えるほどの音でしかなかった。しかし、それが聞こえた瞬間、梢が体を震わせるのをやめた。彼女も同じものを聞いたらしいと知った。

再び、今度はさきほどよりはっきりと、階段に体重が乗って木の軋む音が聞こえてきた。私は畳に座ったまま、開け放している部屋の入り口に目をやった。その先に横切っている薄暗い廊下が見えた。階下から人の近づいてくる気配を感じた。

古い木製の階段が、さらに軋みの音を発生させた。大きな音というわけではなかった。板に片足が乗り、ゆっくりと体重のかかる様が、音から伝わってきた。

梢が無言で私を見つめた。恐怖の表情をしていた。階段を上がってくる者の正体が父であることに間違いはなかった。逃げなければいけないと思い、私は静かに立ち上がった。声を発してしまうと、近づいてくる父を刺激してしまいそうだった。そのため、口を閉ざしたまま片手で梢の手をつかみ、もう一方の手で窓の外を指し示した。

窓から出て逃げよう。階段を上がってくる父から逃げるためには、その方法しかなかった。私の意思は無言のうちに彼女へ伝わった。しかし、彼女は目を大きく開けて首を横に振った。窓から飛び降りるのは怖かった。家の階段を下りられない彼女にとって、窓から出るのはさらに容易なことではないはずだった。

階段の軋む音はその間にも続いていた。次第に父が近づいてきているのがわかった。軋む音の大きさや回数から、すでに二階の手前にまで父は到達しているはずだった。私は体中を痛めている。今から飛び降りたとして、父に見つからないよう遠くまで逃げきれる自信がなかった。

私は一瞬で決心を固め、押入れの襖《ふすま》を静かに開けた。部屋の入り口に視線を送り、まだ父が来ないことを確かめながら、押入れの下の段に梢を押し込んだ。昨晩、洗ったシーツを隠した場所だった。傍らに脱ぎ捨てていた靴下を拾い上げると、窓枠の下端に押し付けた。靴下に染み込んでいた血がその場所に付着したのを確認し、私も押入れに入った。押入れの中は狭く、梢と折り重なる格好でなければ入らなかった。

そのときすでに階段を上がってくる音は消えて、二階の廊下が軋む音に変わっていた。

押入れ内に隠れた私の手に、靴下は握られたままだった。襖を内側から静かに閉めると、そこに開いていた拳の大きさの穴がちょうど私や梢の鼻先に滑ってきた。これでは隠れていることが外からわかってしまうと焦ったが、体の位置を変えるにはもう遅かった。

父が部屋に入ってくる気配を感じ、私と梢は息を潜めた。畳に体重の圧し掛かる音が襖《ふすま》越しに聞こえてきた。私の胸の下に梢の背中があった。私の左頬の下に、彼女の右頬があった。密着した彼女の体が強張るのを感じた。押入れの中は暗闇だった。襖の穴から部屋の光が差し込み、折り重なった私と梢の鼻先だけ暗闇が拭い去られていた。

穴を通して部屋の中がわずかに見えた。大きな穴ではなく、位置も下の方にあるため、ほとんど畳の上しか見えなかった。穴を通して見ることのできる限定された視界は、まるで、暗闇を丸く切り抜いたようだった。その中に、畳の上を歩く父の足が入ってきた。黒色の靴下に覆われた足は、怪我をしているような歩き方で畳の上を進んだ。それが見えた瞬間、悪寒が虫のように体中を這《は》った。恐怖に耐えなければならないと思い、歯を食いしばった。今にも父が穴を覗《のぞ》いて、押入れに隠れている私と梢を見つけてしまうのではないかと不安だった。

父の声が私と梢を罵り続けていた。怒鳴り声ではなく、一心不乱に呪《まじな》いをつぶやくような低いつぶやきだった。殺してやるという言葉が、穴越しに見える靴下を履いた足から聞こえてきた。

私と梢の息遣《いきづか》いが押入れの中に聞こえていた。お互いの吐き出した熱い息が、狭い空間で跳ね返り温度を上げていった。

父の足は、畳の上の赤い血の跡をたどった。私と梢が座り込んでいた窓際の辺りまでその跡は続いていた。父の足は、開け放された窓の正面に立つとそこで静止した。私は頭を低くして、鼻の先を襖の穴に近づけた。視界がわずかに広がり、窓枠の下端が見えた。そこについた血の汚れを父の手は調べていた。右腕は負傷して動かないらしくぶら下がって揺れていた。窓の外へ身を乗り出すような格好をして外を調べ始めた。父の顔は一向に見えなかった。

父の舌打ちする音が聞こえた。私と梢が窓から飛び降りて逃げたと考えたらしかった。父の足が方向転換し、部屋を出て、外まで追いかけて行ってくれることを私は願った。その隙に私たちは押入れから出て、父から逃げることができるかもしれない。しかし、父が部屋を出て行く様子はなかった。

唐突に激しい音がして、畳に様々なものが散らばった。机の上に置いていた本や文房具などだった。壁にあった時計が畳の上に叩《たた》きつけられ、父の足がそれを思い切り何度も踏んだ。プラスチックの表面が割れて破片を飛び散らせた。それがすむと、壁際にあった棚が倒され、収まっていた漫画が散らばった。

激しい音がするたびに、梢の体が震《ふる》えた。しかし声を出してはいけないとわかっているらしかった。下唇を噛《か》んで悲鳴をこらえている彼女の口元が、穴から差し込む光に薄く照らされて私の頰の下に見えた。

父はあらゆるものを壊し、散らかした。畳の上は足の踏み場もなくなったが、父の足は私の教科書や文房具を踏みながら歩いた。

押入れの中は暑く、私は汗をかいた。顔の表面に水滴が浮かび、すぐ下にある梢の顔へ落ちた。胸の下に密着している梢の背中も汗で湿っていた。

畳に落ちていた鉛筆が父の左手に拾い上げられた。鉛筆の先端は鋭く削られていた。私が昼まで寝かされていた布団に、父はそれを突き刺した。呪いの言葉とともに繰《く》り返し刺すと、やがて持っていた鉛筆を怒りに任せて投げ捨てた。偶然《ぐうぜん》に鉛筆は私たちの隠れている方へ向かってきた。襖に衝突し、押入れ内に鋭い音が響いた。梢は小さく悲鳴を上げた。

私は咄嗟《とっさ》に彼女の口へ手を押し付けた。父の足は動くのをやめた。気づかれたのではないかと思い、歯の根がかみ合わなかった。しかし、父は荒い息を吐き出しながら、畳に転がっていた電気スタンドを窓ガラスに投げつけた。ガラスは粉々に割れて、電気スタンドは外へ消えた。スタンドにつながっていた延長コードだけが窓枠の下端に引っかかった。その様子から、父に悲鳴を聞かれていないとわかった。しかし、助かったという気持ちはなかった。見つかることが先延ばしになったという印象でしかなかった。

ガラスの割れた音を聞きつけて近所の人が助けに来ないだろうか。路地から窓を見上げれば、ぶら下がっている電気スタンドがわかるはずだ。何か異常なことが家の中で行われていると知り、だれかが家を訪ねてきて、父を玄関まで呼び出してくれないだろうか。私は穴を凝視《ぎょうし》しながらそうなることを願った。

畳の上を父の足はいらついたように歩き回った。荒い息遣いと、散らばっている文具を踏み折って進む様は、檻《おり》の中にいる獰猛《どうもう》な猛獣《もうじゅう》を連想させた。私と梢は同じ檻に閉じ込められ、見つからないよう隠れている兎だった。階段を落ちた際の怪我が、父の中にある決定的なものを壊してしまったようだった。痛みが怒りに変わり、そして今、父はそれをぶつける相手を探しているのだ。ただ壊すものを探すだけの生き物になっているのだ。もしも見つかったら、私たちは体を破壊されると思った。

父の足がやがて立ち止まった。暴れる物音が聞こえなくなり、部屋は急に静寂となった。私と梢は息を止めて穴から外を見つめた。ついにあきらめて父が部屋から出て行くのではないかと期待した。

父の正面にカッターナイフが落ちていた。私の持っていた文房具のひとつだった。穴の縁の外側から父の手が伸びてナイフを拾い上げた。視野の外にそれを持ち去り、私と梢からナイフは見えなくなった。

どこか見えない場所で、カッターナイフを弄《もてあそ》ぶ音が聞こえてきた。父は無言でナイフの刃《は》を見つめているらしく、それまでの呪詛《じゅそ》のようなつぶやきは止んでいた。静かな部屋の中に刃の出し入れされる音だけが響き、襖を通り抜けて私と梢のいる暗闇の中にまで届いた。

私も、梢も、声を上げずに目から涙をあふれさせていた。悲鳴を上げれば殺されると思った。少しでも身動きして衣擦《きぬず》れの音を出すだけで、静かな部屋にその気配は伝わってしまうはずだった。私は目を開けたまま、救われることを祈った。顔にできた汗の水滴が目じりから眼球の表面に滲《にじ》んでも、瞬《まばた》きをせずに穴の外を見つめ続けた。

そのとき玄関の開く音がした。ナイフを出し入れする音が止んだ。父は足を引きずるようにして部屋の入り口へと向かった。近所の人が助けにきたのかもしれない。もしそうなら、父は玄関へ向かい、部屋から少しの間、いなくなるかもしれない。そのときが逃げるチャンスだ。

階下から声が聞こえてきた。母の声だった。どうやら玄関を開けたのは母だったらしく、階段の下に広がっている血の跡を見つけて私や梢を呼ぶ声だったようだ。帰ってきたのが母だと知り、父は声をあげた。二階へ来いという命令だった。数秒後、母が階段を上がって来る音が聞こえてきた。

父が部屋から出て行く様子はなかった。息の根を止められた気がした。それでも身を固くして穴から部屋の中をのぞき見ることしかできなかった。目を見開いたまま穴の外に神経を集中し、私も梢も生きている人間というより、成り行きを見つめる眼球となった。

母が階段を上がりきり、廊下を歩く音が聞こえてきた。足音は部屋の前で止まった。穴の向こう側に見える父の黒い靴下は、入り口の方向につま先を向けたまま動きを止めていた。母と向かい合っているらしかった。

実家でお母さんたちと話をしてきたの……。

つぶやくような母の声が聞こえてきた。踏み場もないほど散らかされた部屋を見て発した第一声にしては、母の言った言葉は奇妙に感じられた。目の前の惨状が見えていないのではないかと思わせる、ぼんやりとした声だった。

父は母に、傷薬と包帯を持ってくるよう言いつけた。母は何事かを言ったが、声が小さくて内容は聞こえなかった。父はそれを無視して怒鳴りつけるように母へ命令した。母は、ナイフを握り締めている父を見て、なぜ悲鳴をあげないのだろうか。その気配は、まるで幽霊のようだった。

結局は母も父の言葉に従うしかなかったらしく、階段を下りていった。私と梢はもう助からないと思った。体中の痛みと暑さで頭が朦朧《もうろう》としかけていた。頭蓋骨《ずがいこつ》の中が煮えたぎるように感じ、暗闇の中で唯一見える襖《ふすま》の穴が、奇妙に遠くなったり近くなったりを繰り返した。私も、その下にいる梢も、異様な熱の塊《かたまり》となっていた。

穴の外に見える部屋は夕日のために赤かった。畳に散らばっている教科書も、漫画の本も、すべてが燃えるように染め上げられていた。父はそれらの上に胡坐《あぐら》を組んで母を待った。私と梢にはその背中だけが見えていた。左肩で夕日を受けて、右肩には黒い影をつけていた。まるですすり泣くように、ちくしょう、ちくしょう、と父はつぶやいていた。

気を抜くと途切れそうな意識の中で一瞬、どうしてなの、と私は考えた。どうしてうちはこうなったの。父はなぜひどいことをするの。それは、小さなころから何度も神様に問いかけたことだ。

母の足音が再び階段をあがってきた。しかし、母が部屋に入ってきても、父は顔を上げなかった。穴の中に見えるごく狭い世界に、父の背中と、その背後に立つ母の足とがあった。母は白色の靴下を履《は》いていた。母の手が畳に鞄《かばん》を置いた。いつも買い物へ行くとき腕にかけている鞄だった。母はその中に手を入れた。再び手が鞄から出てきたとき、包丁が握られていた。

私の下で梢が息を呑《の》む気配がした。

母は持っていた包丁を父の背中に刺した。父は悲鳴を上げて転がり、逃れようとしたが、母は何度も刺した。母は無言だった。のた打ち回った末、父は母から逃れるように部屋の隅へ逃げてきた。私と梢のいる押入れの前に父は辿《たど》り着いた。穴のすぐ前に血を流す父の背中があった。そのため、穴から差し込んでいた光は遮《さえぎ》られ、私と梢の視界は暗闇となった。

私と梢は、お互いに何も言わず、身動きもせず、両親のいる部屋を穴からただ見つめ続けた。

再び穴の前に視界が広がった。父が逃れるように母へ背中を向けたらしかった。うつぶせに倒れ、背中に深く包丁が押し込められた。その様は穴越しによく見えた。母は両手で包丁の柄に体重をかけた。

父は襖の方を向いて倒れた。穴越しに、私や梢と目が合った。二十センチも離れていない場所にその眼球はあった。痛みにうめいていた父の目は、その瞬間、驚きで大きく広がった。私たちは悲鳴もあげずに父の瞳《ひとみ》を凝視した。黒い瞳孔《どうこう》に、穴の中にいる私たちの顔が反射して映っていた。しかし、次の瞬間、瞳孔が弛緩《しかん》するように広がった。

瞬きをしない父の顔が穴の正面に横たわった。背中には包丁が刺さったままだった。部屋が静かになり、母の荒い呼吸だけが聞こえてきた。それでも私と梢は動けなかった。倒れている父の頭越しに、直立する母の足が見えた。

しばらくの間、母の足は静かに立っていた。やがて、さきほど包丁を取り出した鞄の前に立ち、血だらけになった手をその中に入れた。鞄から手が抜き出されたとき、今度は長いロープが握り締められていた。それを持ったまま窓のそばに椅子を引き寄せた。その上に乗ると、母は視界の外で何かの作業を始めた。

私たちは食い入るように穴から外を見つめた。窓枠の下端《かたん》と、椅子に乗った母の足が、暗闇を丸く切り取ったような視界の中に見えていた。

やがて母の足は椅子から飛び降りた。反動で椅子は倒れて転がった。母の足は、畳へ届く前に空中で止まった。何度かもだえるように空中を蹴《け》った。つま先で空気を引っ掻《か》くようでもあった。やがて母の足は静かになった。つま先はまっすぐ下を向いて揺れるだけとなった。

すべての物音は消えて完全な静寂となり、私の鼓膜は自分や梢の呼吸する音さえも聞かなかった。沈みかけた太陽は窓から斜めに差し込み、熟《う》れた柿のように、散らかった部屋の中を染めていた。母の足はちょうど窓の正面に下がっていた。そのため、窓から入る夕日は途中で母のつま先に触れて赤く輝かせ、部屋の中に細く長い影が落ちた。母の足は履き古した靴下によって覆《おお》われており、踵《かかと》についている毛玉が夕日に照らされてよく見えた。

epilogue

冷たい風は通り過ぎ、聞こえていた嵐のような音もすでになくなっていた。私は目を開けて忌まわしい思い出から立ち返り、正面に広がるかつて家のあった荒地《あれち》を再び見渡した。小さな正方形のその土地には、今はもう雑草しか見当たらなかった。子供が投げ捨てたものなのか、お菓子のくずが地面に落ちて泥まみれになっていた。

私と梢は、母方の実家に引き取られた。母は自殺したその日の昼、実家へ赴《おもむ》いて、娘たちの面倒を見てくれるよう祖父母に頭を下げていた。

私は荒地から視線を上げて空を見た。灰色の雲が上空を覆い太陽を隠していた。そのためか冷え込みは厳しく、コートを着ていても体は冷たくなった。荒地の方に向いていたつま先を駅の方角へ向けなおし、私は歩き出した。

駅前で梢と待ち合わせをしていた。会うのは半年振りだった。お互いに大学生となり一人暮らしをはじめると滅多に会う機会がなくなった。待ち合わせの時間まで少し間が空いたので、ふと思い立ち、十二年間、足を運ばなかった土地を訪ねたのだ。その土地も、駅へ向かって踏み出す足とともに、再び背後へと遠ざかっていった。子供のころ、学校が終わると必ずそこへ戻らなければならなかった。しかし今はもう、その場所に囚われる必要はなくなっていた。私は決して振り返らず、コートのポケットに両手を入れたまま、足早に前だけを見て歩いた。

家のあった場所へ行ってみたと梢に言えば、彼女はどのような顔をするだろう。祖父母の家で生活するようになり、年齢が高くなるにつれ、私たちは両親のことについて口を閉ざすようになった。禁忌《きんき》のように、その話題だけは外して会話を行なった。しかし、お互いに心の中でいつも、父や階段、そして母のことを考え続けているのは知っていた。中学に入った梢が何も言わず祖父母の家の縁側に腰掛けて庭の木を見つめているとき、彼女があの家のことを思い出していることが横顔からうかがい知れた。

駅前に着くと彼女が立っていた。細い背中を見ただけで、私にはすぐに梢だとわかった。私が近づいていることに気づいておらず、遠く別の方角へ視線を向けていた。彼女はみんなの予想通り美しく育っていた。白い息を吐《は》き出しながら、頬《ほお》に赤みを差して寒そうにしていた。

バスで祖父母の家へ向かう前に、駅前で一緒に食事をすることとなった。高校生のときによく通っていたという店へ梢が行きたがったので、そこへ向かうことにした。

駅前から店へ向かう途中、コンクリート製の長い階段を下りなければならなかった。梢はその前で一度、立ち止まった。階段の下の方を彼女はまっすぐに見据《みす》えていた。瞳は遠くに向けられ、今ここにはない何かを見つめているようだった。しかしそれは一瞬のことで、すぐに彼女は階段を下りはじめた。彼女を怖がらせる急な階段はもうこの世界のどこにも存在しなかった。

私は階段の途中で立ち止まり、下りていく梢の背中を見つめた。子供のころ、彼女は私よりもはるかに小さかった。しかし今、背丈は姉の私を追い越している。私達はよく生き延びたね。心の中でそう思いながら目を閉じた。

いつもそうすると見えるものがあった。

瞼《まぶた》の裏側に暗闇が広がっており、そこに拳《こぶし》ほどの大きさの穴がひとつあいていた。その向こう側には、あの日の散らかった六畳間が見えた。窓から入る夕日のために部屋は赤かった。静寂の中で、靴下に覆われた母の踵が空中に浮かんでいた。

SEVEN ROOMS

乙一

●一日目・土曜日

その部屋で目が覚めたとき、自分がどこにいるのかわからなくて怖かった。最初に見えたのはほのかに点《とも》った電球で、黄色く、弱々しい明かりで暗闇《くらやみ》を照らしていた。まわりはコンクリートでできた灰色の壁だった。窓もない小さな四角形の部屋に、ぼくは横たえられ、気絶していたらしい。

手で体を支えて上半身を起こすと、地面につけた手のひらにコンクリートの無慈悲な硬さを感じた。まわりを見渡していると、頭が割れるように痛む。

突然、ぼくの背後でうめき声が上がる。姉がそばに倒れており、ぼくと同じように頭を押さえている。

「姉ちゃん、大丈夫？」

体をゆすると、姉は倒れたまま目を開けてぼくを見た。起きあがり、ぼくと同じような格好でまわりを見る。

「ここはどこ？」

わからない。ぼくは首を横に振った。

裸の電球が下がっているだけで他には何もない、薄暗い部屋だった。ぼくたちは、どうやってこの部屋に入ったのか覚えていない。

覚えているのは、郊外にあるデパートの近くの並木道を、姉といっしょに歩いていたということだけだった。母の買い物がすむまで、姉がぼくの世話をすることになったのだ。それはぼくたち二人にとって不愉快なことだった。ぼくはもう十歳になるのだし、世話がなくても一人でちゃんとできる。姉も、ぼくを放っておいて遊んでいたいようだった。でも、母はぼくたちが別々に行動することをゆるさなかった。

ぼくと姉は険悪な雰囲気のまま話をせずに遊歩道を歩いていた。道には四角い煉瓦《れんが》が模様を描くように敷き詰められ、両側に並んでいる木々は枝を広げて天井を作っていた。

「あんたなんか留守番していればよかったのよ」

「なんだよケチ」

ぼくと姉はときどき、相手を罵《ののし》る言葉をぶつけあった。姉はもうすぐ高校生だというのに、ぼくと同じレベルで口喧嘩《くちげんか》をする。そもそもそこが変だ。

歩いていると、急に、後ろの茂みが音をたてた。振り返って確かめる時間もなかった。頭にひどい痛みが走り、いつのまにかぼくたちは部屋にいた。

「だれかに後ろから殴られたんだ。そして気絶している間にここへ……」

姉が立ちあがりながら腕時計を見た。

「もう土曜日になってる……。今、たぶん夜の三時だわ」

腕時計はアナログ式で、ぼくには触らせてくれないほど姉のお気に入りのものだった。銀色の文字盤に小さな窓があり、そこに今日の曜日が表示される。

部屋は縦横高さが三メートル程度あり、ちょうど立方体の形をしていた。飾りのない灰色の硬い表面が、電球の明かりでゆるやかに陰影をつけられている。

鉄製の扉がひとつだけあったが、取っ手も何もない。ただの重い鉄の板が、コンクリートの壁に埋めこまれているだけに見える。

扉の下に、五センチほどの隙間がある。そこから、扉の向こう側にあるらしい明かりが床に反射している。

床に膝《ひざ》をつき、隙間から何か見えないかと確かめる。

「何か見えた？」

期待するような顔でたずねる姉へ、ぼくは首を横に振る。

周囲の壁や床は、あまり汚れていない。つい最近、だれかが掃除をしたように、埃《ほこり》さえつもっていない。灰色の冷たい箱へ閉じ込められたように思えてくる。

ただひとつの明かりとなる電球は天井の中央に下がっているため、ぼくと姉が部屋の中を歩き回ると、二つの影が四方の壁を行ったり来たりする。電球は弱々しく、部屋の隅には暗闇が拭《ぬぐ》えずに吹きだまっていた。

ひとつだけ、この四角い部屋に特徴があった。

床に幅五十センチほどの溝がある。扉のある面を正面だとすると、ちょうど左手の壁の下から、右手の壁の下まで、床の中央部分をまっすぐ貫いて通っている。溝には白く濁った水が左から右へ流れている。異様な臭いを発し、水に触れているコンクリート部分は変色しておぞましい色になっている。

姉は扉を叩《たた》いて大声を出した。

「だれか！」

返事はない。扉は分厚くて、叩いても、びくともしない。重い鉄の塊を叩いたときに出る、人間の力では壊れないという絶対的に無情な音が、部屋の中に反響するだけだった。ぼくは悲しくなって立ちすくむ。いつになったらここから出られるのだろう。

姉の持っていたバッグはなくなっていた。姉は携帯電話を持っていたが、そのバッグの中に入れていたため、母に連絡することもできない。

姉は床に頬をついて、扉の下の隙間に向かって叫んだ。全身を震わせ、汗まみれになって体の奥から助けを呼ぶ。

今度は、どこか遠くから声らしいものが聞こえた。ぼくと姉は顔を見合わせた。

自分たち以外に、近くにだれかがいる。しかし、その声は判然とせず、内容までは聞き取れなかった。それでも、ぼくはほっとした。

しばらく、扉を叩いたり、蹴《け》ったりしていたが、無駄だった。やがてつかれて、ぼくと姉は寄り添って眠った。


朝の八時ごろ、目が覚めた。

眠っている間に、扉の下の隙間に食パンが一枚と、綺麗《きれい》な水の入った皿が差し込まれていた。姉はパンを二つに裂くと、半分をぼくにくれた。

姉は、パンをさしこんでくれた人物のことを気にしていた。もちろん、その人物が、自分たちをここに閉じ込めたにちがいない。

部屋の中央を貫いている溝は、ぼくたちが眠っている間も絶え間なくゆっくりと水が流れている。常にそこからは物の腐ったような臭いが漂い、ぼくは気持ち悪くなった。虫の屍骸《しがい》や残飯が浮いて、部屋を横切っていく。

ぼくはトイレに行きたくなった。そう姉に告げると、扉を一度見て、首を横に振った。

「部屋から出してもらえそうにないから、その溝にしなさい」

ぼくと姉は、部屋から出られるのを待った。しかし、いつまでたっても、扉が開くことはなかった。

「だれが、どういう目的で私たちをこの部屋に閉じ込めているのだろう」

姉は部屋の隅に座ってつぶやいた。溝を挟んで、ぼくも同じように腰を落ちつける。灰色のコンクリートの壁に、電球のつくる明かりと影。姉の疲れた顔を見て悲しくなった。早くこの部屋から出ていきたかった。

姉は扉の下の隙間に叫んだ。どこからか人の返事が聞こえる。

「やっぱり、だれかいる」

しかし、反響して何と言っているのかわからない。

食事はどうやら朝だけらしく、その日、もう運ばれてくることはなかった。空腹を姉に訴えると、それくらいがまんしなさい、と怒られた。

窓がないのでよくわからなかったが、時計を見ると夕方の六時ごろだった。扉の向こう側から、こちらに近付いてくる足音が聞こえた。

部屋の隅に座っていた姉が、ぱっと顔を上げる。ぼくは扉から距離をとった。

足音が近づいてくる。ついにぼくたちの閉じ込められているこの部屋に、だれかがやって来るのだと思った。そしてその人物は、なぜぼくたちにこんなことをするのか説明してくれるに違いない。ぼくと姉は、息を呑《の》んで扉が開かれるのを待った。

しかし、予想に反して足音は部屋の前を通りすぎた。拍子抜けした顔で姉が扉に近づき、下の隙間に向かって声を出す。

「待って！」

足音の人物は、姉を無視して行ってしまった。

「……ぼくたちをここから出す気なんて、ないんじゃない？」

ぼくは怖くなって言った。

「そんなはずないわ……」

姉はそう言ったが、それが口だけだということは、顔でわかった。

部屋の中で目がさめて、丸一日がたった。

その間、隙間の向こうから、重い扉の開閉する音や、機械の音、人の声らしい音、靴音などが聞こえた。でも、それらはすべて壁に反響してはっきりとせず、どれも巨大な動物の唸《うな》り声のように空気を震わせているだけに聞こえた。

ぼくと姉のいる部屋の扉は、一度も開けられることはなく、ぼくたちはまた寄り添って眠りについた。

●二日目・日曜日

目が覚めると、扉の下の隙間に食パンがあった。水の入った皿はない。昨日、差し込まれた皿は、部屋に置いたままだった。それを隙間から出しておかなかったから水がもらえなかったのではないかと姉は推測していた。

「忌々《いまいま》しい！」

姉は悔しそうに言うと、皿を振り上げた。床に叩きつけようとして、とどまる。壊すと、もう二度と水をくれなくなるかもしれない。そう考えたのだろう。

「なんとかしてここから出なくちゃいけない」

「でも、どうやって……？」

弱々しくたずねるぼくに、姉が視線を注ぐ。次に、部屋の床を貫いている溝を見た。

「この溝は、きっと私たちのトイレのかわりなんだ……」

溝の幅は五十センチ、深さは三十センチくらいだ。片方の壁の下から出て、もう片方の壁の下に吸いこまれている。

「私が通るには小さすぎる」

でも、ぼくなら通り抜けられるにちがいない。そう姉は言った。

姉のはめていた腕時計で、お昼ごろだというのがわかった。

ぼくは姉の言う通り、溝の中をくぐって部屋の外へ行くことになった。そうやってこの建物の外に出ることができれば、だれかに助けを求めることができるはずだ。もし外へ出ることができなくても、とにかく周囲のことをなんでもいいから知りたい。

そう姉は考えていた。

でも、ぼくは乗り気じゃなかった。

溝の中に入ろうと、ぼくはパンツだけになる。そこで、やっぱりひるんだ。溝を流れている濁った水にもぐらなければいけないというのが、つらかった。姉も、ぼくの気持ちがわかったらしい。

「おねがい、がまんして！」

躊躇《ためら》いながら、溝の中に足を入れた。浅い。足の裏側は、すぐに底へついた。ぬるぬるして、すべりやすい。深さは膝《ひざ》の下くらいしかない。

壁の中に吸い込まれる溝の口は、横に細長い四角形で、暗い穴になっている。小さかったが、ぼくなら通れるはずだった。ぼくはクラスの中で、一番、体が小さい。溝が壁の中で四角いトンネルのように続いている。水面に顔を近づけて、先がどうなっているのか見ようとした。そうした拍子に、ぷんと悪臭が鼻をつく。溝のトンネルがその先どうなっているのかは、よくわからなかった。実際にもぐってみるしかない。

壁の中に続くトンネルの中で体が引っかかったら、戻ることができなくて危ないかもしれない。そう考えて、姉はぼくの服の上下と二人分のベルトを繋《つな》いでロープを作っていた。それを靴紐《くつひも》でぼくの片足に結びつけ、危なそうだったら引っ張ってぼくを助けるという計画だった。

「どっちに行けばいいの？」

ぼくは、左右の壁を見て姉に尋ねた。溝を流れる水流の上流側と下流側、二つの穴が左右の壁の中央下部にあいている。

「好きな方を選びなさい。でも、どこまでもトンネルが続いてそうだったら、すぐに戻ってくるのよ」

ぼくはまず上流の方を選んだ。つまり、扉のある壁を正面としたとき、左手の方にある四角い穴だ。壁の近くまで行って、溝の水流に体を沈める。汚れた水が足の方から徐々に体を覆っていく。まるで細かい虫が全身を這《は》い進み、蝕《むしば》んでいくような気持ちだった。

息をとめ、しっかり目を閉じ、水の流れ出てくる壁の四角い穴に頭から飛び込んだ。狭く、天井は低い。腹ばいになったぼくの後頭部をトンネルの天井が打つ。

コンクリートの四角いトンネルを、ぼくの体がぎりぎりで通りぬける。針の穴に糸を通すようなものだった。水の流れはそれほど速くないので、逆行することはかんたんだった。

幸い、二メートルほど水の流れるトンネルを腹ばいに進んだところで、それまでぼくの頭や背中にあたっていた天井の感触が消えた。溝がどこか広い空間に出たのだと思い、ぼくは水から顔をあげて立ちあがった。

悲鳴が聞こえた。

汚れた水が目の中に入るのがいやだったけど、ぼくは目を開けた。一瞬、もといた部屋に戻ってきたのかと思った。先ほどとまったく同じ、そこは周囲を灰色のコンクリートに囲まれた小さな部屋だった。それに、溝はさらにまっすぐ床の中央を貫いて続いている。ぼくは溝の上流のトンネルに飛びこみ、下流のトンネルから出てきてしまったのだと思った。

しかし違った。姉のかわりに、別の人間がいた。姉よりも少し年上くらいに見える若い女の人で、見たことのない顔だ。

「あなたはだれ!?」

彼女はそう叫び、怖がるようにぼくから遠ざかる。

ぼくと姉のいた部屋から上流の方向へ溝の中を進むと、そこもまた同じつくりの部屋で、人が閉じ込められていた。何から何まで同じで、溝もさらに先へ続いていた。しかも、そのひと部屋だけではなかったのだ。

ぼくは、戸惑っている女の人に、溝の下流側の部屋に姉と閉じ込められていることを説明した。それからさらに、足に結んでいた靴紐を外して上流の方へ向かうことにした。その結果、さらに二つのまったく同じコンクリート製の部屋があった。

つまり、ぼくと姉のいた部屋から溝を遡《さかのぼ》ると、三つの部屋があったわけである。

どの部屋も、一人ずつ人間が入れられていた。

最初の部屋には若い女の人。

その次の部屋には髪の長い女の人。

一番、上流にある部屋には、髪を赤く染めた女の人。

みんな、わけもわからず閉じ込められていた。大人ばかりで、子供なのはぼくと姉だけだった。姉はともかく、ぼくはまだ体も小さいので、姉弟《きょうだい》でセットにされて部屋に入れられたのだろう。ぼくは一人分として数えられなかったのだ。

赤く髪を染めた女の人がいた部屋から先には、溝に鉄柵《てっさく》がしてあって進めなくなっていた。ぼくはもとの部屋に戻ると、全部、姉に説明した。

ぼくの体は、乾いても臭いがとれなかった。体を洗う水もない。そのため、部屋はより臭くなったが、姉は不満を言わなかった。

「私たちがいるのは、上流側から数えて四つ目の部屋ということね？」

つぶやきながら、何か考えていた。

部屋はたくさん連なっていたのだ。そしてそれぞれ人が閉じ込められている。それがぼくには驚きだった。心強い気もした。同じ状況の人が大勢いるというのは、慰められているようだった。

それに、みんなぼくを見て、最初は戸惑っていたが、やがて顔を輝かせた。これまで何日も閉じ込められていて、みんな、他人というのを見ていなかったらしい。扉を開けられることもなく、自分が今、どんな状況なのか、壁の向こう側がどうなっているのかも知らなかったのだ。だれも、溝をくぐれるような小さな体を持っておらず、どうすることもできなかった。

ぼくが溝にもぐって部屋を立ち去ろうとすると、またここに戻ってきて何を見たのか説明するようにとみんな懇願した。

だれが自分たちを閉じ込めているのか、みんな知らないのだ。だから、自分はどんな場所に閉じ込められているのか、自分はいつ外に出られるのかということを知りたがっていた。

姉に上流の様子を報告した後、今度は溝の中を下流の方向へ向かった。そこもまた、上流側がそうだったように、コンクリートの薄暗い部屋が連なっていた。

下流へ向かって最初の一部屋目は、他の部屋と同じ状況だった。

姉と同じくらいの年齢に見える女の人が閉じ込められていた。ぼくを見ると驚き、説明を聞くとやがて顔を輝かせた。やはり、みんなと同じように部屋へつれてこられ、わけもわからず閉じ込められているそうだった。

さらにその部屋から下流へ向かった。

また四角い部屋に出た。しかし、今度は様子が違っていた。つくりは他の部屋とまったく同じだったが、人がいなかった。空っぽの空間に、電球の明かりだけが弱々しく灰色の箱の中を照らしている。これまでに見た部屋にはかならず人がいたため、部屋にだれもいないというのが不思議な感じだった。

溝はまだ先へ続いている。

空っぽの部屋から、もうひとつ先へ進む。足のロープを持ってくれる人はいなかったけど、気にしなかった。どうせまた下流にも小部屋が並んでいるのだろうと思い、ロープは姉の部屋に置いてきていた。

ぼくと姉のいた部屋から下流へ三つ目の部屋に、母と同じくらいの年齢に見える女性がいた。

溝から立ちあがるぼくを見ても、彼女はさほど驚かなかった。彼女の様子がおかしいことはすぐにわかった。

やつれて、部屋の隅にうずくまり、震えている。母と同じくらいの年齢に見えたのは間違いで、本当はもっと若いのかもしれない。

ぼくは溝の先を見た。壁の下の四角い穴に鉄柵があり、そこから先には行けないようになっている。どうやら下流の終着点らしい。

「あの、大丈夫ですか……？」

ぼくは気になって、女の人に声をかけた。彼女は肩を震わせた。恐怖の眼差《まなざ》しで、水の滴《したた》っているぼくを見つめる。

「……だれ？」

魂のほとんど抜けきった力のないかすれた声だった。

他の部屋にいた人の様子と、あきらかに違う。髪はぼさぼさになり、抜け落ちた毛がコンクリートの床に散らばっていた。顔や手が汗で汚れている。目や頬が落ち窪《くぼ》み、骸骨《がいこつ》のように見える。

ぼくは彼女に、自分が何者で、何をしているのかを説明した。彼女の暗かった瞳《ひとみ》の中に、光が点ったように感じた。

「じゃあ、この溝の上流に、まだ生きた人間がいるのね⁉」

生きた人間？　ぼくは彼女の話がうまく理解できなかった。

「あなただって見たでしょう？　見なかったはずがないわ！　毎日、午後六時になると、この溝を死体が流れていくのを……！」

ぼくは姉のもとに戻って、まずは溝の先がどうなっていたのかを説明した。

「全部で部屋は七つ連なっていたのね……」

姉はそう言うと、ぼくがいろいろなことを説明しやすいように、それぞれの部屋に番号を割り振った。上流の方から順番に番号をつけると、ぼくと姉のいる部屋は四番目、そしてあの最後の部屋にいた女の人は七番目の部屋にいたことになる。

それからぼくは、七番目の部屋の女性が言ったことを姉に説明するべきかどうか迷った。まに受けて話をすると、ばかげていると思われるかもしれない。そうしているうちに、何かを躊躇《ためら》っていることが姉に気づかれたらしい。

「まだ何かあるの？」

ぼくはおそるおそる、七番目の部屋の女性が言ったことを姉に話した。

あのやつれきった女性が言うには、毎晩、決まった時刻になると、溝を死体が流れていくそうだ。上流から下流へ、水に乗ってゆっくりと漂って部屋を通り過ぎるという。

なぜ、それらの死体が、溝の狭いトンネルをくぐれるのか、ぼくは話を聞いていて不思議に思った。そもそも七番目の部屋を通る溝の下流側には鉄柵がはまっていて、先に行けないようになっているのだ。死体が流れてくれば、引っかかるはずである。

しかし、やつれた女性は言った。

流れてくる死体はどれも、鉄柵の隙間を通り抜けられるほどに細かく切り刻まれているのだそうだ。だから、たまに柵へひっかかる程度で、ほとんどは部屋を通り過ぎて、流れ去ってしまうという。彼女は部屋に閉じ込められた日から毎晩、死体の破片が水に浮いて横切っていくのを見るのだそうだ。

姉は話を聞いている間、目を大きく広げてぼくを見ていた。

「昨夜も見たって?」

「うん……」

ぼくたちは昨日、死体が溝を流れるのに気づかなかった。いや、気づかないなんてことがあるだろうか。夕方六時には、たしかまだぼくたちは起きていた。溝は部屋のどの位置にいても目につく。何かおかしなものが浮いていれば、不思議に思わないはずがない。

「上流にいた三つの部屋の人も、そんなことを言ってた?」

ぼくは首を横に振った。死体の話なんてしたのは、七番目の部屋にいた、やつれた女性だけだ。彼女だけが、幻覚でも見ていたのだろうか。

しかしぼくには、彼女の顔が忘れられなかった。頬がこけて、目の下にくまを作り、すでに死んでしまった人のように目が暗かった。心底、何かにおびえている人の表情だったのだ。他の部屋に閉じ込められている人とあのやつれた女性とでは、どこかがあきらかに違っていた。彼女は何か特別な悪い体験をしているに違いないと思った。

「その話、本当だと思う?」

姉に尋ねると、わからない、というふうに首を振った。ぼくは不安でしかたなかった。

「……時間がくれば、きっとわかるわよ」

ぼくと姉は部屋の壁に体を預けて座りこみ、姉の腕に巻かれている時計で午後六時になるのを待った。

やがて、腕時計の長針と短針が一直線に並び、『12』と『6』を結ぶ。銀色の針は部屋の電球の光を反射して、時間がきたことを告げた。ぼくと姉は、息をつめて溝を見つめた。

扉の向こう側に、だれかの行き来する気配がある。ぼくと姉はその気配にそわそわさせられた。聞こえる足音と、この時刻であることとの間に、何か関係があるのだろうか。しかし、声をかけても無駄だと思ったのか、姉は扉の下の隙間から歩いている人物に呼びかけたりはしなかった。

どこか遠くで機械の唸《うな》る音が聞こえる。でも死体なんて流れてこなかった。ただ、濁った水に無数の死んだ羽虫が浮いているだけだった。

●三日目・月曜日

目が覚めると朝の七時だった。扉の下の隙間に、食事の食パンが差し込まれている。一日目の食事以来、部屋に置いたままになっていた水の入っていた皿は、昨日、隙間から外に出しておいた。それがよかったのか、今日は水がもらえた。おそらくぼくたちをここに閉じ込めている人物は、朝食のパンをみんなに配る際、水の入ったヤカンをいっしょに持ち歩いているのだろう。一枚ずつ食パンを隙間へ差し込むたび、扉の下から出された皿の中へ水を入れていく。顔も知らないその人物がそうして七つの扉の前を歩いている場面を、ぼくは想像した。

姉が食パンを二つに裂き、大きな方をぼくにくれた。

「お願いがあるわ」

姉は、またぼくに溝の中を移動してみんなに話を聞いてきてほしいと言った。ぼくは二度と溝にもぐるのはいやだったが、そうしないならその食パンを返せと姉が言うので、従うことにした。

「みんなに聞くことは二つあるわ。何日前に閉じ込められたのかということと、溝の中を死体が流れるのを見たかどうか。以上のことをたずねてきてちょうだい」

ぼくはそうした。

まずは上流の三つの部屋へ向かう。

ぼくの顔を見ると、みんな、ほっとした表情になった。姉に頼まれた質問をみんなにした。

窓も何もない空間なので、自分がどれくらいの間ここにいるのかを知ることは難しそうに思えた。しかし、それぞれ何日間ここに閉じ込められているのかを把握していた。時計をもっていない人もいたが、食事が一日に一回、運ばれてくるため、その回数を数えていればいいのだ。

　次に下流へ向かう。そこでおかしなことになっていた。

　五番目の部屋は昨日通り、若い女の人がいた。

　しかし、昨日、空っぽだった六番目の部屋には、はじめて見る女の人が入っていた。彼女は、溝の中から現れたぼくを見ると悲鳴をあげ、泣き叫んだ。ぼくを怪物のように思ったらしく、説明するのに手間取った。ぼくもここに閉じ込められていて、体が小さいために溝の中を移動できるのだということを説明すると、理解してもらえた。

　彼女は昨日、気づくとこの部屋の中にいたらしい。土手をジョギングしていたのだが、道に駐車している白いワゴン車の脇を通りすぎた瞬間、頭を何かで殴られて、気を失ったのだそうだ。まだ殴られたところが痛むのか、彼女は頭を押さえていた。

　ぼくは七番目の部屋へ向かった。そこでもまた、考えていなかったことが起きた。

　昨日はやつれた女性がその部屋にいて、溝を死体が流れていくと話していた。しかし、その女性がどこにもいない。部屋の中から消えて、ただコンクリートの無表情な冷たい空間があるだけだった。電球が空っぽを照らしていた。

　不思議なことに、昨日、ここへきたときよりも部屋の中が綺麗《きれい》な気がした。人間が閉じ込められていたという気配があまりない。壁や床には少しも汚れた様子がなく、平らな灰色の表面にただ電球の作る明るい部分と暗い部分があるだけだった。

昨日、ぼくがここで見た女性は錯覚だったのだろうか。それとも、部屋を間違えているのだろうか。

四番目の部屋に戻り、見聞きしたことをすべて姉に説明した。

姉がぼくの口を使って言わせた一つ目の質問には、みんなそれぞればらばらな答えが返ってきた。

一番目の部屋にいた髪を染めた女の人は、閉じ込められた状態で今日、六日目を迎えたそうだ。六回、食事を与えられたので間違いないという。

二番目の部屋にいた女の人は五日目、三番目の部屋の女性は四日目、そして四番目の部屋にいるぼくと姉は、部屋で目覚めて三日目だ。

さらに下流にある五番目の部屋の女性は二日目。そして昨夜、部屋の中で目覚めたという女の人は、今朝の食事がはじめてだったので、一日目だ。

七番目の部屋にいた人は、何日間、閉じ込められたのだろう。尋ねる前に消えてしまった。

「……外へ出られたのかな？」

姉に尋ねると、わからない、という答えが返ってきた。

二つ目の『死体が流れていくのを見たことがあるか』という質問に対しては、だれもが首を横に振った。溝を流れる死体なんて見た人間は、だれもいなかったのだ。それどころか、ぼくの質問を聞いた瞬間、不安そうな顔をした。

「なんでそんな質問をするの？」

どの部屋の女の人も、そう問い返した。ぼくが何か特別な情報を持っていてそんな質問をしているのだと思ったようだった。それは実際にその通りなのだ。みんなはぼくのように他の部屋の情報を知ることができない。だから、いろいろなことを想像するしかない。ただ閉じられた空間の中で、壁の向こう側はTV局や遊園地なのかもしれないと思い巡らして時間をつぶすしかないのだ。

「後で説明します……」

ぼくは、早くみんなに質問してまわりたくて、そう短く切り上げた。

「だめ、ここは通さないから。それともあなた、ここにわたしを閉じ込めている人の仲間なの？　他にも部屋があって人が閉じ込められているって話、嘘なのね？」

一番目の部屋から立ち去ろうとしたとき、その部屋にいた人だけはそう言って溝の中に入ると、下流側の壁を背にして直立した。ちょうど溝のトンネルを足で塞《ふさ》いだ格好になる。そうされるとぼくは帰れなかった。

しかたなく、昨日、七番目の部屋で聞いたことと、姉の命令でみんなに質問してまわっていることなどを話した。彼女は顔を蒼白《そうはく》にしながら、馬鹿ね、そんなはずないじゃない、と言ってぼくに道をあけてくれた。

結局、だれも死体が流れるところを見たことがないということは、やっぱり七番目の部屋にいた人は夢でも見ていたのだろうか。そうだといい。ぼくはそう思った。

そもそも、七番目の部屋にいたやつれた女性は、毎日、決まった時刻に死体が流れていったと言う。でも、これまで何日も閉じ込められていた上流にいた人たちは、死体なんて見ていないそうだ。わけがわからない。

ぼくはため息をつき、溝の中に入って汚れた体を、以前に作ったロープで拭《ふ》いた。ぼくの上着やズボンはすべてロープにしてしまい、そのままだったから、これまでずっとパンツだけで過ごしていた。それでも部屋は生暖かいので、風邪をひくことはなかった。ロープはとくに使い道もないまま、部屋の片隅に放置して時々ぼくの体を拭くタオルのかわりになっていた。

膝《ひざ》を抱えた状態で寝転がる。剝《む》き出しのコンクリートの床は、肋骨《ろっこつ》が硬い床の表面に当たって寝転がるには痛かった。でもしかたない。

それから、こんな不確かなわけのわからない情報も、他の部屋にいるみんなに伝えてまわるべきだと思った。みんな、自分に見える範囲のことしか知り得なくて、怖がっている。

でも、話を聞いてさらにわけがわからなくなるかもしれないと考えると、話していいのかどうか迷う。

部屋の隅に座っている姉が、壁と床の境目あたりを凝視していた。ふと、手で何かをつかむ。

「髪の毛が落ちてたわ」

姉が、長い髪の毛を指先につまんで垂らしながら意外そうに言った。なぜ、あらためてそんなことを言うのか、ぼくにはわからなかった。

「これを見て、この長さ！」

姉は立ちあがり、拾った髪の毛の長さを確かめるように、端と端をつまんで掲げた。五十センチはあった。

ようやく、ぼくは姉の言いたいことがわかった。ぼくと姉の髪の毛は、そんなに長くないのだ。ということは、床に落ちていたのは、ぼくたち以外のだれかの毛髪だということだ。

「この部屋、私たちがくる前にだれかがつかっていたんじゃないかしら？」

姉は顔を青くして、うめくように言葉を吐き出す。

「きっと……、いえ、たぶん……。馬鹿げた推測かもしれないけど……。あなたも気づいたでしょう？　上流にある部屋の人のほうが、閉じ込められている期間が長いのよ。それも、ひとつ部屋がずれると、一日、多く閉じ込められている。つまりね、端にある部屋から順番に人が入れられていったということなの」

姉はあらためて、それぞれの部屋にいる人の、閉じ込められた期間の違いに注目していた。

「それじゃあ、それ以前はどうだったのかしら？」

「人が入る前？　空っぽだったんじゃない？」

「そう。空っぽだったのよ。それじゃあ、その前は？」

「空っぽの前は、やっぱり空っぽだったんだよ」

姉は首を横に振りながら、部屋の中を歩き回った。

「昨日を思い出して。昨日の段階で、私たちはこの部屋で目覚めて二日目だった。ひとつ下流にある五番目の部屋の人は一日目だった。六番目の部屋は、ゼロ日目と考えて、空っぽだった。でも、七番目の部屋の人は？　その並び順で考えれば、マイナス一日目の人が入れられているはずでしょう？　あなた、マイナスって数字は小学校でならった？」

「それくらい知ってるさ」

しかし、話がややこしくてわからなかった。

「いい？　連れてこられてマイナス一日目の人なんていないのよ。その人は、わたしの勝手な推測だけど、昨日の段階で連れてこられて六日目の人だったのよ。一番目の部屋にいた人が閉じ込められる前日に、その人は連れてこられていたの」

「それで、今どこにいるの？」

姉は歩き回るのをやめて口籠《くちご》もり、ぼくを見た。一瞬、躊躇《ためら》ってから、おそらくもうこの世にいないのだということをぼくに説明した。

昨日はいた人が消え、空っぽの部屋に人が入る。ぼくは、溝の中を移動して見てきた部屋ごとの違いを、姉の言ったことに照らしあわせて考えた。

「一日たつと、人のいない部屋が下流の方向へひとつずれる。それが下流まで行ってしまったら、また上流の部屋からやり直し。七つの部屋は、一週間を表しているんだわ……」

一日に一人ずつ、部屋の中で殺されて、溝に流される。その隣の空っぽだった部屋には、人が入れられる。

順番に殺されて、また人は補充される。

昨日、六番目の部屋に人はいなかった。今日はいた。人がさらわれてきて、補充された。

昨日、七番目の部屋に人はいた。今日はいなかった。消されて、溝に流された。

右手の親指の爪を噛《か》みながら、姉は忌まわしい呪文のようにつぶやいていた。目の焦点はあっていなかった。

「だから、七番目の部屋の人は、溝に死体が流れて過ぎるのを見ることができた。だって、この順番で部屋に人が入れられるのであれば、死体が溝に流されても、その部屋より上流の方にいては見ることはできない。こう考えれば、七番目の部屋にいた女の人の話が、夢や幻覚じゃなかったと考えることができるわ。つまり彼女が見たのは、以前に他の部屋へ入れられていた人の死体だったんだと思う」

昨日の段階で、死体が流れるのを見ていたのは、七番目の部屋にいた女性だけだったのだ。そう姉は説明してくれた。ぼくはややこしくてよくわからなかったけど、姉の言っていることは正しいように思えた。

「私たちが連れてこられたのが金曜日、その日に五番目の部屋にいた人が殺されて流された。一晩あけて土曜日、六番目の部屋の人が殺されて、五番目の部屋に人が入れられた。あなたが見た空っぽの部屋は、中にいた人が殺された後だったんだ。そして日曜日、七番目の部屋の人が殺された。ここで溝を監視していても、当然、死体は見えなかったはずだわ。上流には流れてこないのだから。そして今日、月曜日……一番目の部屋の人が殺される」

ぼくは急いで一番目の部屋へ行った。

髪を染めた女の人に、姉の考えたことを説明した。しかし、彼女は信じなかった。

顔を引きつらせながら、そんなことあるはずないでしょう、と言った。

「でも、一応ってこともあるから、なんとかして逃げださないと……」

しかしどうやって逃げればいいのか、だれにもわかっていなかった。

「私は信じないわ！」彼女は怒ったようにぼくへ叫んだ。「一体なんなのよこの部屋は！」

ぼくは溝の中を、姉のもとまで戻った。途中、ふたつの部屋を通り抜けないといけない。そのとき、それぞれの部屋にいた人に声をかけられ、何があったのかとたずねられた。しかし、話をしていいのかどうかわからなかった。結局、何も伝えないまま、すぐにまた戻るからと言って姉のもとへ向かった。

姉は部屋の隅で膝を抱えていた。ぼくが溝からあがると、手招きした。溝の水で体中が汚れているのにも構わず、姉はぼくを抱きすくめた。

姉の腕時計で午後六時。

溝を流れる水に、赤みが差した。ぼくと姉が話もせず見つめていると、溝の上流側の四角い口から、白いつるりとした小さなものが漂ってきた。最初は何かわからなかったが、それが水面で半回転したとき、並んでいる歯が見えて、下顎《したあご》の一部だとわかった。それが浮いたり沈んだりしながら部屋の中を通りすぎ、下流側の穴へ吸いこまれていく。やがて耳や指、小さくなった筋肉や骨が次々と流れてきた。切断された指に、金色の輪がはまっている。

染めた髪の毛の塊が流れていく。よく見るとそれらは、ただ髪の毛がからまってい

るわけではなく、髪の生えた頭皮ごと流れているのだと気づく。

一番目の部屋の人だ、とぼくは思った。濁った水に乗って流れていく無数の体の切れ端は、とても人間だったものとは思えず、ぼくはただ不思議な気持ちにさせられた。

姉は口元を押さえてうめいた。部屋の隅に吐いたが、ほとんど胃液だけだった。話しかけたけど答えてくれず、姉は放心したように黙りこんでいた。

薄暗くて陰鬱《いんうつ》なこの四角い部屋は、ぼくたちをそれぞれ一人ずつにわけ隔てる。充分に孤独を味わわせた後に、命を摘み取っていく。

「一体なんなのよこの部屋は！」

そう一番目の部屋の人は叫んでいた。震えるようなその叫び声が頭にこびりついて離れない。そしてこの固く閉ざされた部屋は、ただぼくたちを閉じ込めているという以上の意味を持っているように感じられてくる。もっと重大な、人生とか魂といったものさえ閉じ込め、孤立させて、光を剝《は》ぎ取っていくように思えた。まるで魂の牢獄《ろうごく》だ。これまで見たことも体験したこともない本当の寂しさや、もう自分たちには未来などないのだという生きることの無意味さをこの部屋は教えてくれる。

姉が膝《ひざ》を抱えて体を丸め、むせび泣いていた。ぼくたちの生まれるずっと昔、歴史

のはじまる以前から、人間の本当の姿はこうだったのかもしれないと思った。暗く湿った箱の中で泣いているような、今の姉のようだったのかもしれない。

ぼくは指を折って数えた。ぼくと姉が殺されるのは、閉じ込められて六日目の、木曜の午後六時のはずだった。

●四日目・火曜日

何時間もかけて、溝の水から赤い色が消えた。その直前、石鹸《せっけん》でたてられたような泡が水面に浮かんで流れていったので、もしかするとだれかが上流の部屋を掃除しているのかもしれないと思った。人を殺せばきっと血が出る。それを洗い流しているのだ。

姉の腕時計の針が深夜十二時を過ぎ、ぼくたちがここへ連れてこられて四日目、火曜日が訪れる。

ぼくは溝に潜り、上流にある一番目の部屋に向かった。

途中の部屋にいる二人は、溝を流れすぎたものの説明をするようぼくに迫った。ぼくは、後で、と言ってまずは一番目の部屋に急ぐ。

やはり、昨日までいたはずの女の人が消えていた。部屋の中は洗い流されたように綺麗《きれい》だったため、予想した通りだれかが掃除したのだろうと思った。それがだれなのかはわからない。でも、きっとぼくたちをここに閉じ込めている人なのだろうと思う。

姉が部屋の中で見つけた長い髪の毛は、やはりぼくたちが連れてこられる前に、あの部屋にいて殺された女性のものだったのだ。そして掃除が行なわれた際、偶然、部屋の隅に落ちていた一本だけが石鹸水に流されず残っていた。

ぼくたちを連れてきて殺しているのは、どんな人なのだろう。だれも顔を見たことはなかった。時折、扉の向こう側を歩く靴音は、きっとその人のものにちがいない。その人は、一日に一人ずつ、部屋の中で人を殺す。六日間だけ閉じこめた後、ばらばらにするのがお気に入りなのだ。

まだ、姿を見たこともない。声さえ聞いたことがない。しかし、確実にその人物はいて、扉の向こう側を歩いている。毎日、パンと水と死を運んでくる。その人が七つの部屋を設計して、順番に殺していくという法則を考え出したのだろうか。

実際にその人物の姿を見たことがないせいか、とらえどころのない気持ち悪さを感じる。やがてぼくと姉もその人に殺されるのだろう。その直前にしか、はっきりと姿を見る方法はないように思う。

それではまるで、死神そのものだ。ぼくや姉、他の人たちは、その人物のつくった絶対的なルールの中に閉じ込められていて、死刑が確定してしまっている。

ぼくは二番目の部屋に移動し、その部屋で六日目を過ごしている髪の長い女の人に、昨日、姉が考えたことを伝えた。彼女は、それが馬鹿げた推測だとは言わなかった。溝の上流から流れてきた一番目の部屋にいた女性の死体を見てしまっていたからだ。そして、薄々、自分が閉じ込められたままもう外に出ることはできないのだということを感じ取っていたらしい。彼女は、話を聞いた後、姉と同じように黙りこんだ。

「……後で、またきます」

そう言ってぼくは三番目の部屋に向かい、そこでも同じ説明をした。

三番目の部屋にいた女性は、明日のうちに殺される予定である。これまではいつまで部屋に閉じ込められていなければならないのか、いったい自分はどうなってしまうのか、まったく判然としなかった。それが今では、明確な予定としてつきつけられる。

三番目の部屋にいた女の人は、口元を押さえ、ぽろぽろと涙をこぼした。自分の殺される時間を知る方がいいのか、知らない方がいいのか、ぼくにはよくわからない。もしかしたら、何も知らされないまま、目の前を通り過ぎる死体を見つめて不安に日々を過ごし、ある日突然に扉が開いてまだ見たこともない人間に殺されるほうがいいのかもしれない。

目の前で泣いている女の人を見ながら、七番目の部屋にいたやつれた女性のことを思い出した。みんな、彼女と同じ表情になる。

絶望。もう、何日も四角いコンクリートの部屋に閉じ込められていて、これがただのだれかの遊びだったとは考えられない。自分には本当に死が訪れるのだということを、嫌でも気づかされる。

七番目の部屋にいた女性は、毎日、溝を流れる見知らぬ人間の体の破片を見つめながら、今度は自分かもしれないと考えていたのだろう。彼女には、自分がいつ殺されるのかすら知る方法はなかった。ぼくは彼女の怯《おび》えた表情を思い出し、胸が苦しくなった。

二番目の部屋、三番目の部屋、それぞれの場所で同じ説明を繰り返し、さらに五番目の部屋と六番目の部屋でも同じことをした。

そして七番目の部屋には、新しい住人が入れられており、溝から上がったぼくをみると悲鳴を上げた。


四番目の部屋にいる姉のもとへ帰る。

姉の様子が心配だった。部屋の隅に座ったまま動かない。近づいて腕時計を見る。

朝の六時だ。

そのとき、扉の向こう側で靴音が響いた。扉の下の隙間に食パンが一枚差し込まれ、出していた皿に水の注がれる音がする。

扉の下の隙間からはつねに向こう側の明かりが漏れていて、その周辺だけは灰色のコンクリートの床がぼんやりと白い。そこに今、影ができて、動いている。だれかが扉の前に立っているのだ。

扉を隔てた向こう側に、これまで多くの人間を殺して、今もぼくたちを閉じ込めている人物がいる。そう考えると、その人物が纏《まと》っている黒く禍々《まがまが》しい圧力が扉をつき抜けてほとんど息苦しいくらいぼくの胸を押さえつける。

姉が弾かれたように立ちあがった。

「待って！」

扉の下の隙間に体ごと飛びかかるようにして、唇をつけて叫んだ。必死で隙間に手をねじこむ。しかし入るのは手首までで、腕の途中でつかえてしまう。

「お願い、話を聞いて！　あなたはだれなの!?」

懸命に姉は叫ぶが、扉の向こう側にいた人は、まるで姉などいないように無視して行ってしまった。靴音が遠ざかっていく。

「ちくしょう……、ちくしょう……」

姉はつぶやきながら、扉の横の壁に背中をあずけた。

鉄の扉には取っ手がなく、蝶番《ちょうつがい》の場所から考えると、部屋の内側に開くようできている。それが次に開くのは、部屋の中にいるぼくたちが殺されるときなのだろう。

自分は死ぬのだ、ということを考えた。ここに閉じ込められて、家に戻れないのが怖くて泣いたことは何度もあったけど、殺されるということで涙を流したことはまだなかった。

殺されるってなんだろう。実感があまりない。

ぼくはだれに殺されるのだろう。

きっと、痛いにちがいない。そして死んだら、どうなってしまうんだろう。怖かった。でも、今一番、恐ろしかったのは、姉がぼくよりも取り乱していることだった。不安そうに四角い部屋の四隅に視線を投げかけて体を縮めている姉を見ると、どうしていいのかわからなくなり、ぼくは動揺する。

「姉ちゃん……」

ぼくは心細くなり、立ったまま声をかけた。姉は膝を抱えた状態で、虚《うつ》ろな目をぼくに向けた。

「みんなに七つの部屋の法則について話したの？」

ぼくは戸惑いながらうなずく。

「あなた、残酷なことをしたわね……」

いけないことだなんて知らなかったから……、そう説明したけど、姉は聞いていないようだった。

ぼくは二番目の部屋へ向かった。

二番目の部屋にいる女の人は、ぼくを見ると、安堵《あんど》するように顔をほころばせた。

「もう、戻ってこなかったらどうしようかと思っていたのよ……」

弱々しい笑みだったが、ぼくは心の中が温かくなるのを感じた。コンクリートの何もない空間でだれかが笑っている顔なんてしばらく見ていなかったから、彼女のやさしい表情が光とぬくもりをともなって見えた。

でも、自分が今日中に死ぬことを知っていて、なぜそんな顔ができるのだろうかと不思議に思った。

「さっき、なにかを叫んでたのはあなたのお姉さん？」

「うん、そう。聞こえたの？」

「なんて言ったかまではわからなかったけど、たぶんそうじゃないかと思った」

それから彼女は、ぼくに故郷の話をした。ぼくの顔が、甥《おい》に似ていると言った。ここへ閉じ込められる前、事務の仕事をしていたことや、休日によく映画を観に行ったことなどを話した。

「あなたが外に出たとき、これを私の家族に渡してほしいの」

彼女は自分の首にかけていたネックレスをはずすと、ぼくの首にかけた。銀色の鎖で、小さな十字架がついていた。それは彼女にとってのお守りで、ここに閉じ込められてからは毎日、十字架を握り締めて祈っていたそうだ。

その日、一日かけて、ぼくとその女の人は仲良くなった。ぼくと彼女は部屋の隅に並んで腰掛け、壁に背中をあずけて足をだらしなく伸ばしていた。ときどき立ちあがって身振りをしながら話をすると、天井から下がっている電球が壁に巨大な影を映した。

音は部屋の中を流れる水の音だけだった。溝を見ながらふと、自分は汚れた水の中をいつも移動しているから、顔をしかめるほど臭いに違いないと思った。それで、少し彼女から体を離して座りなおした。

「なんで遠ざかるの。私だってもう何日もお風呂《ふろ》に入ってないのよ。鼻なんて麻痺《まひ》してるわ。……もしも外に出ることができていたら、真っ先にお風呂へ入って身を清めたかった」

口元に笑みを浮かべて彼女は言った。

話をしていても、時々、微笑《ほほえ》むことがあった。それがぼくには不思議に思えた。

「……なんで、殺されることがわかっているのに、泣き喚《わめ》いたりしないの？」

ぼくは困惑した顔をしていたにちがいない。彼女は少し考えて、受け入れたからよ、と答えた。まるで教会にある彫刻の聖母みたいに、彼女の顔は寂しげでやさしかった。

別れ際、彼女はぼくの手をしばらく握り締めていた。

「あったかいのね」

そう言った。

六時になる前、ぼくは四番目の部屋に戻った。

自分の首に下がっているネックレスのことを説明すると、姉はぼくを強く抱きしめた。

やがて溝が赤くなって、先ほどまでぼくの目の前にあった目や髪の毛が溝を流れて部屋を横切っていった。

ぼくは溝に近寄り、汚れた水に浮いて流されていく彼女の指を、そっと両手ですくいあげた。最後にぼくの手を握り締めていた指だった。ぬくもりをなくして、小さな破片になっていた。

胸の中に痛みが走った。頭の中が、溝の水と同様に赤く染まっていく。世界のすべてが真っ赤になり、熱くなり、ほとんど何も考えていられなくなる。

ふと気づくとぼくは姉の腕の中で泣いていた。姉はぼくの額にはりついて乾いている髪の毛を触っていた。汚い水で濡《ぬ》れた髪の毛は、乾燥するとぱりぱりになった。

「うちに帰りたいね」

とてもやさしく、灰色のコンクリートに囲まれた部屋には不釣り合いな声で、姉がつぶやいた。

ぼくはうなずきを返した。

●五日目・水曜日

殺す人がいて、殺される人がいる。この七つの部屋のルールは絶対だった。本来なら、そのルールは、殺す側の人だけが知っていることで、殺される側のぼくたちは知り得ないことだった。

でも、例外が起きた。

ここへみんなを連れてきて閉じ込めている人物は、まだ体の小さなぼくを姉と同じ部屋に入れたのだ。子供だから、一人として数えなかったのだろう。あるいは、姉もまた成人していないので、姉弟でひとつのセットとして考えたのかもしれない。

ぼくは体が小さかったため、溝の中を移動し、自分たちのいる部屋以外にも他の部屋があることを把握した。そして殺す側の人が定めたルールを推測したのだ。ぼくたちが殺す側のスケジュールを知っていることを、殺す側の人は知らない。

殺す人と、殺される人、その逆転は絶対に起こったりしない。それはこの七つの部屋では神が定めた法則のように絶対的だった。

しかし、ぼくと姉は生き残る方法について考え始めた。

四日目が終わり、五日目の水曜日がやってくる。二番目の部屋から人が消え、一番目の部屋に新しい人が連れてこられる。

　この七つの部屋の法則はその繰り返しだった。もうどれくらい前からそれがおこなわれているのかわからない。溝の中を何人もの死体が通りすぎていったのだろう。

　ぼくは溝のトンネルを行き来して、みんなと話をしてまわる。当然、みんなは元気のない表情をしていた。それでもぼくが部屋を立ち去ろうとすると、また部屋を訪問してほしい素振りを見せた。だれもが部屋にひとりで取り残され、強引に孤独をつきつけられる。それがきっと耐えられないのだ。

「あなただけなら、そうやって部屋を移動し続けていれば、犯人に殺されずにすむわ……」

　ぼくが溝のトンネルに飛びこもうとしているとき、姉が言った。

「私たちを閉じ込めたやつは、あなたがそうやって部屋を移動できるなんて知らないはずだからね。明日、この部屋にいる私が殺されても、あなたは別の部屋に逃げることができる。そうやっていつも逃げていれば、殺されずにすむわ」

「……でも、そのうちに成長して体が大きくなると、溝のトンネルを通れなくなるよ。それに、犯人だって、この部屋に二人を閉じ込めたことくらい覚えてるにちがいないよ。ぼくがいなかったら、きっと捜すはずだよ」

「でも、少しの間なら生き延びられるでしょう」

姉は切羽詰まったように、明日ぼくがそうするようすすめた。しかし、それは時間稼ぎにしか思えなかった。それでも姉は、その間に逃げ出す機会が訪れるかもしれないと考えているらしかった。

そんな機会などないのだ。ぼくにはそう思えた。ここから逃げる方法など、どこにも見当たらなかった。

三番目の部屋にいた若い女の人は、死ぬ直前までぼくと話をしていた。彼女は少し変わった名前をしていて、聞いただけではどう書くのかわからなかった。そこで彼女はポケットから手帳を取り出して、弱々しい電球の下で書いて見せた。小さな鉛筆のついた手帳だった。ここへみんなを閉じ込めた人物は、どうやら手帳を取り上げなかったらしく、ポケットの中に入ったままだったそうだ。

鉛筆の先には無数の歯形があり、芯《しん》は不器用に飛び出していた。丸くなった芯を出すため、噛《か》んで木の部分を落としたらしい。

「わたしの両親はね、都会で一人暮らししているわたしにいつも食べ物を送ってくれるの。わたしは一人娘だから、心配なのね。ジャガイモやキュウリの入った段ボール箱、宅配便屋さんが持ってきてくれるんだけど、わたしはいつも会社にいて、受け取れないの」

　彼女は今も自分のアパートの前で、両親の送った荷物を抱え玄関に宅配便屋さんが立っているのではないかと心配していた。話をする彼女の目は、蛆《うじ》の塊が浮いている溝の濁った水に向けられていた。

「子供のころ、家のそばにあった小川でよく遊んだわ」

　その川は、底の小石まではっきりと見える澄んだ水だったそうだ。ぼくは話を聞いていて、まるで夢の世界のようにその川を想像した。太陽の光が川面《かわも》に反射し、ゆらいでぽろぽろと崩れて輝くような、明るい世界。頭上高くまで青空が広がっている。重力に反して自分の体がどこまでも上へ上へ落ちていってしまうような、そんな果てしない空だ。

　陰鬱《いんうつ》なコンクリートの狭い部屋に閉じ込められ、溝から漂う腐臭と、電球が逆に浮き彫りにする暗闇《くらやみ》とに、ぼくはなれはじめていたらしい。ここへくる以前にあったごく普通の世界のことを忘れかけていた。風の吹く外の世界を思い出し、悲しくなった。

　空が見たい。これまでこんなに強く思ったことはなかった。ぼくは閉じ込められる前、どうしてもっとよく雲を眺めておかなかったのだろう。

　昨日、二番目の部屋にいた人とそうしたように、ぼくと彼女は並んで座って話をした。

　彼女もまた、泣き喚いて理不尽さに怒ったりしなかった。ごく普通に、昼下がりの公園のベンチで会話をするように話をした。それは、ここが周囲を灰色の硬い壁に囲まれた部屋だということを少しの間だけ忘れさせてくれた。

二人で歌をうたいながら、なぜ目の前にいるこの人は殺されるのだろう、とふと疑問に思った。そして、自分も同じように殺されるのだということを思い出した。

殺される理由を考えてみたが、それは結局、ここに連れてきた人が殺したかったからという、ただそれだけの結論にいつも落ちついた。

彼女はさきほどの手帳を取り出して、ぼくの手に握らせた。

「あなたがここを出ることができたら、この手帳を両親に渡してほしいの。お願い」

「でも……」

ぼくが外に出られることなんて、はたしてあるのだろうか？　昨日、二番目の部屋にいた人も、同じようにぼくが外に出ることを期待して十字架のついたネックレスをぼくの首にかけた。しかし、ぼくが外に出られる保証なんてどこにもなかった。

そう言おうとしたとき、扉の前にだれかの立つ気配がした。

「いけない！」

彼女は顔を強張《こわば》らせた。

ぼくたちは、時間がいつのまにか差し迫っていたことを知った。午後六時がおとずれたのだ。そうなる前にこの部屋から立ち去るはずだったのに、時間の経過を忘れていた。彼女は腕時計を持っていなかったし、いっしょにいる楽しさがぼくを迂闊《うかつ》にした。

「早く逃げて！」

立ちあがり、ぼくは咄嗟《とっさ》に溝の中に入った。上流の方向へ続く四角いトンネルに飛びこむ。下流の方へ行けば、姉がいる隣の部屋へ行けたはずだったが、上流への穴の方が近くにあったのだ。

ぼくが穴へ飛び込むと同時に、背後で鉄の重い扉の開く音がした。頭の中が、一瞬、熱くなる。

ここにみんなを閉じこめた人物が現れたのだ。ぼくはすでにその人物に対して、死ぬ直前にしか姿を見ることがゆるされないような、禁忌の幻想を抱いていた。およそ接近しただけでも指の先から崩れ落ちてしまうような、そんな絶対的な死の象徴として畏怖《いふ》していた。

胸の動悸《どうき》が速くなる。

トンネルを抜け、二番目のだれもいない部屋で立ちあがる。溝の中に立ったまま、深く呼吸した。渡された手帳を、床の上に置く。

今から三番目の部屋で、ぼくたちを閉じ込めた人物が、彼女を殺すのだ。そう考えて、ぼくはある考えに取りつかれていた。体中が恐怖で震える。それは危険な行為だった。しかし、ぼくはそれを実行しなければならない。

　ぼくと姉は、ここから逃げるのだ。そのための方法を考えているけれど、まだ思い浮かばない。どんな手がかりでもいい、もっと姉は情報を欲しがっていた。ここから這《は》い出て、また空を見るための取っ掛かりを探していた。

　そのためには、これまでそうしたように、まだ謎《なぞ》のまま黒く塗りつぶされている部分をぼくが見て、姉に伝えるしかないのだ。

　謎の部分。それは、ここにぼくたちを閉じ込めた人物の姿、そしてどのように人間を殺しているのかという殺害の手順だった。

　ぼくはもう一度、引き返して、三番目の部屋を覗《のぞ》こうと考えていた。もちろん、あの狭い部屋の中に出てしまっては、たちまち見つかって自分も殺されてしまう。注意深く、溝の中から様子をうかがうだけである。それでも、ぼくは緊張で眩暈《めまい》がしそうになる。覗いていることがばれたら、明日を待たずに殺されるのだろう。

　溝の下流側、二番目の部屋と三番目の部屋を隔てる壁に、四角い横長の穴がある。たった今、出てきたばかりのそこを前にして膝《ひざ》をついた。水の流れが太ももの裏側に当たり、目の前にある四角い穴へ吸いこまれていく。

　深く呼吸して、音をたてないよう中に入った。水の流れはゆるやかだ。注意していれば、流されることはない。手足をつっぱれば後ろ向きにでも水に逆らって進むことができる。それはこれまでの経験で知っていた。しかしコンクリートの壁は、穢《けが》れた水のせいか、ぬるぬるした膜に覆われて滑りやすくなっている。気をつけなくてはいけない。

四角いトンネルの中で、水面と天井の間にはほとんど隙間がない。三番目の部屋で何が行なわれているのか見るためには、トンネルの中に潜《ひそ》み、水中で目を開けているしかなかった。

汚れた水の中でそうすることは気がひけたが、ぼくは目を開けた。

手足をつっぱって、体をトンネルの中に保ち、三番目の部屋へ出る直前にとどまる。全身の皮膚の表面へ水が絡みつくようにぶつかり、前方へと消えていく。濁った水越しに、ほのかな四角い形の明かりが見える。三番目の部屋にある電球のものだった。

水流の音に混じり、機械の音がする。

水の濁りのせいでよく見えないが、黒い人影が動いている。

ぼくの頰のそばを、何か腐ったものにしがみついた蛆虫《うじむし》の塊が流れて過ぎ去った。

もっとよく見ようと、ぼくはさらにトンネルの出口付近に近づこうとした。

手足が滑った。すぐに指先へ力をこめてふんばる。壁に付着していた滑りやすい膜が指をついた部分だけずるずると剝離《はくり》し、壁に線状の模様ができた。思いのほか水に流されたすえに、体がようやく止まる。頭が、トンネルから出てしまった。

ぼくは見た。

さっきまで話をしていた女の人が、血と肉の山になっていた。

これまで閉まっていたところしか見たことのなかった鉄の扉が開いていた。内側は平らなのに、外側には閂《かんぬき》が見える。みんなを部屋に閉じ込め、死ぬ瞬間まで一人にしておくための閂だ。

男が、いた。人間の死体とも言えないような赤い塊の前に立って、ぼくの方には背中を向けていた。もしも正面を向いていれば、すぐに気づかれていただろう。

顔を見ることはできなかったが、手に、激しく音を出している電動のこぎりを持っていた。時々、扉の向こう側から聞こえていた機械の音はこれだったのだと気づく。男は棒立ちになったまま無感動に、それを幾度も目の前に突き刺して細かくしている。その瞬間ごとに、ぱっと、赤いものが飛び散る。

部屋中が、赤い。

不意に、電動のこぎりの音が部屋の中から消えた。ただ溝を流れる水の音だけが、ぼくと男の間にあった。

男が、振り返ろうとした。

ぼくは滑るトンネルの壁に爪をたて、あわてて後退する。男に気づかれてはいないと思う。しかし、一瞬でも遅れていたら目があっていただろう。

二番目のだれもいない部屋に戻った。しかし、そこも安全とは言えなかった。新しく人が入れられるため、いつ扉が開けられるかわからない。置いていた手帳を拾い、一番目の部屋に向かった。三番目の部屋を通り抜けて姉のいる部屋に行くことは不可能だったからだ。

一番目の部屋に閉じ込められている女の人のそばに並んで座った。

「何を見たの？」

ぼくがあまりにもひどい顔をしていたのだろう。彼女は尋ねた。昨晩のうちに連れてこられていた、一番、新しい住人だ。すでにこの七つの部屋の法則は説明していたが、たった今、見たことを説明することができなかった。

三番目の部屋の女性に渡された手帳を開き、中を読む。水の中をくぐったのでページ同士がぬれてくっつき、めくるのに苦労した。紙はしわくちゃになっていたが、文字は判読できた。

両親に向けて長い文章が書かれていた。「ごめんなさい」という言葉が繰り返しあった。

●六日目・木曜日

あの男に会ってしまうのが恐ろしくて、四番目の部屋に戻ることができなかった。

一晩、一番目の部屋で過ごした。その部屋にいた女の人はぼくがいることを心から歓迎し、朝食の食パンを多くくれた。それを食べながら、姉が心配しているにちがいないと思っていた。

ようやく姉のいる部屋に戻る決心がついて、溝のトンネルをくぐると、二番目の部屋に新しく人が入れられていた。最初にぼくを見た人が例外なくそうであるように、その女の人も驚いていた。

三番目の部屋は空っぽで、血も掃除されていた。ぼくは、昨日いっしょに話をした人の存在を少しでも匂わせるものを探したが、何も見つからない、空虚なコンクリートの部屋だった。

四番目の部屋に戻ると、姉がぼくに抱きついた。

「見つかって殺されたのだと思ってた！」

それでも姉は、食パンを食べずにぼくを待っていてくれた。

今日、六日目の木曜日、ぼくと姉が殺される番のはずだった。

ぼくは、今まで一番目の部屋にいたことや、食事をわけてもらったことなどを説明した。姉に申し訳なくて、食パンをぜんぶ食べてもいいよぼくはもう食べたから、と言うと、姉は目を赤くして、馬鹿ね、と言った。

それから、三番目の部屋の人が殺されるとき、溝の中に隠れて犯人の顔を見ようとがんばったことを説明した。

「なんて危ないことするの!」

姉は怒った。しかし、話が扉のことになると、だまって真剣に聞いた。

姉は立ちあがり、部屋の壁にはまっている鉄の扉を手で触った。強く、一度だけ拳《こぶし》で叩《たた》く。部屋に、重い金属の塊とやわらかい皮膚のぶつかる音が響いた。

取っ手も何もない扉は、ほとんど壁と同じだった。

「……本当に扉の向こう側は閂だったの?」

ぼくはうなずいた。扉は部屋の内側から見て、右側に蝶番《ちょうつがい》がはまっている。部屋の内側に開き、溝に潜んでいたぼくからはしっかりと扉の表側が見えた。横へスライドするタイプの頑丈そうな閂が、確かにあった。

ぼくはあらためて扉を眺める。壁の中央ではなく、左手よりに扉が取りつけられている。

姉は怖い顔で扉を睨《にら》みつけていた。

姉の腕時計を見ると、もう昼の十二時だった。夕方、犯人がぼくと姉を殺しにくるまで、あと六時間しかない。

ぼくは部屋の片隅に座って、渡された手帳を眺めていた。両親のことが書かれていたので、ぼくも親に会いたくなった。みんな、心配しているはずだった。家で夜、眠れないとき、母がよくミルクをレンジで温めてくれたことを思い出す。昨日、汚い水の中で目をあけたためか、涙が流れると痛んだ。

「このままじゃすまさない……、このままじゃ……」

姉は静かに、憎しみのこもった声を扉に向かってつぶやき続けていた。手が震えていた。振り返ってぼくを見たときの姉の顔は、壮絶で、目の白い部分が獰猛《どうもう》に光っているように見えた。

昨日までの力がこもっていない瞳《ひとみ》ではなかった。まるで何かを決心したような表情だった。

姉は再度、犯人の体格や持っていた電動のこぎりについてぼくに問いただした。犯人が襲いかかってきたとき戦うつもりなのだ、とぼくは思った。

男が使っていた電動のこぎりは、ぼくの背丈の半分ほどもあった。地響きのような音をたて、刃の部分が高速で回転する。姉は、そんなものを持った男と、どうやって戦うのだろう？　でも、そうしなければぼくたちは死ぬのだ。

姉は腕時計を見る。

じきに、あいつがやってきて、ぼくたちを殺す。それが今いるこの世界でのルールなのだ。必ず訪れる、絶対の死。

姉は、溝をくぐってみんなと話をしてくるようぼくに言いつけた。

時間はすぐに過ぎ去る。

溝の中を、これまでどれくらいの人の体が漂って流れたのだろう。ぼくはその穢《けが》れた水の中にもぐり、四角いコンクリートの穴を通り抜け、部屋を移動した。

ぼくと姉のほかに、あの男に閉じ込められているのは五人だった。その中で、溝の水が赤く濁り、かつて人間だったいろいろな破片が流れていくのを見た者は、ぼくたちの部屋より下流にいる三人だ。

部屋を訪ね、挨拶《あいさつ》をする。みんな、今日がぼくと姉の番であることを知っている。口元を押さえて悲しんでくれる。あるいはやがて自分もそうなるのだと絶望した顔をする。ぼくだけでも別の部屋に移動して逃げていればいいとすすめる人もいた。

「これを持って行って」

五番目の部屋にいた若い女の人は、白いセーターを、パンツだけのぼくに手渡した。

「ここ、暖かいからセーターは必要ないの……」

そしてぼくを強く抱きしめた。

「幸運が、あなたとお姉さんに訪れますように……」

そう言うと彼女は喉《のど》を震わせた。

やがて、六時が訪れようとしていた。

ぼくと姉は、部屋の角に座っていた。そこが扉から一番、遠い場所だった。

ぼくが角に座り、姉はそんなぼくを壁とはさみこむように座っている。ぼくたちは足を投げ出していた。姉の腕がぼくの腕に当たり、体温が伝わってくる。

「外に出たら、まず何をしたい？」

姉が尋ねた。外に出たら……、そのことはこれまであまりにも考えすぎて、答えがありすぎた。

「わからない」

でも、両親に会いたい。深呼吸をしたい。チョコレートを食べたい。したいことは無数にあった。たぶん、それが叶《かな》ったら、ぼくは泣き出すと思う。そう姉に伝えると、やっぱり、という表情をした。

ぼくは腕時計をちらりと確認した。それから、姉が部屋の電球を見ていたので、ぼくもそれを見た。

この部屋に閉じ込められるまで、ぼくと姉は喧嘩《けんか》ばかりしていた。どうしてぼくには姉なんて生き物が存在するのだろうかと考えたこともある。毎日、罵《のの》り合って、お菓子が一人分だけあれば奪い合った。

それなのに今こうしていると、ただそこにいるというだけで、力強くなってくる。腕を伝わってくる熱い体温が、この世界にいるのはぼく一人じゃないんだと宣言してくれる。

姉はあきらかに、他の部屋にいた人たちと違っていた。今まで考えたこともなかったが、ぼくがまだ赤ちゃんのころから姉はぼくのことを知っていたのだ。それは特別なことのように思う。

「ぼくが生まれてきたとき、どう思った？」

そう質問すると、姉は、急に何を言い出すのだろう、という顔でぼくを見た。

「何これ、って思ったわ。最初に見たとき、あんたはベッドの上にいたのよ。とても小さくて泣いていたの。正直、私に何か関係あるものだとは思えなかったわね」

それからまた、しばらく沈黙する。会話がないのではなかった。電球が淡く浮かび上がらせるコンクリートの箱の中、水の音だけが静かに流れて、とても深い部分でぼくと姉は言葉を交わしていた気がした。死ぬ、ということが隣り合わせに迫っている中で、心の中が冷静に、まるでゆらぎもしない静かな水面のようになっていく。

腕時計を見る。

「用意はいい？」

姉が深呼吸して、聞いた。ぼくはうなずき、神経を張り詰める。もうすぐだった。

溝の中をただ水が流れている。その音のほかに何かが聞こえないか、ぼくは耳をすませた。

その状態で数分が過ぎたとき、遠くから、いつも聞こえていた靴の音がぼくの鼓膜を小さく震わせた。姉の腕を触り顎《あご》をひいてもう時間なのだということを伝えた。ぼくが立ちあがると、姉も腰をあげる。

靴音がこの部屋に近づいてくる。

姉の手がやさしくぼくの頭に載せられ、親指がそっと額に触れた。

静かな、それは別れの合図だった。

姉の下した結論。それは、電動のこぎりを持った男と戦っても、所詮《しょせん》は勝ち目がないということだった。ぼくたちは子供で、相手は大人だったのだ。それは悲しいことだけど、事実だった。

扉の下の隙間に影が落ちる。

ぼくの心臓は破裂しそうだった。喉の奥から体内にあるすべてのものが逆流するように思えた。心の中が、悲しみと恐怖でいっぱいになる。ここに閉じ込められてからの日々が頭の中に蘇《よみがえ》り、死んでいった人たちの顔や声が反響する。

扉の向こう側で、閂《かんぬき》の抜かれる音。

姉は、扉から一番離れた部屋の角を背にして、片膝《かたひざ》をついて待ち構えている。ちらりと、ぼくのほうを見た。これから死が訪れる。

鉄の扉が重く軋《きし》み、開かれると、男が立っている。部屋に入ってきた。

しかしぼくには、顔がよく見えない。ぼんやりと、その男は影のようにぼくの目には映った。死を司《つかさど》り、運んでくるただの黒い人影である。

電動のこぎりが始動する音。部屋中が激しく震動するような騒々しさに包まれる。

姉は部屋の角で両腕を広げ、背後を決して見せまいとする。

「弟には指一本、触らせない！」

姉が叫ぶ。でも、ほとんどその声はのこぎりの音でかき消された。

ぼくは恐ろしくて、叫び出したかった。そして、殺される瞬間の痛みを想像した。激しく回転する刃に削られるとき、何を考えさせられるのだろう。

男は、姉の体の陰から見え隠れしているぼくの服を見た。のこぎりを構えて、一歩、姉に近づく。

「こないで！」

姉は両腕を突き出し、背中をかばって叫んだ。あいかわらず声はかき消されたが、そう叫んだはずだった。なぜなら事前に、そう言うことを決めておいたからだ。

男がさらに姉へ近づき、回転するのこぎりの刃を姉の突き出した手にぶつけた。

一瞬、血のしぶきが空気に撒《ま》き散らされる。

もちろん、すべてはっきりと見えたわけではなかった。男の姿も、姉の手が破裂する瞬間も、ぼくにはぼんやりとしか見えなかった。なぜなら濁った水越しにしか、部屋の中の様子を見ることができなかったからだ。

ぼくは隠れていた溝のトンネルから這《は》い出し、犯人が開け放していた扉から出た。扉を閉めて、閂をかける。

部屋の中にあった電動のこぎりの音が、扉にはさまれて小さくなる。部屋の中には、姉と、犯人の男だけが残った。


姉がぼくの頭に手を載せ、親指でそっと額に触ったときが、ぼくたちの、別れの合図だった。ぼくは次の瞬間、急いで溝の上流側のトンネルに足から体を潜ませていた。上流側に隠れたのは、下流側よりも扉に近かったからだ。

姉の考えた賭《か》けだった。

姉は部屋の角で、ぼくの服だけを背中にかばうようにして犯人をひきつける。その間にぼくは、扉から出る。ただそれだけだ。

ぼくの服は、本当に中身があるようにみせかけなければいけなかった。そのため、みんなからそれぞれ服をわけてもらい、中につめた。本当に小手先の騙《だま》しで、通じるのかどうか不安だったけど、数秒間ならきっと大丈夫だと姉は勇気づけた。ぼくをかばうように演技しながら、姉はその服のかたまりをかばっていたのだ。

姉は、扉から一番、遠い位置で構え、犯人をおびき寄せる。溝のトンネルから這い出すぼくの方を犯人が見ないように注意もひきつけておく。

犯人が姉にのこぎりの刃を当てようと充分に近づいた瞬間、ぼくは溝から出て、立ちあがり、扉から出る……。

閂をかけた瞬間、全身が震えた。殺されようとする姉を残して、ぼくは一人だけ、外に出たのだ。姉はぼくを逃がすために、あの電動のこぎりから逃げ惑うことなく、部屋の角で演技し続けたのだ。

閉ざした扉の向こう側で、電動のこぎりの音がやんだ。

だれかが内側から扉を叩《たた》く。姉の手は切られたから、きっと、犯人の男だろうと思った。

もちろん、扉は開かない。

中から、姉の笑い声が聞こえた。高く、劈《つんざ》くような声だった。いっしょに閉じ込められて戸惑っている犯人へ向けた、勝利を示す笑い声だった。

それでも姉は、おそらくこの後で男に殺されるのだろう。二人だけで部屋に閉じ込められたのだから、これまでにない残忍なやりかたで、殺されるにちがいない。それでも姉は、ぼくを外に逃がすことで、犯人を出し抜いたのだ。

ぼくは両側を見た。おそらくここは地下なのだろう。窓のない廊下が続いている。一定の距離をおいて、暗闇を照らす電灯と、閂のかけられた扉が並んでいる。扉は全部で七つあった。

四番目以外の扉の閂を外して開けていった。三番目の部屋にはだれもいないはずだったが、同じように開けた。その部屋でも多くの人が殺されたのだから、そうしなければいけない気がした。

中にいた人々は、それぞれぼくの顔を見て、静かにうなずいていた。だれひとり、素直に喜ぶ人はいなかった。この計画のことは、みんなに話している。ぼくが外に出ることができたということは、今、この瞬間に姉が殺されかけているということだ。それを、みんなは知っている。

五番目の部屋から出た女の人は、ぼくを抱きすくめて泣いた。それからみんなで、ただひとつ閉ざされたままの扉の前に集まった。

中から、まだ姉の笑う声が聞こえてきた。

電動のこぎりの音が再開する。男は、鉄の扉をのこぎりで切ろうとしているのか、金属の削れる音が響く。しかし、扉が切断される様子はない。

扉を開けて姉を助けようと言うものはだれもいなかった。事前に、姉がぼくの口を使ってみんなに説明していた。きっと犯人から返り討ちにされるだけだろうから、部屋から出られたらすぐに逃げなさい、と。

ぼくたちは、姉と殺人鬼の閉じ込められた部屋を残して立ち去ることにした。

地下の廊下を抜けると、上りの階段が見えてくる。それを上がったところは太陽の輝く外の世界のはずだ。薄暗く、憂鬱《ゆううつ》で、寂しさの支配する部屋からぼくたちは脱出するのだ。

ぼくは涙がとまらなかった。首から十字架のついたネックレスを下げ、片手に両親への謝罪が書かれた手帳を持っている。そして手首には、姉の形見である腕時計をはめていた。防水加工されていない腕時計で、水の中に隠れたとき、壊れてしまったのだろう。針はちょうど午後の六時を指したまま動くのをやめていた。

神の言葉

乙一

1

僕の母は頭のいい人である。少女時代から難解な本を読んで育ち後に有名大学へ入学した。人間性も良く積極的にボランティアへ参加して地域の住人にも慕われている。背筋をすっと伸ばしたそのたたずまいはまるで冬の湖に鶴がそっと立っているようである。ほこりのついていない透明な眼鏡の奥から知性のこもった瞳《ひとみ》でものを見る。

ただ一つ欠点があるとすれば母にはペットの猫とサボテンの区別がつかないことである。そのせいでしばらく前、彼女は我が家で飼っていた猫を植木鉢に押し込み上から土をかぶせて水をふりかけてしまった。そしてサボテンを猫であると思い込み顔をすりよせるため頰は傷だらけになり血がにじんでしまった。

父と弟は、母の奇妙な行動に顔をしかめてその理由を彼女に尋ねた。しかし聡明《そうめい》な母は身動きしないサボテンの前に猫用の缶詰を空けて家族の言うことに耳をかさないのである。

それはすべて僕のせいであり悪いことをしてしまったと後悔している。

小さなころから「おまえの声は本当に美しい」と言われて育った。お盆や正月に母の実家へ行くと普段はめったに会わない親戚《しんせき》たちが僕を取り囲む。人付き合いの上手《うま》い方ではなかったが酒を飲んだ叔父《おじ》等の話に笑って相槌《あいづち》を打ち、よく聞き取れない訛《なま》りもすんなり理解したように見せかける。

「おまえは本当に愛想のいい子じゃね」

伯母にそう言われると僕はしおらしく微笑んでみせる。しかし実際はそのようなものではなく心の中は常に無愛想で乾いていた。ただ見せかけていただけなのだ。親戚たちの話に心を動かされたことはなく一時も楽しい気分になったことはない。それどころか退屈で常に逃げ出したい気分であった。しかしそうすることで起こる「僕」という株の暴落を恐れて取り囲む親戚たちから逃げるのが怖かった。心ではそう思っていなくとも話を聞いているふりをして愛想のあるような言葉を延々と返しつづけなくてはいけなかった。

そのような時、心の中を自分自身に対する嫌悪感が支配した。ただ良く見られたいというだけで空虚な笑みを浮かべる自分を浅ましいと感じた。

「あなたの声、透き通っていて、まるで音楽のようだわ」

そう親戚の姉さんにも言われた。しかし僕の耳に聞こえる自分自身の声は醜くゆがみ、人間のふりをした動物が声真似をしているような響きであった。

自覚した上ではじめて声の力を使ったのは小学一年生の時である。当時、授業でアサガオを育てており、校舎脇のコンクリートにみんなの植木鉢が並んでいた。僕のアサガオは大きく育ち緑色の蔓《つる》はしっかりと添え木に巻き付いて空を目指していた。広い葉は産毛《うぶげ》に朝露をつけて日光を受けとめ薄くやわらかい花びらは半透明の赤紫色に染まっていた。

しかし自分の育てたアサガオはクラスでもっとも良いものではなくさらに大きく美しいアサガオが他にあった。

僕の三つ前の席に足の速い男の子が座っていて名前をユウイチといった。彼は活発ではきはきと喋《しゃべ》り会話をするとき目まぐるしく変わる表情が特徴的であった。しばしば彼と話をしたが話の内容よりもむしろその表情の変化が僕の興味をかきたてた。彼はクラスで人気のある子供であったがその秘密は表情にあると思われた。彼と対峙《たいじ》した時、僕はいつも観察するような目でその顔を眺めた。もちろん自分も彼のように弾《はじ》けて回転するような表情の変化を体得したいと思ったからである。

しかし彼は可愛い子供に見られたいという僕のような気持ちから意図的にそのような表情をしているのではないようであった。そのことが僕には、自分自身の暗さと人間の小ささを証明されたようで悔しかった。当時、自分では気づいていなかったが劣等感を人知れずユウイチに対して抱いていた。

僕は親しく話しかけてくるユウイチにおどけた答えを返していつもクラスの笑いを誘っていた。彼はそれを気に入りことあるごとに「なあ、なあ」と話しかけてくるようになった。しかし僕は彼のことを友人だと感じたことはなく、ただ作った笑みを浮かべ、かけられた言葉に意表をついた返事をしているだけなのだ。

そんなユウイチのアサガオがクラスでもっとも大きく美しいものであった。何かあると先生は彼の花を誉《ほ》めそんな時に僕は例の浅ましい気持ちになった。体の中に住んでいる薄汚い動物が皮膚を突き破って叫びだしそうな気分になるのである。その動物とはつまりまぎれもなく自分の本性なのだ。

ある朝、僕はいつもより早く登校した。他にだれもいない教室は静かで、普段、僕の顔を覆っている見せかけの仮面を脱ぎ捨てるのは容易であった。

ユウイチの植木鉢はすぐにわかった。他のアサガオより頭ひとつ背が高かったからだ。彼の植木鉢を前にしてかがみ僕は開きかけたつぼみを凝視した。腹の中のどす黒い部分に力をこめて念じた。

「枯れろオオ……、腐ってしまえエエ……」

両手を握り締めて全身の筋肉をひきしぼるように声を出した。鼻の奥に妙な違和感を感じて気づくと鼻血が溢《あふ》れていた。コンクリートにそれが落ちると絵の具を散らしたような赤い斑点《はんてん》を作った。

ぽとり、と、まるで首が落ちるように茎が折れつぼみが転がった。数時間後、ユウイチのアサガオはしおれて腐り薄汚い茶色に染まりはじめた。それでも捨てずに放っておくと悪臭を出して悪い虫を呼び寄せ植木鉢の土に大量の蛆虫《うじむし》がわいた。それで先生がアサガオを捨てることにしてユウイチは泣きだした。つまり僕のアサガオがクラスでもっとも良いものになったのだ。

僕のいい気分は数十分続いた。しかしその後、アサガオの方を見ることができなくなった。たとえ花を誉められても耳を覆いたくなるような気持ちになった。ユウイチの植木鉢に囁《ささや》いた瞬間から僕のアサガオは自分の中に潜んでいる見るも恐ろしい動物を映す鏡になったのである。

僕が声にした通りユウイチの花が突然しおれた理由を上手く説明することはできなかった。当時、僕は小学一年生であったが自分の声に宿る魔力めいた力を漠然と感じていた。ひどく腹を立てている子も僕が必死で説得すればなぜか心を落ち着かせた。不服なことがあってもその相手にあやまるよう訴えるとたとえ大人であろうが子供の僕に対して頭を下げた。

半ば叢《くさむら》に埋もれたガードレールの上にトンボが止まっていたとする。普通なら捕まえようと手を伸ばしてもトンボはすばやく半透明の羽を動かして逃げ出してしまう。しかし「動くな」という命令を言葉に乗せてぶつけてやるとトンボは気絶したようになりたとえ羽や足をむしっても絶対に動かなかった。

意識して『言葉』を使ったのはアサガオを腐らせたのがはじめてのことであった。以来、僕はしばしば他人に対して声の力を行使した。

小学校高学年の時、家の近所によく吠《ほ》える犬が飼われていた。巨大な体を門の内側に忍ばせて人が家の前を通ると爆竹を鳴らしたように吠えていた。重い鎖の許すかぎり獲物の方へ突進して鎖のつながった首輪が深く食い込んでさえ、なお通りがかりの者に牙《きば》をつきたてようとした。皮膚が病気なのか泥で汚れた毛はところどころ抜け落ち瞳《ひとみ》は闘争心のため燃えているようにも見えた。近所の子供たちの間でその犬は有名で、どれだけ近寄ることができるか勇気の度合いが測られた。

ある日、僕は門の外に立って犬を眺めた。犬は僕に気づくと地響きのような唸《うな》り声で威嚇《いかく》をはじめた。僕は力のある声を出した。

「僕にむかって吠えるなア……」

犬ははっとしたように耳を動かすと目ヤニのついた目を開いて黙った。

「服従ウウウ……、僕に服従しろオオ……。服従だアアア……」

頭の中で火花が散るような瞬きを感じてアスファルトには鼻から流れ落ちる赤い液

体が染みを作った。僕の中にある虚栄心がそうさせた。ただ友人の前でその巨大で恐ろしい犬を手玉にとってみせ少しばかり尊敬を集めたかっただけだった。

その馬鹿げた計画はまったく簡単に実現して犬は僕のなすがままお手でもお回りでも何でもやるようになった。結果として僕はクラスの中で一目置かれる存在となった。

最初のうちはおもしろい気分でいることができた。しかしそのうちに少しずつ罪悪感に蝕《むしば》まれはじめた。本当は動物を手なずけるような勇気などないくせに英雄にでもなったかのように振る舞っている自分がいた。その他人をだましているという罪の意識が襲い掛かった。

何より犬の目が恐ろしかった。犬は『言葉』を行使する以前の煮えたぎるような瞳ではなくおびえた目で僕を見るようになった。その犬が持っていた闘争心という美しい牙を僕は剝奪《はくだつ》してしまったのだ。かつて猛々《たけだけ》しかった犬の小動物のような瞳を見ると僕はまるで責められているような気分になった。

声の力はほとんど万能であったがいくつかのルールは存在するようだった。例えば『言葉』を行使する対象は生物でなければならなかった。植物や昆虫は大丈夫だが石やプラスチックに力をこめて呟《つぶや》いてみても思い通りにすることはできなかった。

また、一度『言葉』を行使したら、もう二度と元にはもどらなかった。僕はある日、母親との些細《ささい》な摩擦の末にこう囁いた。

「おまえはアア、猫とサボテンの違いがわからなくなるウウ……」

感情的になり、その瞬間、自分が何をしてしまったのか理解してはいなかった。ただ、母親が勝手に僕の部屋へ入り込み掃除をして僕が気に入っていたサボテンの植木鉢を落として壊したことに腹が立っていたのである。僕はその鉢がいかに大切なものであったかを説明し、母の中に存在する物の重要度において彼女の大切にしていたペットの猫と同じ位置にサボテンを持ってきたかったのだ。

母がサボテンと間違えて猫を植木鉢に埋めてしまった時、後悔の念にさいなまれた。僕は我慢するべきだったのだ。たとえ意にそわないことが起こっても、声の力を使用して他人の頭の中をいじるのは罪深い行為である。いつも後悔するが遅かった。

母が再び猫とサボテンの見分けがつくようになるよう『言葉』を囁いてみた。しかし猫とサボテンの間にある距離を彼女が感じ取ることは二度となかった。

2

声の力は頭の中に働きかけるだけでなく肉体的な変化すらもたらすことができた。アサガオの花を枯らすことが可能であるように動物の体を思い通りにできた。

僕は高校生になってもあいかわらず大人たちにこびへつらいなさけない生き方を続

けていた。そのような自分自身の悪い特性を回避できないのはひとえに自分の小心さゆえのことだった。自分は他人との関わり合いから生じる波紋に恐れを抱いており細心の注意をはらってでも自分の株を落とすまいとするのである。だれかと話をするということはそのだれかは自分を見て観察しているということであり、おそらく僕の見ていない場所でこっそり第三者にその評価を話して笑っているのである。それがたまらなく恐ろしかった。ゆえに僕は作り笑顔をするのだがその本心を隠す行為こそ情けないと自分では感じていた。

父は大学の講師をしておりその精神は厳格で冷たく植物の生えない岩の山を思わせた。常に高みから二人の息子を見下ろして物を言い、僕は天上の存在へそうするように父を見上げた。彼は一切の物事に厳しく自分の気に入らないものは即座に切り捨てた。一度、父の理想から外れてしまったものは、その後、視界に入っても羽虫かなにかが通り過ぎたくらいにしか取り合ってくれなかった。

僕はその父に隠れて携帯ゲーム機を買った。小学生でも持っているような安物で手のひらに収まるくらい小さなものだった。父はコンピューターゲームというものに日ごろから悪印象を持っており、もしも見つけてしまえば自分の息子のうち大きな方までもついに自分を裏切ったかと失望してしまうはずだった。それは僕にとって想像するだけで恐ろしいことである。

弟は自由にやりたいことをやり、ゲームをしたければゲームセンターに行き、勉強をしたくなければ鉛筆を折るような人間だった。それは親の失望に耐えることの代償であるが、もともと弟のカズヤは失望などというものとは無縁の生き方をしているようだった。しかし僕は違っている。父から気に入られたいばかりに勉強をして身だしなみも質素で健全に整えているのだ。その姿はある人に言わせればさわやかで明るい好青年だという。しかしそれは単なる上っ面《つら》であり金色をした毛皮の中身はどろりとした赤黒い塊なのである。

ある日、自室で隠れてゲームをやっていると、突然、父親が扉を開けた。ノックをすることもなくまるで犯罪現場に踏み込む警官のようであった。彼は僕の手からゲームを取り上げ、冷ややかな目で僕を見下ろした。

「おまえがこんなものをやっているなんて！」

父ははき捨てるように言った。

カズヤがゲームをしていても彼は不必要な置物程度にしか見なかった。すでに次男に対しては自分の理想とする健全な子供に育て上げることを諦《あきら》めているのだ。だからこそ兄である僕にかけていた期待は大きく、予想以上に怒りを喚起させたらしかった。

いつもの僕ならば泣いて許しを請うていたかもしれない。しかしその瞬間、父の反感をかってしまったという衝撃もあるにはあったが、弟は自由であるのに自分だけは禁止されているという理不尽な気持ちの方が勝っていた。ただゲームをやっているだけで人格を否定されることに憤りを感じた。

気づくと父の左手をつかみその中にある携帯ゲーム機を必死で取り返そうとしていた。常に従順な仮面をはずさなかった僕が父に反抗するのは生まれてはじめてのことであった。父は左手をしっかり握り締めゲーム機を渡さなかった。僕は力をこめて言った。

「この指よオオオ、外れエエろオオオ……！」

僕と父の間のわずかな空間が声のために震えた。鼻の奥の血管が弾《はじ》けるのがわかった。携帯ゲーム機が床におちて硬質の音を立てた。そしてぽろぽろと父の左手から指が外れ僕の足元に転がった。五本とも根元から綺麗《きれい》に外れていた。血が噴出してあたりが赤色に染まった。僕の鼻からも血があふれていた。

父が悲鳴をあげた。僕がいいと言うまで口を塞《ふさ》いでいるよう命令してすみやかに黙らせた。しかし声が出ないというだけで痛みや恐怖を感じるらしく目を大きく開いて指の消えた左手を凝視した。

僕は吐き気を感じながら鼻から出る血を大量に飲み込んだ。気絶しそうな頭でどうするべきかを考えた。もう父の指はもとに戻らないはずだった。『言葉』によって変化したものはもう二度ともとの状態にはもどらないのだ。

しかたなく、「僕が合図するまで気を失うこと」を命じて父から意識を取り除いた。眠っている人間に対しても声の力が有効であることはそれまでの経験から知っていた。見られていると力をこめて念じることに気後れを感じるので気絶させておいた方が楽だった。

「左手の傷口が完治すること」と「目がさめると僕の部屋で起きた一部始終を忘れていること」を床に倒れている父の耳へ囁《ささや》いた。ほどなくして彼の左手のかつて指のあった部分に薄い皮膚ができて止血が行なわれた。

父自身に、左手に指がないことが自然であると信じ込ませなくてはいけなかった。また、父の左手を見た者が、不自然であることを感じてはならなかった。

はたしてそれをどうすればいいのだろうかと僕は考えた。声をかけた相手に変化が出るのは確認済みであったが、僕の声を実際に聞いていない者にも同じように指のない手を自然だと思わせることができるものだろうか。

僕は決断して、次のような内容の『言葉』を行使することにした。

「次に目がさめたとき、おまえは指のない自分の左手を見て、これこそ自然な状態だと思い込む。さらにおまえの左手は、見た者に対してそれが当たり前の状態であると感じさせるようになる」

声をかけていない相手に変化を求めるのではなく、あくまでも父の手に対して「自然な印象を与えるようになる」という命令を出すのだ。

僕は血だらけの部屋を掃除すると、落ちていた指をティッシュでくるみ机の引き出しに入れた。父の服にも血がついていたが「服の血には気づかない」という『言葉』を家族へかけることにした。

父を支えて部屋から出した。その時、弟のカズヤとすれ違った。彼は一瞬、驚いたような顔をした。僕が父を支えている場面は珍しいことであった。開いていた扉から彼が僕の部屋をのぞいた。床に携帯ゲーム機が転がっていた。弟はフンと鼻を鳴らして笑うように僕を見たような気がした。

夕食の席で父が食べにくそうに食事をしていた。指のない左手で茶碗《ちゃわん》を持つことができないでいた。しかしその姿は非常に自然であり僕はふとするとどのような経緯で指がなくなったのかを忘れそうになった。指が消えた父のつるりとした丸い左手はまるで子供のころから見慣れたもののように、僕の目にも、おそらく家族全員の目にも、当然のことのように映った。

弟のカズヤがひそかに僕を軽蔑《けいべつ》していることには気づいていた。彼はこの世界がある程度、個人のわがままを笑って許容できるのだという事を知っている人間だった。一学年違うクラスではあったが僕らは同じ高校に通っていた。僕は彼のように生きることができなかった。

学校で弟が友達と小突きあいながら楽しげに廊下を歩いていた。それがまことに親友同士の付き合いのような振る舞いで僕はただ一人取り残されたようなさびしさを感じた。僕は持ち前の醜い計算高さでクラスの笑いを誘い明るい雰囲気を作ると先生たちに評判であったが、その反面、親友と呼べる人間ができたためしはなかった。親しげに話し掛けてくる知り合いは大勢おり相手はもしかすると僕のことを親友と思ってくれているかもしれないが、僕の意識の中で本当に心の許せる者はおらずついぞういった知人の顔でさえめずらしいものを観察するような目で見てしまった。

弟はそれをしないよくできた人間だった。僕のように心の中にひそんでいる「良く見せたがり」の動物を必死の作り笑いで覆い隠すこともなく、すらすらと本心を親友に語ることができるのだろう。その点僕のような者よりずっと健全だった。

しかし不思議なことに世間一般の認識では弟より僕のほうが良くできた子であると思われているらしかった。それもやはり僕の顔にはりついている従順というくだらない仮面のせいであり、その結果弟が僕に対して劣等意識をもっているのだとしたら、僕はひどい仕打ちを彼に対して行なったということである。カズヤにそのことを謝りたかった。しかし僕と彼の関係はそのような何でも話し合えるというようなものではなく、ふと学校で目を合わせても見なかったことにして視線をそらすような悲しいものだった。

その原因は僕にある。というのも内心で彼は僕の中にある醜い心根に気づいているのだ。親の言うことをきき先生の言うとおりに動き点数かせぎを行なってまわりの信頼を得ている僕の浅ましさに彼は気づいているのである。そのため話すのも汚らわしく思い薄汚いものを見るような目つきをして無言で僕を責めたてるのだ。

だれかの機嫌をとって安心できる場所を確保したと思った瞬間、通りかかった彼の、見下した目に出会う。僕の滑稽《こっけい》な姿を笑っているのである。世界にひびが入ったように思われてふと一切の音に膜がかかったようになる。

学校の自販機の前で数人の生徒が談笑している。飲み物を買うそぶりはなくただ語らっているだけである。僕は自販機で買い物をしたかったが人を押しのける気持ちがわかず彼らがどこかへ行ってしまうのをただ近くに立って待っていた。話し掛けてその場所を少し移動してもらうよう頼めばすむものの断られて嫌な目つきをされたらどうしようという意識が働く。まったく他人には近寄れないのである。それで自販機から少し離れて興味のないポスターを眺めていた。

そこへカズヤが現れる。彼はなんの躊躇《ちゅうちょ》もなく自販機の前にいた数名をかきわけコインを投入するのである。飲み物の缶を握り締めふと僕がいたことに気づく。彼は僕がなぜポスターを見ているのかそのすべてを見通したように含み笑いをして去っていくのである。

やはりカズヤは気づいているのである。そこそこまわりから人気もあり人当たりもよく真面目だと思われている自分の兄がその実すべて作られた虚像であるということを。だれかに気に入られたいというその一点のために作り笑いをしている浅ましい心と自販機の前にいる数名に話し掛けることさえできない小心さを彼は知っているのである。

いつからか、家でも、学校でも、弟とすれちがうたびに汗がにじみ出るようになっていた。自分の正体を知っているカズヤが怖かった。彼の瞳《ひとみ》にはおそらく兄という僕の姿ではなく軽蔑してつばを吐きかけたくなるようなただの醜い泥人形が映っているにちがいなかった。

カズヤと話をする機会はほとんどないが、朝の食卓で同じテーブルにつくと途端に胃のあたりが苦しくなるのである。じっと侮蔑《ぶべつ》のまなざしで焼かれているような気持ちで手に汗がにじみ箸《はし》もまともに持つことができなくなる。それでも一切は喜劇のように僕は笑顔で親にあいさつしておいしそうな顔をしてごはんを食するのである。長いことそのような調子の生活が続き今ではかならずといっていいほど食べたものを吐くようになった。

眠れずに身悶《みもだ》えする夜が続いた。安堵《あんど》の夢を見ることはなく閉じたまぶたの裏側に何人もの顔が浮かんだ。みんなが一様に弟と同じような軽蔑のまなざしで僕を見下ろし僕は泣きながら念仏を唱えるように謝罪しているのである。目覚めてぼんやり考え事をしている時でさえたまに目だけが部屋中にびっしりと浮き出て僕をいっせいに非難する。そんな時、死にたいと感じる。

いっそのこと世界に自分しか存在しなければこのような苦しみは生まれなかっただろう。他人という存在が僕は恐ろしかった。人にこびへつらっている自分の汚い行動も原因はそこにあると思われた。嫌われるのも見下されるのも軽蔑されるのも耐えがたい苦痛であり、それらから逃げ出すために僕は醜い動物を心に飼っているのだ。他人というものが世界におらず、自分ひとりなら、どんなに気が楽になるだろう。

いや、自分の姿が他人の目に映ってしまうのがいけないのだ。だれかが僕を見て苦笑しあるいは失望するのがいけないのだ。それならば世界中のすべての人間から自分の姿を消すにはどうしたらよいのかを考える。

こうしたらどうだろう。

「一分後、おまえの瞳に、僕が映らなくなる」という力ある『言葉』をだれでもいいからだれかに聞かせるのだ。そしてさらに次のような『言葉』を続けて行使する。

「僕が見えなくなったおまえの瞳は、視線を交わしたすべての人間に対して、おまえに与えられていた『言葉』をそっくり感染させる」

つまり声の力で僕の姿を永遠に見失った一番目の人物が、だれかと目を合わせると、その二番目の人物も同じように視界から僕という存在を消し去るのだ。またその二番目の人物が他のだれかと目をあわせれば、三人目の網膜も僕の像を結ぶことができなくなる。その繰り返しが起こり、視覚に変化の起きた人物がだれかと視線を重ねるたびに僕の透明度が上がってゆくのである。もしも世界中の人間が僕を見失えば完璧《かんぺき》な透明人間となり永遠の安らぎを手に入れることができるだろう。

しかしその前にそれら「僕が映らなくなる」という鎖から自分自身を除外しておくような『言葉』が必要である。でないと鏡を見ても自分で自分の姿が見えないという事態に陥るだろう。

僕はふと自分が愉快な気持ちでそのようなおぞましいことを考えているのに気づいてぞっとした。

3

ある夜、犬が死んだ。小学校の時、僕のくだらない見栄のために『言葉』を行使してしまった犬である。僕を見る時だけ恐れるような目つきをするその犬のことを僕はずっと気に掛けていた。

犬が死んだという報告を親から聞いて飼われていた家へ向かった。飼い主は僕のことを知っており、なきがらを見せてくれた。大きく獰猛《どうもう》であった犬は、コンクリートに横たわったまま動かなかった。それに抱きついて僕は泣いた。わけのわからない悲しみに襲われた。飼い主が気を利かせて犬と僕だけにしてくれた。

全身の力をこめて腹の奥底から震える声を出し犬に命令した。生き返って動いてくれ。しかし犬が再び生命を取り戻すことはなくただ所々抜けかけた毛を夜気にさらしているだけだった。自分の醜い顕示欲を満足させるため『言葉』の力を行使することができても、犬を生き返らせることすらできなかった。

それだけではない。今、こうして犬を生き返らせようとしたのも本心から犬のことを悲しんでそうしたのではなく、自らの罪を少しでも軽いものにしようという意識が働いたためであるように自分では思えた。

あらためて犬の顔を見るとまるですべての重荷をようやく肩から下ろしたようなやすらかな表情で目を閉じていた。死んで解放されたその様子に僕は羨望《せんぼう》を覚えた。

…………。

ある夜ふと気づくと僕は片手に彫刻刀を握り締め自室の真ん中で泣きながら立っていた。全身をおかしな汗で濡《ぬ》らしごめんなさいごめんなさいと僕は繰り返しつぶやいていた。おそらく彫刻刀で手首を切るつもりであったのだろうが、寸前でぼんやりと我に返ったようだった。木製の勉強机を見ると、一本、彫刻刀で削った傷があり、丸く反った削りかすが足元に落ちている。涙をたらした跡のような水溜《みずたま》りも点々とあった。机を観察するように顔を近づけると酷い腐臭がした。何か肉の腐ったような臭いだった。

机の引き出しを開けると丸めたティッシュの中に腐りかけただれかの指が五本入っていた。いずれも黒ずんでおり長いこと机の中に放置されていたことがわかった。指にうっすら残っている産毛を見つけたときそれが父親のものであることを思い出した。部屋に散らばった指の処置に困り引き出しに押し込んでいたことを忘れていた。父の左手に指がないことなど宇宙のできた初めから決定していたあたりまえのことのように思われて転がった指のことなどすぐに記憶から消えてしまっていた。

僕は腐りかけの指を庭の土に深く埋めた。しかしその後も机から湧き出る腐臭は消えず日を追うごとに臭いの強さを増していくようであった。まるで引き出しの奥がどこか別世界につながってしまいその暗闇の奥から腐臭がとめどなく漂ってくるようだった。

それにふと気づくといつのまにか机の傷が増えていた。最初のうち一本きりであったものが数日後には二本になり、数週間後には十本近くの傷が机の上にできていた。

しかし僕には彫刻刀で彫った記憶などまったく残っていなかった。

……朝、目が覚めて、いつもの苦痛がはじまる。

家族やサボテンに朝食を用意してくれる人も新聞が風でめくれないよう指のない左手で押さえている人もみんな人間とは思えず動いている人形であるように思える。通学途中、電車に乗る時、僕の定期券をチェックする人も、隣の席に座った人も、学校の廊下ですれ違う人も、みんな生き物ではないように見える。思考というものを持たずビリヤードのボールがクッションに当たって転がるようにただ仕組まれた反応を続けているのではないかという気がしてくる。皮膚だけが精巧に作られたもので中身が実は人工的な部品の寄り集まりなのではないかと感じる。

それでも僕はそれらに笑顔で接しどうにか自分が見捨てられないように振る舞うのである。朝食を用意してくれる人には自分はいつもあなたの苦労をわかっているのだという誠意を見せるために食事を残さず食べおいしかったと満足そうに声をかける。電車に乗る時はキセル乗車していないことを宣言しいかにも模範的な利用客であるように定期券をよく見えるよう駅員に掲げるのである。また学校の教室でも自分はこのクラスに必要なのでのけ者にしないでくださいおねがいですからという気持ちから花瓶の花をそっと取り替えたりするのである。それも計算を感じさせない手つきで花を飾るのである。

顔に明るい笑顔を張り付けるほどに心は荒涼となっていく。そして弟のことがますます怖くなってくるのだ。世界中の人間があの小さな頭蓋骨《ずがいこつ》の中で多様な思考を行ない生活しているのだというイメージができなくなっても、しかしカズヤだけはなぜかずっと怖かった。他の人間たちの呼吸音が聞こえなくなるとともに、かえって彼の影は濃度を増すのである。

カズヤははっきりと口にするわけではないが、時折、口元に浮かべる冷笑は、滑稽《こっけい》な僕の人格に対して向けられたものに違いなかった。それは世界中でもっとも僕が恐れているものである。いつもそれが亡霊のように付きまとい僕を責めさいなむのである。そんな時に学校の階段を上っている途中でもまわりにだれもいなければ心を落ち着けるため頭をかきむしって壁を何度もけりつけた。弟が憎くてたまらない、というよりは、自分自身が許せないという気持ちの方が強い。

それでもここまで自分が苦しんでいる元凶はカズヤの存在であると感じる。彼を殺したいと思うのは、つまりそういう理由からだった。

僕はカセットデッキの停止ボタンを押すとテープを最初まで巻き戻した。さきほど聞いた話の内容を反芻《はんすう》して体の震えが止まらなかった。涙であやうくなる視界の中で彫刻刀に力をこめて机の上に傷を彫った。またこれで一本、傷がふえた。

汗が流れ悪臭に顔をしかめた。僕は想像する。窓の外にはてしなく広がる無音の世界。吹きすさぶ風に運ばれる腐臭。細菌が肉を腐らせ、悪臭を放ち、蝕《むしば》んでいく。

心の中にある感情が湧き起こるのを止められず僕はベッドのふちに腰をおろすと彫刻刀を握り締めたまま両腕に顔をうずめて泣いた。

…………。

ふと気づくと僕は彫刻刀を握ったままベッドに腰をおろしていた。まるで毛虫を振り落とすように彫刻刀を離すとそれは床に転がった。机の上を見るとまた気づかないうちに傷が増殖してすでにその数は二十を超えていた。

自分で彫っているのだろうかと思ったが、しかしそのような記憶はなかった。

何か恐ろしく重要なことを忘れている気がして不快な気持ちになった。自分の記憶にだれかの手が加えられているようにも思えた。不安な気持ちに襲われながら転がっている彫刻刀を見ると、その尖《とが》った先から禍々《まがまが》しい妖気《ようき》めいたものを感じた。

4

それは夕食後のことだった。居間の絨毯《じゅうたん》に寝転がりカズヤがテレビで野球中継を眺めていた。片手で頭を支えもう片方の手で菓子をつかんでいた。足は投げ出され数分おきに曲げたりのばしたりを繰り返し呼吸の度に胸のあたりが動いていた。

彼を殺そう。ぼんやりとそう思った。僕は自室に閉じこもり椅子に座って夜がふけるのを待った。あいかわらず机から悪臭が漂いペットの死体を引き出しの奥深くにしまいこんでいるようでもあった。組んだ両手が小刻みに震えそれを押しとどめようとするのだがうまくいかなかった。

弟を殺すことにためらいを感じてはいけないと自分に言い聞かせた。そうしなければ自分はもうだめなのだ。彼の見透かした視線は僕の肉を貫き、口元に見せる嘲笑《ちょうしょう》が一時も鼓膜から離れない。目をかたく閉じ渾身《こんしん》の力で耳をふさいでもカズヤが指さして僕の醜い心の内を暴き立てる。

平穏を手に入れるためには僕がだれもいない世界へ行くか、僕の世界から彼を排除するかの二択しかないのだ。

数時間が経過して時計の針が深い夜の懐へ潜り込む。自室を出ると廊下のきしみにおびえながら弟の部屋へ向かった。扉の前に立つと廊下の明かりのせいで僕の影が眼前に現れた。それがまだ人型をしていることに複雑な思いがした。

扉に耳を当て彼が寝静まっていることを確認すると冷たいドアノブに手をかけて細く隙間をあけた。呼吸をひそめて部屋に体を滑り込ませ扉は閉めずに放っておいた。

中は暗かったが電気はつけず廊下の明かりで視界を保った。

ベッドの上に弟の寝ている布団のふくらみを確認した。そっと近寄り彼が目を閉じて寝入っているのを上から見下ろす。入り口からの明かりが僕の体で遮断されカズヤの顔に影が落ちた。彼の耳元に口を近づけ「死」に関する『言葉』を囁《ささや》こうとした。

その瞬間、彼が身じろぎしてベッドがきしんだ。一度、眠りの奥から引き戻される小さなうめきをあげ彼のまぶたが細く開けられた。

開かれた扉とそこから差し込む明かりに目をやり、それからようやくかたわらに立った僕の存在に気づいた。

「兄さん、どうしたの？」

彼は小首をかしげて微笑むと優しげにそう言った。僕がカズヤの首に両手をかけると女の子のような細い肩が驚きで跳ね上がった。渾身《こんしん》の力を込めて声を出した。

「お前はアアア、死ぬんだアアアア！」

彼の繊細な指が助けを求めるように虚空《こくう》をつかみ恐怖した瞳《ひとみ》が見開かれた。しかしある違和感に気づいた。いつも『言葉』を行使する時、鼻腔《びこう》の奥で感じていた小爆発がなぜかやってこなかった。鼻から赤いどろりとした液体も落ちなかった。

僕は弟の首から手を離した。不思議なことに彼は咳《せ》き込むわけでもなく、とがめるわけでもなく、まるで一切は夢であったかのように何事もなくまぶたを閉じた。そのいつもと変わらない様子に異様なものを感じた。弟の部屋を出る時、振り返ると、すでに彼はやすらかな寝息に包まれていた。

パチン、と頭蓋《ずがい》の中が爆《は》ぜたような気がして僕はスイッチが入ったように自室へ戻った。机の上を見るとたった今まで気づかなかったがカセットデッキが載っていた。それは小さな安物でそばに予備のものらしい大量の乾電池が積まれていた。どうやらプラグではなく乾電池で動くらしかった。これまでそれらが見えなかったはずはなく、その存在に気づかなかったのは異常なことだった。

カセットデッキの中にテープが挿入されていた。僕はわけもわからずそのテープの中身を再生しなくてはいけないような気がした。それはどうやら頭の奥に植え付けられた命令のようで指が勝手に再生ボタンにかかるのを止めることができなかった。

透明なプラスチックの小窓から回り始めたテープが見えた。スピーカーから聞こえてきたのは緊張をはらんだ自分の震える声だった。

＊　＊　＊

ややこしいことになりました。

もう、このテープは何度目の再生になるのでしょう。今、これを録音している僕には、到底、想像することはできません。

これを聞いているあなたは、今から何日後の、あるいは何年後の僕なのでしょう。ともかくテープを再生したばかりのあなたは何がどうなっているのか、すっかり忘れているのでしょうね。僕はこのテープに必要な『言葉』を録音したら何もかもを忘れていろいろなことに気づかない生活をはじめようと思っていますから。

僕がこのテープを用意した理由は他でもありません。何もかもを忘れて日常生活を送っている未来の自分にかつて自分が何をしてしまったのかを聞いてほしいからです。あなたが急にこのテープを再生しなくてはいけないと感じたのも無理はありません。このテープの最後の方に次のような意味の『言葉』を吹き込んでおきましたから。

「だれかを殺そうとしたり、自殺しようとした場合、机の上にそれまで気づかなかったカセットデッキを見つけて、中に入っているテープを再生したくなる」

このテープを聞いているあなたが、だれを殺そうとしたのか、あるいはどのような方法で自分を殺そうとしたのかはわかりません。

でも、このテープを聞いているということは、そのうちいずれかの条件に符合したのでしょう。そう考えるとテープの再生が意味することは自分が安らかな生活を送れなかった証明なのですから残念な気持ちになります。

でも僕はあなたに伝えておかなくてはいけません。あなたがだれかを殺したくなったり、自殺したくなる必要はまったくないのです。その理由は非常に簡単で、なぜならとうの昔にほぼ全員、動かなくなったからです。父も、母も、弟も、クラスメイトや先生、今まで会ったことのない人々もみんなすでに生きていないのです。おそらく世界で生き残っているのは、あなたと、ほんの一握りの人間だけでしょう。

いつだったか、世界中の人間の瞳に、自分が映らなくなるにはどうしたらいいのかという問題を考えました。覚えているでしょうか。

あの犬が死んだ次の日の朝、僕はあいかわらず醜い作り笑顔でテーブルにつき朝食を食べていました。カズヤが目をこすりながら起きてきて母が彼の前に目玉焼きの載った皿を運びました。父が眉《まゆ》をひそめながら新聞を読んでいたのですが、一枚、紙面をめくった拍子に、端の部分が、となりに座っていた僕の腕をなでました。電源の入ったテレビで清潔感の漂う洗剤のコマーシャルが流れていました。僕は急に耐えられなくなりみんなを殺すことにしました。

つまり次のような『言葉』を行使したのです。

「一時間後、おまえらの首から上が落ちる」

そこへさらに次の命令を下しました。

「地面に転がったおまえらの首は、それを目にしたすべての人間に対して、おまえらに与えられていた『言葉』をそっくり感染させる」

もちろん僕だけはそれらの効力から除外されるという『言葉』も付け加えてさらに記憶にも手を加えました。つまり、僕の声を聞いたことも忘れて彼らは家を後にしたのです。

家族に『言葉』を与えて一時間後、僕は高校にいました。その時カズヤのいる教室の方がにわかに騒がしくなったのです。行ってみると弟の頭が床に転がっており赤い池を囲んで生徒や先生たちが顔を青ざめさせていました。

見た者を一時間後、死に至らしめる魔の首です。僕は叫び声をあげる者や野次馬根性を露《あらわ》にする者たちをかきわけてそっとその場を離れました。ちょうどその時、父や母のまわりでも同じことが起こったにちがいありません。

さらに一時間後のことです。学校に集まっていたパトカーや近所に住む人間たちの前で、カズヤの転がった頭を視界に捉《とら》えた数十人の首が、一斉にぽろぽろと落ちたのです。悲鳴もなくただ唐突に重い物が地面に落下しました。その光景を、転げた頭の、百倍もの人間が、新たに目撃したのです。

多くの人間が恐怖と混乱のため乱暴になっている中、やがてテレビカメラがやってきて一時間後に命の終わりを告げる頭たちを中継しました。その瞬間、僕の『言葉』は電波によって感染し人類の首を刈り取ったのです。

その日の夕方にはすっかり町は静かになりしんとした空気の中で傾いた太陽が長い

影をもたらしました。赤色の生臭くなった町を歩きおびただしく横たわる静かな人々を見ました。おかしなことに動物や昆虫にも効果があったらしく首のない猫や犬や蟷《かま》螂《きり》や蠅《はえ》が地面に落ちていました。

いろいろな場所で事故が発生したらしく黒い煙が点々と見えました。ほとんどのテレビは何も映していませんでしたが、たまに首のないニュースキャスターがただ机に突っ伏している映像を見かけました。

やがて、町の電気がいっせいに消えました。制御するべき人間を失った発電所が重大な負荷を受けて電力をまともに供給できない状態になったのでしょう。おそらく世界中で同じことが起こったはずです。

もう自分以外の生物は生きていないのだと確信して暗くなった町を歩きました。人間が倒れていない場所は見当たらずどこまで歩いてもアスファルトは汚れていました。衝突し煙をあげている車の運転席に首のつながった動かない人を見ました。おそらくだれかの生首を見る前に事故で亡くなったのでしょう。

静寂の夜空に星が浮かび僕は歩道橋の上に座ってそれを眺めました。不思議なことに津波のような良心の呵責《かしやく》は彼女がやってくるまで感じませんでした。

星を眺めていると小さな足音とともに人を求める声がどこからか聞こえました。歩道橋から見下ろすと事故のせいでまだ燃えている車の炎に照らされ危なげに歩く若い女性が見えました。信じられない思いで僕は彼女に声をかけました。彼女はひさびさに聞く命ある声に安堵《あんど》の表情を浮かべ僕の方に顔を向けました。その瞬間なぜ彼女の首がつながったままなのか理解しました。彼女の目は見えなかったのです。

彼女はなんて運の悪い人なのだろう。僕はおののき、そして逃げ出しました。心を覆い尽くす絶対的な罪悪感が生まれました。しかしもう世界はもとにもどらないのです。長い間、僕は苦しみました。世界を埋め尽くす動かない人々が腐っていくのを見ながらもう自分がこの世界にも耐えられないのだということを感じました。

そこで僕は一切のことを忘れることにしました。今の状況に気づかず大地が死に包まれる前の正常な世界に生きているのだという錯覚を見ることにしたのです。このテープの最後に次のような内容の『言葉』を録音しておくつもりです。

「おまえは彫刻刀で机に傷を彫るたびに今まで過ごしてきた日常の世界で生きているつもりになる。実際は何かを食べ睡眠し健康を維持して生命活動を続けているのだが、それと意識の中身は無縁であり、おまえはただひたすらこれまでと同じ日々を続けているのだと思い込むのだ」

ついでに、自分の部屋にある机だけはその条件から外そうと考えています。「おまえの五感は自分の机をだますことができない」と。つまり普段どおりの日々を送っていても机だけは現実とつながっているのです。

あなたはこのテープを聞いて後悔しているでしょうか。全部を忘れてまたテープを聞く前の自分に戻りたいと思っているかもしれませんね。もしそう思うのなら、もう一度、机に傷を彫るといいでしょう。

机はあなたの幻覚ではありません。ですからあなたがこのテープを聞いて記憶を消した回数がそのまま傷として残るはずです。今、机の傷は何本になりましたか。

＊　＊　＊

その後も独白は続いていた。どうやら過去の僕は、テープを通じて自身に『言葉』を行使し記憶の操作を行なったようである。机に顔を近づけ臭いをかいだ。彫刻刀でつけられた傷の一本一本から、もしくは引き出しの奥、光が届かない洞穴《ほらあな》の向こうから、異様な湿った腐臭がした。向こう側にある現実の世界から、今、僕の見ている世界へ、机の引き出しを通じて臭いだけが流入しているのだ。

ベッドの端に腰掛けて想像した。表面を腐った肉が覆う世界で僕はただ一人学生服を着て学校に通っている。だれもいない改札口にむかってキセル乗車でないことを宣言するように定期券を掲げる。電車に揺られていると思い込んだまま線路を歩いて学校へ向かっているのだろうか。地面に転がったさまざまなやわらかいものを踏み歩き僕はひっそりとした校門を抜ける。みんなに嫌われないように作り笑いを浮かべて掃除されていない教室に入る。教室の中をクラスメイトたちがひしめきあい先生が静かにするよう怒鳴っているという夢を見る。しかし本当は静寂な教室の机に僕は座りつづけているのだ。髪は伸び目はうつろでそれでも必死の笑顔を作り自分の姿は人間というより動物のようだろう。

部屋の扉がノックされた。返事をするとサボテンを抱えた母が扉を開けた。

「まだ起きていたの。早くお眠りなさい」

母は無表情な顔で言った。この人も生きているようでいて実際はどこかで死んでいるのだろう。

この世界に僕は一人きりである。そう考えるとやはりある気持ちが湧き起こるのを止められなかった。

「手を震わせて泣いているけれどどうかしたの？　どこか体の調子がおかしいの？」

僕は首を横に振り、心の中でごめんなさいと呟《つぶや》いた。僕が泣いているのは体の調子がおかしいからじゃないよ。安堵しているからなんだ。かつて望んだ一人きりの世界にこられて、ほっと気持ちが安らいだせいなんだよ。

鳥とファフロッキーズ現象について

山白朝子

1

最初に遠くからそれを見たとき、こわれたこうもり傘が風に飛ばされて屋根にひっかかっているのだろうかとおもった。そいつはぴくりともうごかなかったし、全身が黒色で、どこが頭で、どこが足なのかさえわからなかった。どうやら巨大な鳥らしいと推測できたのは、抜け落ちた羽根が大量にちらばって、枯れ葉とともに風に舞い上げられていたせいだ。

書斎で仕事をしていた父にそのことを報告した。母は私が小学生のときに亡くなっている。父は、人見知りの私が唯一、まともに話のできる異性だった。

「屋根にひっかかってるんだけど。なんか、鴉《からす》みたいなのが」

父は書きかけの小説を中断して屋根裏部屋にあがった。そこは普段、物置がわりにつかっていた部屋で、父が大昔に愛用していたというワープロや、母との思い出の品々が埃《ほこり》をかぶってならんでいた。父は窓から屋根に出て、戻ってきたときは、腕のなかにぐったりとした黒い鳥を抱えていた。だらんとたれさがった翼は、床にひきずられるくらい長かった。

「なにかに襲われたのかもしれない」

鳥の体には、いたるところに爪痕《つめあと》らしい傷があり、血が黒い羽根の間にしみこんでいた。息絶えてはおらず、体はあたたかかったが、目を開ける様子はなかった。後にこの日のことを私は何度もおもい出すようになるが、あの鳥がなぜ怪我をしていたのか、なにに襲われたのか、どこからやってきたのかについては最後までわからずじまいだった。

車の後部座席に横たえて、動物病院に運び、そこで鳥は命をすくわれた。翼の骨が折れており、飛べるようになるまでは時間がかかるだろうとのことだった。医師はそいつの治療をしながら、しきりに首をひねっていた。鳥類図鑑をひろげて、顔つきや翼の形や足のかぎ爪をてらしあわせても、そいつがなんという鳥なのかを特定できないらしかった。全身が真っ黒な羽根におおわれているため、鴉に似ているのだが、嘴《くちばし》の形状や目つきは鷹《たか》に似ていた。

その晩、包帯でぐるぐる巻きにされた鳥は、動物病院からゆずりうけた銀色の檻《おり》にいれて寝かせることにした。鳥が回復して飛べるようになるまで面倒をみるつもりだった。

「死なすには惜しい」

父はそう言った。

夜になると私の家の周囲は一切の音がしなくなる。いちばん近くの民家までは三キロもあった。たまに聞こえてくる音といったら、風で木の枝のしなる音か、梟《ふくろう》がかんがえごとをしている声くらいだ。

ある晩、深夜に階下から聞こえてきた物音で、私は眠りから覚めた。カチン、カチン、という硬いものがぶつかるような音だった。ベッドを抜けだし、スリッパにつま先をいれて階段を下りた。音はリビングから聞こえてくる。ちょっと覗《のぞ》いてみると、リビングに置いた檻の中で、包帯を巻かれた鳥が身を起こし、嘴で檻の入り口の留め金をねらってつついている。私にはそれが、留め金の構造と存在意義を認識した上での行動に見えた。

私に気づくと、鳥はうごくのをやめて、じっと見つめ返してきた。瞳《ひとみ》は澄んだ青色で、宝石が浮かんでいるみたいだった。檻に近づこうとすると、鳥は私のうごきを目で追いかけた。私が何者なのかを問いかけているような顔つきだった。

「怪我はだいじょうぶ?」

私はおそるおそる話しかけた。鳥はわずかに首をかしげただけで、鳴き声をたてず、私が立ちさるまでじっとしていた。

私と父はそいつに名前をつけなかった。感情移入してしまい、別れがたくなるのをふせぐためだ。三年間も一緒に暮らすのだとはじめにわかっていたら、なにかしら名前をつけていたにちがいない。私たちはそいつのことを「鳥」とか「あいつ」と呼んだ。

父は一日に一回、彼の暮らす檻の中に、飲み水の入った皿と餌を入れた。数日おきに病院へ連れて行き包帯もとりかえた。鳥は檻から出されても暴れようとはしなかった。嘴でだれかの手をつつくこともなければ、足のかぎ爪でひっかくこともなかった。そいつの体長は私たちの腰ぐらいまであり、翼をひろげると二メートルちかくあったので、あばれはじめたら室内は大変なことになっていただろう。

檻から出しても逃げようとしないので、いつからか私たちは放し飼いで世話するようになった。彼は二本の足で立ち、まだ傷の完治していない翼はおりたたんだままペンギンのように歩いた。そいつが歩くと、足の爪が床板の上でカチャカチャとなった。

一カ月が過ぎて翼の骨がくっついたころ、庭に出して様子を見た。鳥は太陽の光を気持ちよさそうにあびながらゆっくりと翼をひろげた。まるで準備運動でもするみたいにうごかすと、風が生じて落ち葉が地面から浮きあがった。私と父は、そのまま飛んでいってしまうんじゃないかとおもいながら見つめていた。しかし鳥はひとしきり翼をうごかしおえると、私たちを振り返り、さっさと家に入っていった。

私がソファに寝そべってリビングでテレビを見ているときのことだ。チャンネルを変えたいけど、三メートルもはなれた床の上にリモコンは放置してあった。ソファから立ちあがって取りに行くべきかどうかをなやんでいると、廊下のほうからカチャカチャと足音が聞こえてきた。リビングに入ってくると、鳥はまっすぐに、テレビのリモコンに近づいていき、嘴で器用にくわえた。ソファまでやってきて、リモコンをくわえたままの嘴をつきだす。

「……ありがとう」

リモコンをうけとると、役目はすんだとでも言うように、鳥はカチャカチャとリビングから出ていった。

たとえばキッチンで目玉焼きをつくっているときは、胡椒《こしょう》の瓶を嘴にくわえて運んできてくれた。父がお風呂《ふろ》に入って、着がえ用のパンツを忘れたときなど、そいつはわざわざ父の部屋からパンツをくわえてもってきてくれた。

「野性の本能がそうさせているのかもしれない。親鳥が雛《ひな》に餌をはこぶのと、どことなく似てるから」

父は鳥の行動についてそのような感想をもらした。私は信じがたい気持ちだった。

「でも、だって私、リモコンが欲しいだなんて、口にしてないのに」

「テレパシーみたいな能力が備わっているのかもね。私たちがなにかを欲したとき、特別な脳波が発信されて、それを受信しているのかも」

私たちが頭におもいうかべたものを、その鳥は、運んできてくれたのだ。まるでコウノトリが赤ん坊を運んでくるみたいに。

父は鳥のことを息子のように愛し、鳥のほうも父の腕のなかに自らもぐりこんでいくほどしたっていた。怪我がなおり、空を飛べるようになっても、そいつは我が家に居ついた。窓から外に出ても、かならず夜には戻ってきて、いつも屋根裏部屋で眠っていた。父は屋根裏部屋の窓を改造し、鳥が頭で押すだけでかんたんに開くような造りにした。

父が書斎の椅子にすわって仕事をしているとき、鳥は椅子の足下にやってきて、父の顔をじっと見上げていた。まるでそこが定位置だとでもいうように。

2

鳥が我が家に住み着いてから三年が経過し、私が高校二年生になったときだった。

その日、私は冬休みを利用して、一人で祖母の家に出かける計画をたてていたのだが、出発直前になって、観葉植物の鉢の置き場所に頭をなやまされた。すこしまえから自分の部屋で小さな観葉植物をそだてていた。留守の間も、できるだけ日当たりのいい場所に置いておきたかった。だから鉢を勉強机の上に置こうとかんがえた。たとえ部屋をしめきっていても、そこだけは、カーテンの隙間からほそく日がさしこんでいたからだ。しかしいざ鉢を置こうとしたら、机にならべておいたガラス製の写真立てに手が当たってしまい、床に落として割ってしまった。中に入れていたのは、まだ母が生きていたころに家族三人で撮影した写真で、縁起が悪いなとおもった。

父が車で駅におくってくれた。鳥も後部座席に乗って私を見つめていた。たった一週間、祖母の家に泊まるだけだった。

電車に揺られて祖母の家に到着した私は、荷物をほどいた後、部屋でくつろいだ。いれてくれたお茶を飲みながら、祖母と話をした。

「まだあの鳥を飼ってるの?」

私の家に何度か遊びにきていたので、祖母はあの鳥に会っていた。

「あの鳥、私がメガネをさがしてると、もってきてくれたのよ」と、祖母はわらった。

警察から電話がかかってきたのは、翌日の昼前だった。

発見者は新聞を配達しにきた男性だった。玄関の扉が開きっぱなしになっており、置物が倒れているのが見えたので、不審におもって警察に連絡したのだという。

祖母とともに町へもどり、病院で父と再会した。呼びかけても父は目をあけなかった。父の体には、胸のあたりに小さな穴があいていた。銃弾による穴だった。

私は病院のベンチで祖母とだきあって泣いた。いつか別れがやってくることは理解していた。でも、それはまだずっと先のことだとおもっていた。

私と祖母は警察の車で自宅へ連れて行かれることになり、これまでに判明しているいくつかのことを車内で聞かされた。

昨晩、家に侵入した人物は、どうやら金品を物色中に父から発見され、書斎でもみあいになったらしい。運の悪いことに、その人物は拳銃《けんじゅう》を所持していた。父の胸と、そしてリビングの壁にも銃弾の穴があいた。あたりには鳥の羽根がちらかっていたという。犯人は鳥に向かって発砲したのだろうと警察は推測していたが、鳥の死体は見つかっていない。

自宅周辺には警察の車が数台とまっていて実況見分がなされていた。父はそれなりに名のとおった小説家だったせいか報道車両も見られた。家のある山裾《やますそ》の森は凍えるほどに寒かった。風が吹くと木の枝がゆれて、みし、みし、と軋《きし》んだ。あつまっていた人々は白い息をはきながら、私と父の住んでいた家を見つめていた。私と祖母が車をおりて家の前に立ったとき、取材用のカメラが向けられ、フラッシュが何度か瞬いた。私が空を見上げると、他のみんなもつられて上を向いた。冬空には灰色の雲がひろがっていた。黒い鳥が巨大な翼をひろげ、ゆっくりと家の上空を旋回していた。鴉《からす》のようだが、その顔や翼は鷹《たか》ににていた。そいつは決して屋根におりなかった。まるでなにかを探してぐるぐると彷徨《さまよ》っているようだった。私にはわかった。あの鳥は父を捜しているのだ。体から抜け落ちて、消えてしまった、父の魂を。

親戚《しんせき》や祖母が葬儀の準備をしてくれた。みんなが私のことをあわれみ、心配した。遺産相続の話がちらりと出たが、まだそういったことを話すような心理状態ではなかった。

警察は強盗の足取りをしらべていたが、逮捕にはいたらなかった。私の家からはいくつかの貴重なものが消えていた。母の所持していたアクセサリーや、父のもっていた腕時計といった類《たぐい》のものだ。私の部屋にも侵入した形跡があった。

しばらくは祖母の家に住まわせてもらったが、鳥のことが心配だったので一人で自宅へ戻ることにした。祖母たちの手配で、父のたおれていた書斎は綺麗《きれい》に掃除されていた。報道車両もすっかりいなくなっており、夜になると広い家の中は静寂が支配した。

自宅での生活が再開すると、時折、屋根の上から翼の音が聞こえてきた。しかしあの日以来、鳥はほとんど私の前に姿をあらわさなくなっていた。外を歩いていて、黒い影が空を横切ったのを見ることはあったが、私のもとにおりてくることもなければ、カチャカチャと爪音をさせてペンギン歩きで登場することもなかった。もしかしたら、銃で狙われたことが、よっぽどショックだったのかもしれない。

山裾の一軒家は、一人で住むには大きすぎた。話し声の消えた室内で、私はだれともしゃべらずに何日もすごした。精神状態は日に日に悪くなっていった。父ののこした貯金があったので、水道や電気は供給されていたが、どうにも食欲がわかず、ソファからいちども立ちあがらないまま一日が過ぎていくこともあった。おかげで部屋に置いていた観葉植物も枯れてしまった。土や茎を外に捨てると、空っぽの鉢を屋根裏部屋に置いた。祖母が心配してたまに電話をかけてきた。高校の友人たちや先生、さらに父とつきあいのあった出版社の方も連絡してきた。

鏡を見ると、いつのまにか頰がこけていた。なにかを口にいれなくては生命にさしさわりがでてしまうと判断し、冷蔵庫の中を探してみた。ほとんどの食料が期限切れだった。こまったなとおもっていると、ガタン、ゴトン、という音が屋根から聞こえてきた。

キッチンの窓の外をなにかが横切って地面に落下した。窓に近づいてよく見ると、桃の缶詰が地面に転がっていた。

上空を見上げる。黒い翼はもうどこにもなかった。桃の缶詰は、落ちた衝撃ですこしへこんでいた。

その後も彼は、姿を見せなかったが、私が欲しているものを敏感に察知して物を落としてくれた。それはテレビのリモコンを持ってきてくれたり、祖母に眼鏡を運んだりするのと、おなじ行動だったのだろう。親鳥が雛《ひな》に餌を運ぶみたいに。

森の中を散歩していて、なにか口寂しいなとおもったとき、路上にこつんとキャンディが転がった。うすいビニールにつつまれたそのあめ玉は、父と私がよく食べていた商品だった。町中へ買い物に出かけて、帰りのバス停でならんでいるときだ。財布の中を確認すると、バスの代金がないことに気づいた。どうしよう、と困っていたら、チャリン、という音がした。靴のつま先のすぐそばに数枚の貨幣が転がっていた。すぐに空を見上げても、翼をひろげて滑空する彼の姿は見あたらなかった。

キャンディにしろ、貨幣にしろ、いったいどこから持ってきたのかわからない。たとえばどこかの店で、レジの人がちょっと目をはなした隙に、空から舞い下りて、嘴《くちばし》でつまんできたのかもしれない。これは窃盗行為に当たるはずだったが、あの鳥には善悪の判断などないのだろう。また、泥棒する鳥についての噂がどこからも出てこなかったので、彼は、だれにも目撃されないよう、ずいぶんうまく盗みをはたらいていたに違いない。コンビニでカップのアイスクリームを買って、公園のベンチで食べようとしたら、店員がスプーンを袋に入れ忘れていた。上空から銀色のスプーンが落下してきて、私から五十センチもはなれていない場所に音をたてて転がった。もうその現象になれていたので、なにごともなくひろって、そばの水道で洗った。スプーンでカップアイスを食べていると、一部始終を見ていた五歳くらいの女の子が、口をぽかんとあけて、私と空を交互に見ていた。

二月に入ると、父の兄が私の家をおとずれた。つまり私の伯父《おじ》である。彼は会社の経営者で、海外の家具を輸入して売っていた。私は昔からこの人が好きではなかった。なぜかというと、話は十年も前にさかのぼる。当時、私は七歳だったのだが、伯父はいやがる私に無理矢理キスをしたのだ。愛情ゆえの行動ではなかったとおもう。周囲に人がいないことを彼は確認していたし、そういう視線を以前から感じていたからだ。私は怖くて両親にも相談できなかった。やがて時間がたち、そのような出来事など私は忘れてしまったと、伯父はおもっていることだろう。しかし今でも伯父の顔を見ると身震いするような嫌悪感がある。私は男の人と対峙《たいじ》すると、そこはかとない恐ろしさを感じた。このような異性への感情は、伯父のせいで植えつけられたにちがいない。

伯父はリビングのテーブルで私のいれたコーヒーをすすった。彼の左手の中指には、趣味のわるい指輪がはまっていた。コーヒーカップを撫《な》でまわしながら、私を見つめて、一人きりでどんな生活をしているのかね、と質問した。私は、うまくしゃべれないどころか、緊張して椅子の上でちぢこまっていた。しかし伯父は私のそんな様子に気づかず一人で話し続けた。父以外の男の人といるとき、たいてい私はそんな調子だったから、彼の目にはいつも通りの様子だとうつっていただろう。

伯父の来訪の目的は、父の遺産管理についてだった。私には詳細がよくわからない。父は税理士にほとんどの管理をまかせていた。私はその税理士に一度だけ告別式で会ったはずだが顔を覚えていなかった。伯父は先日、その税理士事務所を訪ねて、遺産の運用について相談したという。しかし、そうするためには法律上、私の許可が必要になるとのことだ。

家を出て、車に乗り込むとき、「わるいようにはしないから、お金のことは我々にまかせておきなさい」と伯父は言った。私は頷《うなず》きながら、心の中でひどいことをおもっていた。死んだのが、父ではなく、伯父さんのほうだったらよかったのに。しかしそれも一瞬のことで、ひどいことをかんがえている自分に気づくと、なさけなくなった。伯父の車が走り去ると、父の部屋の掃除をして、紅茶をいれ、気分をおちつかせた。父が強盗に殺されて以来、犯人をにくみつづけていたせいで、いつの間にか心がすさんでいた。

深夜、私がベッドで眠っていると、リビングの電話が鳴り出した。目をこすりながら受話器をとると、警察からだった。伯父さんが自宅にもどってきておらず、家族が心配しているという連絡だった。

受話器を置いても、ふたたび眠りにつくことができなかった。月の明るい夜だった。

ベッドの中でかんがえごとをしながら、カーテンの隙間から入ってくる月の光を見つめていた。寒かったので、オイルヒーターの設定温度を高めにした。

夜明けの一時間ほど前に、出窓の外から、こつん、ころころ、という音が聞こえてきた。私は立ちあがり、カーテンを開けて、音の原因をしらべてみた。目をこらすと、一階からはりだしている屋根の端になにか小さな棒状のものがひっかかっていた。月明かりを受けて、見覚えのある指輪がかがやいたとき、ようやくそれが伯父の中指だと気づいた。黒い翼が月の上をよぎり、室内が一瞬、暗くなった。私は寝間着のまま走って階段を下りた。

庭に出て、鳥を呼んでも、もう手遅れであることはわかっていた。おそらく、なにもかも終わった後だった。私が心の中でそれを望んだのだ。鳥は、私が求めたものを、銀色のスプーンやキャンディとおなじように運んできたのだ。

家の周囲は森である。黒い影となって私と庭をかこんでいた。空を見上げると、はるか高い位置に、銀色にかがやく丸い月がのぼっていた。天の頂きから、まっすぐになにかが落ちてきた。それは直接に空から生み出されたようにも見えた。次第に大きくなり、私の足下に落下すると、べちゃりと、水気のふくんだ音をたてた。私の頬や服に、赤色の飛沫《しぶき》が飛んできた。空から降ってきたのは、にぎり拳《こぶし》ほどの大きさで、表面をてからせている心臓だった。

3

早朝に伯父の車は発見された。鍵《かぎ》のかかった状態で道端に放置されていたという。ボンネットにへこみがあり、そばに大きめの石がころがっていた。走行中に落石があり、車を停めて外に出たとき、伯父の身に何かが起きたらしい。警察の人はそう言っていた。

あの不思議な鳥のことをおもいだすたびに、偶然に本で知ったある現象のことが頭をよぎった。それはファフロッキーズ現象という名前で、事例が世界中から報告されていた。あの鳥がどこから来たのか、正体がなんだったのかについて、すこしでもなにかがわかるかもしれないとおもい、私は一時期、資料をあつめてみた。しかし、結局、鳥とファフロッキーズ現象との間に関連があるのかどうかはわからなかった。

ファフロッキーズ現象とは、空から異物が降ってくる現象のことである。たとえば一八〇二年には、ハンガリーで長さ五・五メートル程もある氷塊が落下。一八七七年、アメリカのノースカロライナの農園には、体長三十センチ程の小さなワニ達が降り注いだ。彼らは無傷で着地し、辺りを徘徊《はいかい》していたという。一八八一年、イギリスのウスターにて、重さ何トン分にも及ぶヤドカリとタマキビ貝が落下。一九一八年八月、イギリスにミイラ化したウナギが十分間も降り続き、一九五六年にはアメリカのアラバマ州チラチーで雲間からナマズやバスなどが生きたまま落下した。一九六八年八月二十七日、ブラジルのカカパヴァとサンホゼカンポスにまたがる一キロメートルのエリアで、五分間にわたって空から血と生肉が降り注いだ。一九八九年、オーストラリアのクイーンズランド州ローズウッドで、千匹に達するイワシが町に降り注いだという。一九九六年十一月にはタスマニアにて、激しい雷雨から一夜明けた朝、外一面が半透明なゼリー状の謎の物体によって覆われていたという。その物体はなにかの魚の卵か、クラゲの幼体であったといわれている。

あの鳥は伯父《おじ》の体をどこかに持ち去り、それをついばんで運んできたのだ。私が伯父の命を欲したせいで、空から降らせ、また飛び去っていったのではないか。どのような方法で、成人男性の体を連れて行ったのかはわかっていないし、伯父のほかの部位がどこに放置されたのかも謎だ。私は屋根に引っかかっていたものと、庭先に転がっていたものを回収し、地面に穴をほって埋めた。

警察や親戚《しんせき》が電話をかけてきて、伯父の行方についての話をした。私は、鳥の運んできたものについて何度も言おうとしたが、結局はできなかった。あの鳥が猟銃で撃ち殺されるのではないかと心配していた。私のおもいうかべた伯父への殺意についても、追及されるのではないかというおそれがあった。

鳥のアンテナは、私の欲求を敏感に察知しており、あいかわらず庭に食料や生活用品を落としてくれた。私が気づかないうちにキッチンまでもってきてくれる場合もあった。テレビをぼんやりながめて、ふとふりかえると、いつのまにかテーブルの上にクッキーの箱が置かれていたり、読みたいとおもっていた雑誌がならんでいたりする。ベッドで眠っているときも、鳥はこっそりとやってきた。朝に目が覚めると、枕元に小さな野花がならべられていた。

担任の教師と電話で相談し、二月中旬から復学を検討していたのだが、それを取りやめにした。外出すら禁じて自宅へ閉じこもることに決めた。私はもう町に行くべきではないとおもった。私が高校の教室で、同級生のだれかに対し、一瞬でもにくしみを抱いたらどうなるだろう。また伯父のときのようになるかもしれない。私はできるかぎり人と会ってはならなかった。世間のためにも、自分のためにも、あの鳥のためにもだ。

鳥に養われて、家から出ない生活が二週間ほどつづいたときだった。玄関チャイムがなったので、私は扉をほそく開けて、外に立っているその人物を見た。二十代半ばくらいの男性だった。

「どうも。いらっしゃったんですね」

配達された新聞紙が新聞受けに入りきらず、玄関先にちらばっていた。それらを見おろして彼は言った。

「あの……、どちらさまでしょうか……」

彼は眼鏡をかけた、知的な風貌《ふうぼう》の人だった。見覚えのある顔だったが、おもいだせなかった。彼はポケットから名刺をとりだした。名前の上に税理士という肩書きが印刷されていた。

私たちはその場で立ち話をした。彼は父への哀悼の意を述べて、自分は遺産管理をまかされているのだと説明した。彼が父の告別式に来ていたのをぼんやりとおもいだした。もしかしたら、声をかけられて、なにかしらのあいさつをされたかもしれないが、あまりおぼえていなかった。目の前に男の人が立つと、私は自分のつま先を見ていたからだ。

「あの日、人と話せるような状態ではなくて……」

告別式の話題になると、私は彼に言った。

「だれだって、言葉なんて出なくなる。ところで、お聞きしたいことがあるんです」

彼の質問とは、伯父に関することだった。父が亡くなった後、彼は伯父から連絡をもらっていたのだという。今後の遺産管理についての相談だった。しかし伯父は伝言ものこさずに消えてしまい、彼はこまっているらしい。

「どこに行かれたのか、お心当たりはありませんか」

「いいえ、全然……」

「そうですか……。では、またあらためて、おうかがいします」

頭をさげて、彼は玄関先からはなれようとした。私はおもわず声をかけた。

「電話じゃだめでしょうか」

「どうしてです？」

私は、例の黒い鳥のことをかんがえていた。できるだけ人を遠ざけて暮らしたいとおもっていた。

「うちまで来ていただくのは、面倒でしょう？」

「いいえ、全然。面倒なんて、とんでもない。あなたにサインしてもらう書類が、たくさんありますしね」

彼は一昔前のくたびれた軽自動車に乗って帰っていった。

二度目に税理士が家を訪ねてくるまでの間に、私は家の中を掃除しておいた。今度は事前に電話がかかってきたのでおどろきはしなかった。前回の来訪から一週間後、家の前に軽自動車がとまり、彼が家にあがってきた。不安があった。もしも私が、彼に対してなんらかの敵意をいだいたら、伯父のときとおなじことが起こるかもしれない。彼をソファにすわらせてお茶を用意している間、私は耳をそばだてて、空から翼のはばたきが聞こえてこないかどうかを気にした。税理士は遺産に関する大量の資料をだして、ひとつずつ説明してくれた。ひとしきり事務的なことが行われた後、リビングにかざってある父の写真を見て彼は話した。

「あなたのお父さんと、何度か食事に行ったことがあるんです」

税理士は父から聞いたいろいろな話についておしえてくれた。父が彼に話したことは、大抵の場合、私との思い出だった。しかし中には、私ですら知らない、青臭い話もあった。お酒の席で、父はそれらのことを、税理士に語って聞かせたらしい。

私は彼の話を聞きながら、おかしくてわらいをこらえたり、いつの間にか涙ぐんだりしていた。何分前からそうなっていたのかわからないが、私は、彼を前にしても緊張しなくなっていた。椅子の上でちぢこまることなく、父と一緒にいるときみたいにおだやかな気持ちでいられるようになっていた。

私は自分で気づいていた。心の中に生じた、彼に対する感情を。自分がそうなるなんてことは、これまでになかった。男の人を前にしたとき、恐怖心はあっても、そういう気持ちを抱くことはなかった。一生、無理だとあきらめかけてさえいた。私には、父が、彼とひきあわせてくれたような気がしていた。

彼が帰ることになったとき、私は名残惜しい気持ちでいっぱいだった。玄関先で立ちどまり、彼は私を見て、すこしの間、沈黙した。お互いになにかを言いたいような、あるいはなにか言葉が発されるのを待っているような雰囲気だった。しかし彼は、なにも言わず、真面目な顔つきで眼鏡の位置を正してから、車のほうに向かった。

私はざんねんな気持ちになり、それが引き金になったのかもしれない。頭上で、翼のはばたく音がした。彼が軽自動車の扉を開けて、なかに乗り込もうとしたときだった。黒いものが車の屋根に着地した。そいつの足の爪が車体に食い込んで、ガッ、と音をたてた。税理士は、おどろいて、動きをとめた。鼻先に、鳥の顔があった。黒い羽根と嘴《くちばし》に、青く澄んだ瞳《ひとみ》である。首をわずかにかしげて、そいつは税理士を正面から見つめた。

「危ない！」

私はとっさに声をかけた。鳥が嘴をつきだすのと、彼が鞄《かばん》を盾がわりにしたのは、ほぼ同時だった。私は家を飛び出し、軽自動車に向かって走った。

「逃げてください！」

私は鳥に向かって腕をのばし、抱きかかえるようにしてつかまえた。鳥は私を傷つけまいとして、暴れるのをやめた。

「はやく行ってください！　この子は、ちょっと、気が立っているんです」

彼は車内にとびこんだ。そのまま車で立ちさるかどうかをまよっていたけれど、私の腕の中で鳥がしずかにしているのを見て彼はうなずいた。

「きみにはなついてるみたいだ、その鳥。そういえば、きみのお父さんが言っていた。怪我している鳥を助けたって……」

税理士は車のエンジンをかけてその場をはなれた。鳥はしばらくの間、私の腕の中にいた。ひさしぶりにそいつを間近で見て、においもかいだ。以前とどこも変わっていなかった。税理士が遠くに行ってしまい、もうそろそろいいかなとおもって解放すると、鳥は空にもどっていった。

鳥はただ、善意で行動しただけだった。私のおもいに反応してうごいただけなのだ。私は、彼が家に居続けることを心のどこかで望んでいた。あの鳥は、素直にその気持ちをくみとって、帰ろうとする彼にとびかかったのだろう。

4

屋根裏部屋から羽音が聞こえた。鳥が羽を休めるため、一時的にもどってきたらしい。私は決心する。階段を一歩のぼるたびに、木の板が軋《きし》んで、耳障りな音をたてた。底冷えのする寒さで、吐き出す息が白かった。あの鳥を愛しているのかとだれかに聞かれたら、迷わずに、はいと答えただろう。

二階から屋根裏部屋にあがりきると、電気をつけてもいないのに、おもいのほか明るかった。窓から月の明かりがさしこんでいたせいだ。鳥は檻《おり》のなかにいた。動物病院でもらってきた銀色の檻をいまだに寝床にしていた。しかし眠ってはおらず、夜中にやってきた私の顔を、じっと見つめていた。しっかりとにぎりしめなくては、手が震えて、ナイフを落としそうだった。檻の前で手招きすると、鳥は従順に自ら出てきて、私の足下に立った。その体はいつ見ても巨大で、頭は私の腰あたりまであった。

私は床に膝《ひざ》をついて、鳥の瞳を正面から覗《のぞ》きこんだ。光をすいこむ青色の目は、ふつうの鳥とはどこか異なっており、知性の存在を感じさせた。

「これは、やらなくちゃいけないこと。あなたが、人間社会になじむためには……」

鳥にむかって言い聞かせるというよりも、自分をふるいたたせるために言った。もう、だれも傷つけてはいけないのだ。ひとしきり背中や頭を撫《な》でて、ナイフのするどい先端を左の翼の根元におしあてた。鳥は暴れることなく、瞳を私にむけて、時折、まばたきをしていた。

ナイフの先端が羽根と皮膚をつきやぶり、筋肉を割いた。鳥はその瞬間、目を閉じて、頭《こうべ》をたれた。羽根の間に血がにじみ、やがて床にしたたりはじめる。床板の継ぎ目にしみわたると、私の足下を血の川が通過し、月光をうけてかがやいていた。寒さと、恐ろしさで、震えがとまらなかった。ナイフを引っ張り抜こうとするが、鳥の筋肉が刃をくわえこんでなかなか抜けなかった。

その日以降、鳥は以前のように、家の中をペンギンのような歩きかたで徘徊《はいかい》するようになった。最初のうち、その姿を不憫《ふびん》におもったが、やがて自分が彼を傷つけたのだという恐ろしさはうすれていった。もう空からなにかを落とすこともなく、彼にできることは、遠くにあるリモコンをよちよち歩きで運んでくることくらいだった。左の翼は完全にうごかすことができなくなっていた。たまに私は手を貸して、うごかない翼をひろげて日光浴させた。私たちはごくふつうの飼い主と鳥の関係になった。

鳥が食料や日用品を持ってこなくなったので、私は自分で町に出て買い物をしなくてはいけなくなった。外出することへの抵抗はなかった。だれかに危害をくわえるという可能性が消えたせいだ。自分のための食料や買い物の他に、鳥のための餌をペットショップで購入した。今度は私が鳥を養う番だった。

先生や友人に電話をして、学校への復帰もはたした。父が亡くなったことについて、はじめのうち友人は、どのように話を切り出すべきかまよっていた。しかし何日か経過すると、この数ヵ月間はなかったみたいに楽しく会話をすることができるようになった。

税理士とも頻繁に電話をした。最初のうち事務的な話をしていても、やがて近況報告になり、雑談していたらあっという間に時間がすぎた。彼は、私の生活を心配し、なにかこまったことがあったら連絡してほしいと言った。彼のことをかんがえる時間

が次第にふえていった。ソファに座って、おもわず彼の名前をつぶやいてしまうと、

鳥が私のほうをふりかえり、リビングを出て行った。しかしペンギン歩きしかできな

い今の鳥は、彼を私のもとに運んでくることもできず、廊下を途中まで歩いたところ

で立ちどまり、あきらめたようにすごすごともどってきた。

四月なかばをすぎて、薄着でもすごしやすい日がつづいた。夕日が窓からさしこん

で、屋根裏部屋に置いてある父の昔のワープロや、母の持っていた衣装箪笥《だんす》が赤色に

そまっていた。

「おねがい、ちょっとだけここにいてちょうだい」

私は鳥を屋根裏部屋の檻におしこむと、入り口をしめて留め金をかけた。留め金は、

ひっかけておくだけの、かんたんな造りだった。この鳥は頭の良さそうな雰囲気をも

っていたので、自力ではずしてしまうんじゃないかと気になったが、税理士のやって

くる時間がせまっていた。鳥が檻から抜け出さないための、それ以上の工夫をしてい

る余裕はなかった。玄関チャイムが鳴ったのは、それからまもなくのことだった。

「あの鳥は？」

玄関扉を開けるなり、警戒するように彼は視線をさまよわせた。

「屋根裏部屋に。今、檻の中です」

片方の翼がうごかなくなったからといっても、まだあの鳥は、私の望むものを運んでこようとするのだ。家の中で対面したら、嘴でつついたり、足の爪でつかもうとしたり、するかもしれない。

「いいにおいがするね」

台所から料理の香りがただよっていた。すでに私は夕飯の支度をととのえていた。彼が家にあがって私の手料理を食べることになっていたのだ。父以外のだれかにご飯をつくることはこれまでなかった。私は何日も前から、料理本をながめて、なにをつくるかかんがえていた。

彼をテーブルに案内して、料理を運んだ。夕飯は、春野菜をつかったパスタとスープだった。手軽につくれるものだったが、彼は感激していた。いつもどんなものを食べているのかと聞いてみたら、ほとんど外食なのだという。

食事を終えて、コーヒーを飲んでいると、彼は、壁にあいている小さな穴を見つけた。その穴は天井付近にふたつあり、小指の先ほどの大きさだった。彼が質問する前に私は言った。

「銃弾の跡です……」

私は今でも、朝になると、父が寝室から出てきて、あくびをしながら朝食のパンを焼き始めるような気がしていた。夜に眠れないとき、この家の書斎で父は殺害されたのだとおもいだし、怖くなることもあった。

「学校での生活は？　楽しい？」

雰囲気をきりかえるように彼が聞いた。

「勉強が難しいけど」

「このテーブルで宿題とかしてるの？」

「いいえ、自分の部屋です。勉強机でやってますけど？」

「ふうむ、そうなのか」

どうしてそんな質問をしたのかわからず、変なの、とおもった。

そのとき屋根裏部屋のほうから、ガタン、という音が聞こえてきて、私たちは同時に天井を見上げた。鳥が檻の中で暴れているのかもしれないとおもい心配になった。

「ちょっと様子を見てきます」

「僕もいっしょに行こうか？」

私は首を横にふって、一人で階段をあがった。

屋根裏部屋に入ると、銀色の檻が横倒しになっていて、入り口の留め金が開いていた。檻は空っぽの状態だった。私は鳥専用の窓を振り返った。鳥が頭を押しつけるだけで開閉するその窓は、上端が蝶番《ちょうつがい》でとめられているだけの単純な構造だった。たった今、そこを鳥がくぐりぬけて外に出たことを示すように、ぶらぶらと窓がゆれていた。

すぐにでも階段を駆け下りて、彼のもとに戻らなくてはいけなかった。危険な鳥がそばにいることを彼に告げなくてはいけなかった。しかし、すぐに一階へもどらなかったのには理由があった。階段のほうへむかおうとして、私はなにかにつまずいて転んでしまったからだ。床に這《は》いつくばった私のそばで、空っぽの鉢が転がっていた。以前、自分の部屋でそだてていた観葉植物の鉢だった。枯らしてしまった後、鉢を屋根裏部屋に放置していたのだ。それにつまずいてしまったらしい。

転んだ衝撃で、私は、鳥がいないことへの混乱を一瞬だけ忘れられた。

そうすると別のかんがえが胸の中にひろがってきて、すぐに一階へ戻る気持ちがなくなった。私は階段を下りて、二階の自分の部屋にむかった。頭の中をよぎったかんがえが、まったく馬鹿げた発想であることを確認するためだ。

ベッドに腰かけていると、階段の軋《きし》む音がした。いつまでももどってこないことを不審におもったのか、一階にいた彼が様子を見にきたのだろうか。気配が廊下を移動してきて、私の部屋の入り口で立ち止まった。私は扉を開け放していたので、室内を覗《のぞ》く彼と目があった。自分はよほど不安そうな顔つきをしていたのだろう。あるいは、恐怖におののくような表情を。

「僕が誤解だと主張すれば、きみはそれを信じてくれるかい」

私が彼を望んだから、あの鳥が襲いかかったのだと、今までおもいこんでいた。でも、本当にそうだったのだろうか。この世に一人だけ、伯父《おじ》以上に憎んでいる相手がいた。その人物なら、鳥は発見次第、ためらいなく攻撃するだろう。鳥はその人物の顔を知っている。なぜならあの鳥は、父が死んだ夜、一階でその人物に銃口をむけられたのだから。

「私のおもいこみだと、言って欲しいけど……」

彼が部屋に入ってきて、隣に腰かけた。父以外の男の人が私の部屋に入ったのは、初めてのことだ。しかし正確には、二度目になるのかもしれない。犯人は金品目的で家に入った。私の部屋に入った形跡もあったと、警察が話していた。

「こうなるなんて、おもってもいなかった。きみのことや、今の、この状態のこと……」

彼は私の頭を手のひらでやさしくなでた。私は身がすくんでうごけなかった。彼は私の首筋に指を這わせて言った。

「口をすべらせてしまうなんて……」

「どうして、あんなことを……」

「鳥がさわがなければ、きみのお父さんは起きてこなかっただろうし、今も生きていたはずだ。なにか盗まれてもどうせ保険に入っているから、損するのは保険会社だけさ」

涙がこみあげてきた。彼は上着の内側から、小さめの拳銃《けんじゅう》をとりだした。黒いリボルバーだ。硬い銃口が腹部に押しつけられ、私はその痛みと、悔しさと、恐怖で、固く目を閉じた。

あの晩、この家に侵入した彼は、私の部屋を見たのだ。後にも先にも、勉強机の上に植物の鉢を置いた夜はあの日以外になかった。この部屋で勉強はできないとおもいこみ、一階のテーブルで勉強しているのか、と私に質問する人がいるとしたら、あの晩、私の部屋に入った人物だ。

撃鉄を指で起こす音が聞こえた。彼にとっての不都合な相手を、消す準備が整った。私には、あらがうという選択肢がおもい浮かばなかった。そのとき、ガラスの割れる音がした。鳥の翼のはばたく音と、弾丸の発射される破裂音が交差した。体のすぐそばで、熱せられた空気が瞬間的にふくれあがるような圧力と風を感じた。痛みはなかった。頭を伏せて、目をあけた。

窓ガラスが破片になってちらばっていた。彼の顔に黒い鳥がおおいかぶさっていた。銃口は発射の瞬間、鳥に向けられたらしい。鳥は片方の翼だけをうごかしていた。飛べない体で屋根の上を移動し、私の部屋の窓を破ったのだ。するどいかぎ爪の足を、彼の肩と腕にくいこませていた。

彼は左手で鳥の首をつかみ、銃口をその体におしあてて引き金をひいた。そのたびに鳥の体がはじけるようにふるえた。これ以上、撃たれたら、鳥が死んでしまう。彼が何発目かを発射しようとしたとき、私はこらえきれなくなって、拳銃を持っているほうの腕に飛びついた。

銃口は鳥の体からそれて、次に銃声がしたとき、弾は私の耳をかすめて天井に穴をあけた。

「やめてください！」

彼の目を見て、私はさけんだ。彼は、おどろいたような顔をした。私が腕にしがみついて、声を荒らげるなど、想像もしていなかったのだろう。

「もうやめて！　その鳥を傷つけないで！」

彼は、乱暴に私をふりほどいた。まずは私からとおもったのだろう、銃口を私の心臓に向けた。そのとき、するどい嘴《くちばし》が彼の首筋にくいこんだ。引き抜かれたとき、鳥は、彼の体内につながっているひも状のものをくわえていた。それは赤色で、どうやら太い血管のようだった。鳥のついばんだ血管はよくのびて、彼も目をむいて自分自身のそれを見ていた。鳥が嘴をひねると、赤いひも状のものはぷつんと途切れた。彼は拳銃を落とした。大量の血液が血管からあふれだし、部屋は赤色にそまった。私の体や、鳥にも、その血がふりそそいだ。それはとりかえしのつかない量の出血だった。彼は助けを請うような目で私を見たが、私にはどうすることもできなかった。

彼が床にたおれたきりうごかなくなった後、鳥もまたふらついて床にうずくまった。寒さにたえるように体をまるくしたが、うごかないほうの翼がだらんと床にたれていた。私はかけよって鳥の体に手のひらを当てた。銃弾による穴が翼や体にいくつもあいており、血で羽根がぬれていた。私はその場をはなれて、一階で警察に電話をかけた。私は泣きながら言った。すぐに車をだして、鳥を病院に運んでくださいと。

電話の後、ふたたび二階にあがってみると、鳥はさきほどの場所にいなかった。凄《せい》惨《さん》な状態の私の部屋には、若い税理士の死体が横たわっているだけだった。鳥の体から流れたものらしい血が、点々と廊下につづいていた。それを追いかけると、父の書斎にたどりついた。

父の椅子の足下に、その鳥はうずくまっていた。いつも父が仕事しているとき、鳥はその場所にいて、父の顔をながめていた。父が椅子の上から手をさしだすと、その鳥は頭をぐいぐいと手に押しつけていた。そのことをまだ覚えていて、怪我した体でここまでやってきたのだろう。

私は椅子のそばにしゃがむと、鳥の体を腕でだきつつんだ。鳥の呼吸するうごきが腕から伝わってきた。時折、小刻みにふるえが走り、体温がうしなわれつつあるのがわかった。私たちは車の到着を待った。鳥は青色の目で、椅子の背もたれを見つめていた。死につつあるというのに、その顔に恐怖はなかった。カーテンの隙間から、銀色の月明かりがさしこんでいた。書斎の机のペン立てや、置きっぱなしの原稿を照らしたあと、床に細長くのびて、父の椅子の足下でうずくまっている私と鳥の上にも光の帯はおりた。まるで父の手につつまれているかのような安らかな気配が書斎に満ちていた。木々の葉が風にそよぎ、こすれあう音が聞こえていた。

〆

山白朝子

1

紐《ひも》で綴《と》じられた冊子を荷物袋からとり出してながめている旅人がいたら、私の場合、つい、じっと見てしまう。友人の和泉蠟庵《いずみろうあん》が書いた旅本ではないかと気になってしまうのだ。

彼の付き人として荷物を背負い、温泉地をめぐるようになっても、私はなかなか、旅に慣れることができなかった。虫に刺されてかゆくなることにいつまでも我慢ならず、食べられる草の形と名前をおぼえず、方言はいくら聞いても理解できなかった。私は本来、いつ、いかなる状況においても、部屋に寝転がって酒を飲んでいたいとおもっているような怠惰な男である。火事だ、というだれかの声が聞こえても、熱さを感じるまでは、面倒くさくてそこからうごきたくない。それでも和泉蠟庵の旅に同行するのは、それが私の仕事だからである。先日、賽子《さいころ》遊びでつくった借金を、彼に肩代わりしてもらったから、しかたなくこきつかわれている。

旅をつづけていると、様々な人に会う。茶屋で休んでいるときにしりあった親子と意気投合し、しばらくのあいだ、旅仲間としていっしょにあるいたこともある。善人を絵に描いたような素朴な親子だった。しかし、わかれたあとで荷物袋をのぞいたら、私の大切なものがいくつかなくなっており、どうやらその親子が盗んでいったらしいとわかった。

　街道の途中に、こまった顔ですわりこんでいる二人組に会った。彼らは代参で旅に出た者たちだった。代参とは、おなじ長屋に住む者が金を積み立てて、くじ引きをやり、当たったものが代表で参詣《さんけい》の旅に出られるというやりかたである。しかしその二人組は、旅の途中で積み立て金をすべて博打《ばくち》につかってしまい、途方に暮れていたわけである。「博打はほどほどにしなきゃだめだよ」と私が忠告すると、彼らは「へえ」「まことにその通りで」と反省した様子である。和泉蠟庵は、どこかから茣蓙《ござ》と柄杓《ひしゃく》を調達してきて、彼らに差し出した。

「これで一文無しでも旅ができる」

　丸めた茣蓙は野宿をするという意味で、旅籠《はたご》をつかわないことを示すという。柄杓は、水を飲むときや、金や食べ物をもらうのにつかう。茣蓙を背負って、柄杓を持っている者は金のない旅人なのである。そのような姿で参詣にあるいている人は修練者とみなされ、世間の人は存外にやさしくむかえてくれる。

「反省し、苦労にたえる心根があれば、橋の下や寺の縁の下で眠り、ほどこしをうけながら、旅をつづけるといい」

和泉蠟庵がそう言うと、二人組は深くうなだれた。

また、出会うのは、人間ばかりではない。

旅本を執筆するため、温泉地にむかって旅をつづけていたある日のことだ。私と和泉蠟庵は、宿場町近辺の茶屋で一休みして食事することにした。茶屋で食べられるのは団子ばかりでなく、店によっては、菜飯、うどん、蕎麦《そば》切り、田楽《でんがく》などを出すところもある。地方独特の食べ物がこういう場所で見つかることもあり、茶屋に見知らぬ食べ物があると、和泉蠟庵はかならずそれを注文する。日記に書きとめて、あとで旅本執筆に役立てるのである。

その日も和泉蠟庵は、見たことも聞いたこともない食べ物を品書きの中に発見して注文していた。私は無難に茶飯をもらうことにした。茶飯とは、茶の煎じ汁で炊いたご飯の茶漬けのことである。それをかきこんでいたら、いつのまにか、足元に白い鶏《にわとり》がいた。私の食べている茶飯をじっと見つめたまま、その鶏は、うごかない。

「これがほしいのか？」

私がそう聞くと、鶏は一声、かすかに鳴いた。笛の音色のような、うつくしい声だった。私はすこしだけ茶飯をのこして、椀を鶏の前に置いた。普通の鶏よりも、首がすこしだけ細長い。最初に見たときから、その鶏が雌だとわかった。鶏は、礼を言うように頭を下げると、椀の茶飯をつつきはじめた。この鶏は近所のだれかが飼っているのかと、茶屋の主人に聞いてみた。主人は首を横にふり、はじめて見た、と言った。先日の大風の日にどこか遠くからとばされてきたのではないか、とも言っていた。

茶屋を出て、再び街道をあるきはじめた。しばらくたって、後ろからなにかの気配を感じ、ふりかえってみると、さきほどの鶏が私たちのあとをついてくるではないか。私と和泉蠟庵は顔を見あわせて、どうしたものかとかんがえたが、結局、ほうっておくことにした。そいつはいつまでも私たちのあとを追いかけてきた。旅籠に泊まって夜が明けたら、いなくなっているだろうとおもっていたが、鶏の鳴き声で私たちは目が覚めた。旅籠の庭先で一晩すごしたらしく、私たちが外に出てくるのをずっと待っていたのだ。

鶏は、私たちの横にならんで、いっしょに旅をするようになった。人通りの多い場所を横切るときなど、人々にふまれそうになっていた。しかたなく私は、白い羽につつまれたその体を拾い上げて、抱えてあるいてやった。

私は鶏に、小豆《あずき》という名前をつけた。理由はふたつある。ひとつは、私の好物である羊羹《ようかん》が、小豆あんをつかってつくられているためだ。もうひとつは、その鶏が、農民の運んでいる荷車から落ちている小豆を見つけて、ついばんでいたからだ。そのとき鶏は、小豆を嘴《くちばし》でついばみながらすすんでいたのだが、そうしているうちに私たちとは別の曲がり角に入ってしまったらしく、気づくと姿が見えなくなっていた。あっけないお別れだったなと、私と和泉蠟庵がわらっていたら、後方からあせったような鳴き声が聞こえてきた。しかたなく道をもどってみたら、曲がり角のところで鶏がぐるぐると円を描くようにあるいていた。私たちの姿を見つけると、翼を懸命にうごかしてはしってきた。白い羽根にはくもりがなく、外見は優美で、気品さえ感じさせるくせに、その鶏はどこか間が抜けていた。

小豆とともにあるく私たちの旅はいつになく順調だった。和泉蠟庵の方向音痴で見知らぬ場所に出てしまうこともあったが、怪我をすることも、病気になることもなかった。しかし旅に苦労はつきものである。ある大雨の日、私たちは奇妙な漁村にたどりついて、そこで何日もの足止めを余儀なくされた。

2

山道をのぼっている最中、雨が降ってきたので、私と和泉蠟庵は、桐油紙《とうゆがみ》でつくられた懐中合羽《かいちゅうがっぱ》を荷物からとり出して肩にはおった。多少の雨ならばそれで防げるのだが、足元をあるいている小豆はかわいそうに、私たちのはねとばす泥水をかぶり、羽根が茶色によごれてしまった。私は見かねて、小刻みに足をうごかしてすすんでいる小豆の体を持ち上げて、袋の中に入れて運んでやることにした。袋の口から首だけを出して、小豆は、つぶらな瞳で私を見あげていた。

雨粒が私たちの体をたたき、目の前には水煙しか見えない。細い道の両側には木々がつらなっており、昼間のはずなのに夜みたいな暗さである。耳をすませると、ごう、ごう、と地響きのような音が聞こえてくる。私たちは雨の中、さらに山道をのぼった。するると道が途切れて、急に砂浜に出た。灰色の海に、猛々しい波がうちよせている。

「どうして海が!?」

私たちは山道をのぼっていたはずである。麓《ふもと》から峠にむかってあるき、一度も下り坂にはならなかった。それなのに、上り坂の先に海があるというのは、おかしいのではないか。これでは、山の上に海があることになってしまう。海の水が下り坂を流れていって、麓は水浸しになってしまうのではないか。と、そのような不思議さがあるものの、このようなことは、いつものことである。

「私の方向音痴のせいだ。すまない」

和泉蠟庵は、もうしわけなさそうに言った。

「理不尽には慣れました」

「何事も、あきらめが肝心だ」

「深くかんがえるべきではないと、そう学びました」

「今晩の宿をさがさなくては。この雨の中、野宿はこたえるぞ」

小豆の入った荷物袋を腕に抱いて、和泉蠟庵のあとをついてあるいた。雨粒を際限なく飲みこみながら荒れている海は、心を寒くするようなおそろしさがあった。だんだん体が冷えてきて、頭の中も、ごうごうという波の音ばかりになった。旅慣れている和泉蠟庵は、華奢《きゃしゃ》に見えて、意外と丈夫である。寒さと疲労で、泣きそうになりながらあるいていると、腕の中の袋が、次第にあたたかく感じられてきた。羽根につつまれた小豆の熱が、袋ごしにつたわってくるのだ。私はそれに、ずいぶんたすけられた。

海を横に見ながらあるいていたら、砂浜に立てられた杭と、それにくくりつけてある小舟を見つけた。さらにあるくと、民家の集落があった。うす暗い空の下、二十戸ほどの小さな家が点在しているのがわかる。どの家にも、入り口の横に、漁に用いる網が、風にとばされないようくくりつけられていた。

私たちは手近な家の戸をたたいた。顔を出した村人に、泊まれる場所があるかと聞いてみた。旅籠はない。でも、つかわれてない家が村はずれにあるから、そこに泊まるといい。村人はそのように言った、ということをすこしあとになって和泉蠟庵から聞いた。訛りが強くて私には、村人がなんと言っているのか、さっぱりわからなかったのだ。

私たちは村人に案内され、村はずれにあるという家にむかった。途中、村長にあいさつし、家を借りる許可をいただく。

その家は、小さく、多少の雨漏りはあったが、野宿にくらべたら何倍も条件がよかった。がらんとして、家具らしいものもなく、天井の隅に蜘蛛《くも》の巣がはっており、煤《すす》けたように闇が染みついている。入り口のあたりは土間になっており、家の奥は一段上がって板の間である。床板の上には砂埃が一面にかぶって、ざらざらしている。村人の話によると、数年前までは老夫婦が住んでいたらしいが、二人とも死んでからは、だれもつかっていないのだそうだ。これもあとで和泉蠟庵が教えてくれた。

荷物をおろすと、泥水で羽根を茶色にした小豆が飛び出して、笛のような声をもらす。寒いのか、小刻みにふるえていた。和泉蠟庵は、土間に設置してある竈《かまど》と、その横にほったらかしにされている薪《たきぎ》の束を見て、さっそく火をおこしはじめた。

「茶釜もある。お椀もあるぞ。お湯をわかして、お茶を飲もう」

と、彼は言う。私はくたびれて、土間と板の間の段差に腰かけた。そのとき、妙な気分におそわれて、ふりかえった。

静かである。雨漏りのしずくがたれると、床板で、こん、と音をたてる。そのへんの床板は腐って緑色である。私と和泉蠟庵と小豆のほかに、家の中にはだれもおらず、隠れられるところもない。そのはずなのに、だれかがこちらを見ているような気がしたのだ。

家の壁は、木の板がはられているだけのかんたんなもので、ところどころに隙間があった。そこから何者かが見ているのだろうか。疲労を感じながらも立ちあがって外をぐるりと一周してみたが、だれもいなかった。しかし、だれかがこちらを見ているという気配は消えない。それどころか気配はだんだんとつよくなる。視線はひとつではない。おなじ家の中に、二十人や三十人の人がいて、一斉にこちらを見ているかのようだ。

「なにやら、おかしなものを感じませんか？」

私は和泉蠟庵に聞いてみた。

「たとえば？」

「大勢に見張られているような……」

「かんがえすぎだ」

家の持ち主がつかっていたらしい茶釜でお茶をつくりお椀にそそぐ。

「ほら、これを飲むといい」

お椀を渡されて、お茶の熱さが手のひらにつたわってくると、不安もすこしやわらいだ。唇《くちびる》をお椀のふちにつけて、お茶の香りを胸に吸いこみながら、すすろうとしたときだ。お茶の表面に、人の顔がうつりこんだ。まるで木彫りの顔みたいにうつろな表情だった。私はおどろいて、手をすべらせ、お椀を落とした。こぼれたお茶が土間に広がって、私の足元にいた小豆が、おどろいたようにいそがしく羽をばたつかせた。

「今、顔が！」

私が叫んでも、和泉蠟庵は冷静だった。

「お茶の中に人の顔がうつりこんでいたとでも言うのか？」

「私の顔でも、蠟庵先生の顔でもありませんでした」

「きみが見たのは、あんな顔じゃなかったか？」

和泉蠟庵はそう言うと、天井を指さした。私はそして、ようやく、さきほどからの気配の正体に気づいたのである。

天井もまた壁と同様に木の板がはられているだけのかんたんなつくりだ。板の木目は、ぐにゃりとした複雑な縞《しま》模様を描いており、その中に、人間の顔を想像させる部分があった。つい今しがたお茶にうつりこんでいた人間の顔である。

さらに注意して周囲を見ると、家の壁という壁、床や天井の木目に、人間の顔を想像させる縞模様が無数にあった。木目の濃淡、年輪の縞々、それらが偶然に組み合わさって、人間の顔の形になっている。それも、年老いた顔や、子どもの顔、若い女の顔や、怒って鬼のような形相の顔、といった様々な種類が張りついている。だれかが見ているという気配はこれだったらしい。

「でも、ただの木目だ。気にすることはない」

和泉蠟庵はそう言ってお茶をすすった。

「そういうのはね、耳彦《みみひこ》、異国ではパレイドリアと呼ばれている。錯覚のひとつだ。雲の形や、脱ぎ散らかした着物の皺《しわ》や、岩の表面の陰影が、人の顔に見えることがあるだろう」

しかし、この家は例外におもえる。木目が人の顔に見える、というよりも、あきらかにそれはもう人の顔なのだ。ふと目を離したすきに、まばたきをするのではないか。表情を変えるのではないか。そうおもわせるほど、はっきりと顔なのだ。そもそも、人の顔に見える木目の部分が、ひとつの小さな家の中に、十も二十もあつまるものだろうか。そのような偶然、あるだろうか。というような話を和泉蠟庵に語ったのだが、かんがえすぎだよ耳彦、の一言で片づけられてしまい、家の片隅に放置されていた布団をかぶって彼は寝てしまった。火がついている竈のそばで小豆も丸くなり、長い首を翼のあいだにはさみこんで静かになった。私はその夜、なかなか眠れなかった。竈の火に照らされ、陰影のゆらゆらとしている壁や天井の顔を、おそくまでながめていた。しかし、問題は家の木目だけにとどまらなかった。

3

おなじ野菜でも地方によって形や味が異なるものだ。たとえば葱《ねぎ》。ある地方で葱といえば青い葉の野菜でありその部分が料理に出される。しかしまた別の地方では、おなじ葱を育てようとしても、青い葉の部分は霜にやられてしまう。かわりに、その地方でとれる葱は、根っこの白い部分が長い。その地方では葱といえば根っこの白い部分を食べる野菜なのである。

食材の形がいつもと異なっているからといって、旅先で出された食事を断るのはいけないことだ。相手に失礼になるし、そのような態度では自分の見識を広めることができない。そう頭ではわかっていたのだが、村人が厚意で持ってきてくれた魚の日干しを前にして、私は戸惑った。

一夜明けると、雨はやんでくれた。私と和泉蠟庵と小豆が出発の用意をしていたら村人がやってきて、海でとれた魚の日干しを、朝食として持ってきてくれたのである。問題はその魚の形状だ。

お日様にあてられて魚は乾燥し、香ばしいにおいを出している。その魚の顔が、どことなく人間の顔のように見えるのだ。額から鼻にかけての形や、まぶたや唇らしきものの存在、骨の形なども人間そっくりである。よく目をこらすと、頭の部分に乾燥した髪の毛のようなものがくっついている。もらった日干しは二匹あった。一匹はどう見ても男性の顔をして、もう一匹は女性の顔である。ひからびているせいで、どちらも老人の顔に見える。それほど大きな魚ではないから、その顔は手のひらにのるほど小さく、それがまた異様であった。

村人が遠慮なく食べてくれと言っているらしいのだが、私はそれを見た瞬間、気味が悪くて吐きそうになった。和泉蠟庵が村人から聞いた話によると、このへんでとれる魚はどれもこういう姿をしているのだという。しかし味は美味であり、普通に食されている。村人が帰ったあと、私はその魚に手をつけなかったが、和泉蠟庵はおそるおそるという風に背中のあたりをかじっていた。

「なるほど、これはうまい」

ひからびた女性の顔を左手でつかみ、尻尾のあたりを右手に持って、和泉蠟庵は前歯を魚の肉につきたてる。

「だいじょうぶですか、そんなものを食べて」

「気にすることはない。ただ、人の顔に似ている、というだけで、普通の魚だよ」

「腹をこわしますよ」

「ここの村人は、全員、これを食べているのだ」

食事が終わると和泉蠟庵は、魚の骨を竈の火に投げこんだ。骨だけになった魚の頭部は、体がなくなったぶんだけよけいに人間の頭のようだったが、それを無造作に竈へ捨てるというのが、おそれおおいことにおもえた。ここは穴をほって、人とおなじように供養するべきではなかったのか。

「あのような魚を平気で食べるなんて、どうかしています」

もう一匹の魚は、私が食べるのを拒否したので、和泉蠟庵が紙に包んで荷物袋にしまいこんだ。

「人間を食べているわけじゃないんだから」

「あの魚は、人間の生まれ変わりで、あのような顔つきになったのかもしれない。先生は、それを、食べてしまったのです」

「なるほど、死んだ人間が、また生まれ変わってこの世にあらわれるという話を、きみは信じているのだね」

「そう聞いたことがあります」

「でも、あれは、人の顔に似ているというだけで、ただの魚だ」

旅の支度をととのえて私たちは出発した。途中で村長の家に立ちより、一泊の礼をつたえる。雨が降っていたせいで昨日は気づかなかったが、その漁村にはおかしな気配がたちこめていた。それは、家の中で感じた無数の視線とおなじようなものだった。

四方八方から見張られているような薄気味悪さである。もしかしたらとおもい、立ち止まって周囲をよくながめてみた。すぐそばに生えていた木の表面に人間の顔がうかびあがっていた。本物の顔ではない。表面のひびわれがそう見えるというだけのことだ。ひとつではない。うろの部分が目になっている無表情の顔や、雨の染みのせいで泣き顔のように見えるものまで様々だ。また、顔が見えるのは木の表面だけではない。地面にできた水たまりや、花のあつまっている場所、さらに目をこらせば、花びらの濃淡や、虫の体の模様や、落ちている木の実の形まで、あらゆるものが、どことなく人の顔になっている。

「どうも、この村は、そういう村だったみたいだな」

和泉蠟庵はのんきにそのようなことを言う。しかし私は平静ではいられなかった。おそらく大昔、ここは戦場だったのにちがいない。大勢が死んで、そのためこの村は、呪われてしまったのだ。私がそう主張すると、和泉蠟庵はわらっていた。小豆もまた、人の顔があろうと、なかろうと、どうでもいいらしく、二本の足を小刻みにうごかして私たちの真ん中をすすんでいる。たまに虫を発見すると、背中に人の顔の模様があっても動じることなく、容赦なく嘴でついばんでいるのだった。

隣の村へ行くには、山の斜面に沿って道をあるかなくてはいけなかった。やがて雨が降り出して、また私たちは合羽をはおった。今日中に隣の村に行ければよいのだがと、話をしながらあるいていたら、いつのまにか道が途切れてしまった。

あたりに濃厚な土のにおいがただよっていた。昨日の雨のせいで山の斜面が崩れており、道をおしつぶしていたのである。斜面を流されてきた大量の土砂には、逆さになって根っこをつき出している樹木や、人間ではどかすことのできない巨石などがまじっていた。私たちは話しあって、来た道をもどることにした。あの漁村にひき返すのは気が進まなかったが、ほかに道がないのではしかたない。

村にもどる最中、雨がつよくなってきて、私たちの体は冷えた。小豆を袋に入れて、昨日とまったくおなじように海へ出た。砂浜の途切れるあたりに岸壁があり、複雑な形のとがった岩が、かみあうような形であつまっていた。波がそこにうちよせて、白い泡のまじった飛沫をあげている。和泉蠟庵が、そのあたりを指さした。

「見ろ。魚がひっかかっている」

荒々しい波に運ばれてきた魚が五匹ほど、岩のあいだにうちあげられて出られなくなっていた。海水は岩と岩の隙間から流れ出ていくのに、魚ほどの大きさになると、ひっかかって出られないらしい。どの魚も必死の形相でのたうちまわっており、その顔はどれも人間のものだった。日干しされていない魚は、顔面の皮膚がつやつやとしており、年齢や性別までがはっきりとわかった。どの魚も、眼球がこぼれ落ちそうなほどに目をあけて、口をぱくぱくとうごかし、苦しそうにあえいでいる。岩をのりこえて、また海にもどろうとしているらしい。まだ子どもとおもわれる顔だちの魚が、涙を流しながら懸命に体をうごかし、何度もとびはねては、刺々しい岩の表面で体をけずって、血を流している。女性らしい顔つきの魚も、懇願するような瞳で、全身を血まみれにしながら、岩をのりこえようとしている。耳をすますと、波の飛沫の音にまじって、魚たちの声が、かすかに聞こえてきた。言葉にならない、苦しげなうめき声が、魚たちの開いた口の奥から発せられているのだ。声をもらす魚など、聞いたことがない。まるでここは地獄のようだ。地獄で人間が煮えたぎる釜の中に生きたまま入れられたら、きっとこのような光景だろう。そうおもうと、私はもう、それらの魚たちが哀れでしかたなかった。

4

漁村にもどった私たちは、土砂崩れによって道が通れなくなっていたという事情を村長に話し、昨晩とおなじ民家に泊まる許可をもらった。それから数日間、漁村から出られなかったのは、私と和泉蠟庵が風邪をひいてしまったせいである。雨で体を冷やしたのがいけなかった。私たちは起きあがることもできず、布団の中で天井の木目の顔を見ていることしかできなかった。

やさしい村人の一人が私たちの看病をしてくれたのだが、用意してくれる食事を私は口にしなかった。この漁村で口にするものの大部分が海のものであり、米や野菜はすくなかったのだが、問題はどの食材にも人の顔が浮かんでいる点である。炊きあがった米粒に目をこらすと、白い表面の凹凸が、人間の目鼻の形に見えるのだ。律儀にも、耳らしき出っ張りもあり、髪の毛らしい産毛《うぶげ》を確認できる粒まであった。一度、それを見てしまうと、お椀に盛られた白飯は、極小の頭部のあつまりのようにおもえてしかたない。青菜や、浜辺でとれた貝のたぐいも、よくさがせばどこかしらに人の顔があった。煮られた里芋はまるで、目を閉じて眠っている赤ん坊の頭部のようだった。

決定的だったのは、村人が魚を家の中でさばいたときのことである。和泉蠟庵は眠っていてそれを見ていなかったが、私は布団の中から、高熱にもうろうとしながらも目をあけていた。まな板にのせられた魚は、三十代ほどの女性の顔であった。首のあたりに包丁をあてられると、恐怖を顔面いっぱいに広げ、なんとか逃げだそうとする。しかし村人は無情にも包丁をたたきつけ、魚が静かになると、手ばやく腹を割《さ》いた。村人が指先を赤くそめながら、内臓をかき出していく。内臓は桶の中に捨てられていくのだが、その中に一瞬、妙なものを見つけて、私はおびえながら村人に声をかけたのだ。

「あの、それは……？」

私は腕をのばし、桶を指さす。村人は桶から魚の臓物をつかみあげ、これがどうかしたのかと言いたげな表情をする。村人のつかんだ臓物の中に、臍《へそ》の緒《お》でつながった胎児のようなものがぶらさがっていたのである。私はずっと以前、人間の胎児というものを見たことがあるから見間違えはしない。人間の形というよりも、稚魚のような白くてやわらかそうな物体だったが、魚の腹に入っていたのは間違いなく胎児であった。これが魚であるわけがない。魚というものは、卵から生まれるものだ。内臓に臍の緒とつながって生まれてくるはずがない。

私が恐怖していることなど気づかないで、村人は、ぶつ切りにした魚の肉を、煮えたぎる鍋に入れたのである。最期の表情を張りつかせた女性の頭部も、いっしょに鍋の中に落として、蓋をしてしばらく煮こむと、いいにおいがただよってきた。

「もう、いいじゃないか。これらは、人ではない、ということにしておけ」

気にしてばかりいる私に、和泉蠟庵はそう言って、用意された食事をたいらげた。私は何度か、白飯を箸《はし》でつまんで、口に運ぼうとするのだけれど、結局はできなかった。空腹でめまいがしはじめても、食事する気にはなれず、いつまでも体力はもどらなかった。一方で和泉蠟庵は、栄養をとっているせいか風邪の治りがはやく、立ち上がれるようになると、漁村を散歩してひまつぶしするようになった。

「小豆、おまえもあそんでくるといい」

土間を行ったり来たりしている小豆に、私は布団の中から声をかけた。小豆もまた、和泉蠟庵とおなじく、米粒が人間の顔をしていても平気で食べているせいで、元気がありあまっていた。小豆が家から出ると、外から子どもたちのはしゃぐ声が聞こえてきた。この漁村にも数人の子どもが暮らしており、彼らは小豆のことがめずらしくてしかたないのだ。小豆の姿を見るために家のそばに張りついて、私の風邪がうつるからと大人たちに叱られていた。この漁村には鶏や豚や牛や馬といった動物がいないらしい。子どもたちは鶏というものを、生まれてはじめて目にしたのである。

この漁村で暮らす子どもたちは、いつも口にしている魚が異様な姿であることなどしらないのだろう。私は布団の中でそのようなことをかんがえた。この村ではあれが魚なのだ。食べることに罪の意識など感じないのだろう。殺すことを罪だとは、おもわないのだろう。それらを口にすることが、私にはためらわれる。和泉蠟庵のように、あれはただの魚だと割り切ることができない。ただの野菜だ、ただの穀物だと、かんがえることができない。この漁村では、あらゆるものに、なにかが宿っているような気がしてくる。それを口にするのは、いけないことのようにおもえてくる。

この村にある魚や米は、人間の生まれ変わりか、人間として生まれるはずだったものにちがいない。それらを殺生し、食べることは、人間そのものを食べることに通じる。私は心の底で、そう信じているから、罪の意識というものを、抱いてしまうのだろう。

和泉蠟庵は、私のそのようなかんがえを、なにかしらの宗教に影響されたものだとおもっているようだ。一方で彼自身は、地方によって野菜の形が異なるのとおなじようなもので、あれらは人間ではなく、ただの食材だと言い張る。どちらが正しいのか、私には判断できない。

風邪をひいて五日がすぎても、あいかわらず私は布団から起き上がれなかった。これほどまでの空腹というのを生まれてはじめて体験する。指先もしびれてきた。日を追うごとに体調は悪くなっているようだ。和泉蠟庵が、なにも食べない私を叱った。しかし、もうろうとする頭で彼の声を聞いたので、ほんとうに私は叱られているのか、それとも、夢の中でのことなのか、よくわからなかった。とにかく、まぶたをあけているのもつらいような状態だった。

眠っているうちに、口の中におかゆを流しこまれていた。村人が私の頭を持ち上げて、和泉蠟庵がおかゆのお椀をかたむけていたのである。私は気力をふりしぼり、彼らの手をふりほどいた。口の中に指をつっこんで、飲みこんだものをすべて吐き出した。私にむかって和泉蠟庵が、なにか心配そうにつぶやいた。栄養をとらないとだめだとか、そのようなことを言ったのだろう。しかし私は、耳の奥や、頭の中がしびれて、彼の言葉がわからなかった。彼もまたこの漁村の人間になり、私にはわからない言葉で話しているような気がしてならない。

布団の中で、天井や壁に目をむけていたら、空腹のせいか、木目の縞々がゆらめいているように見えてくる。木目の中の顔と何度か目があう。そういえば、ずいぶん長いこと、まばたきしていない自分にも気づく。このまま死ぬのだろうか。ぼんやりとかんがえて、こわくなる。そのとき、自分の空腹を解消させるものがあることに気づいた。ようするに私は、食べられるものが自分のすぐそばにあると、おもい出したのだ。

布団から起き上がって私は、庭先であそんでいる白い鶏を呼びよせた。小豆、小豆、こっちにおいで。笛のような声をかすかに鳴らして、美しい鶏が近づいてくる。布団から起き上がっている私を、心配そうに黒い瞳で見つめている。私の具合がわるいことを、この鶏もうすうす感じとっているのだろう。

白い羽根におおわれた体を、そっと両手でつかみあげて腕に抱きすくめる。小豆は、私の真意がわからない様子で、戸惑ったように首をかしげる。さっきまで外であそんでいたせいか、白い羽根からお日様のにおいがする。

私は左手で小豆の足をひとまとめにつかんで、逃げられないようにしてから、右手で首をしめていった。雑巾をしぼるように、ぎゅっと力を入れると、小豆の首はおどろくほど細くなり、手のひらに骨の感触がはっきりと感じられてくる。

小豆が翼をうごかしてあばれる。どうしてこんなことを、と言いたげな様子である。小豆の首の骨が、私の手の中で軋む。嫌、嫌、と、あらがって、逃げようとする。死にたくない。死にたくない。死にたくない。そのような意志がつたわってくる。

やがて、手の中で、骨の折れる感触がする。小豆の体は、ぐにゃりとたれさがった。

羽根をむしって、まな板にのせ、包丁で首を切り落とした。頭は桶の中に捨てる。血をぬいて腹を割き、臓物をとり出し、ぶつ切りにして鍋で煮こんだ。小豆の肉を口に入れて噛みしめると、芳醇な味わいが舌の上に広がり、体の奥から力がわいてきた。食べ終えて、小豆をすっかり骨だけにしてしまったころ、外から和泉蠟庵がもどってきた。散らばっている小豆の骨と、桶の中に捨てられた臓物を見て、彼は私の行いに気づき、さげすむような目で私を見たのである。

体力がもどり、漁村を出られるようになるまで、それから二日間ほどかかった。もしもあの鶏を食べていなければ、私は餓死していたことだろう。村を出るまで和泉蠟庵とはろくに話をしなかった。彼は私の行いを腹立たしくおもっているようで、もう私たちの関係はだめかもしれないと覚悟した。しかし漁村を出て、来た道をもどり、あるいているうちに、またぽつりぽつりと言葉をかわすようになった。山道の途中、木の枝にぶらさがっている柿を見つけて、どこにも人間の顔が浮かんでいないのを確認したら、ほっとしてうれしくなった。

そしてまた、これもいつものことだが、町にたどりついて、例の漁村のことを人に話しても、だれもそのような村のことはしらないのだった。あれは、和泉蠟庵の迷い癖の結果、たどりついてしまった場所であり、道に迷わずに行こうとしても、きっと見つからない場所なのだろう。その後も私と和泉蠟庵の旅はつづいた。しばらくすると、私たちはすっかり元通り話をするようになった。そのようなある日のことだ。

宿場町で旅籠に泊まり、荷物の整理をしていたら、袋の奥のほうから、白い羽根が見つかった。袋をさかさにしてみると、畳の上に、ぽろぽろと無数に落ちてくる。私は羽根の一枚をつまみあげ、泥のよごれをぬぐった。雨の中、袋に入れて運んでやったとき、抜けたものだろう。落ちた羽根をかきあつめているうちに、指がふるえだし、急におそろしくなり、涙がこみあげてきた。嗚咽《おえつ》しながら泣いていると、和泉蠟庵が、小さな巾着袋を差し出した。中には彼の拾いあつめた小豆の骨が入っていた。それをうけとり、胸の前でにぎりしめた。

呵々の夜

山白朝子

1

風もなく、虫の声もせず、山裾《やますそ》にひろがる森は、真っ黒な影のかたまりのようである。鬱蒼《うっそう》とした茂みのなかを、私はたった一人でさまよっていた。旅の仲間とはぐれて半日がすぎている。夜通しあるくのはやめたほうがいいだろう。月が出ているとはいえ、足もとも見えないほどの闇だ。木の根元で体をまるめ、獣や毒虫におびえながら朝を待たねばなるまい。そう覚悟したとき、茂みの奥に民家を見つけた。引き戸の隙間から、あたたかそうな橙《だいだい》色の明かりがもれているではないか。

「ごめんください」

私はその家にちかづいて戸をたたいた。何事かと顔を出した女に事情を告げる。

「どうか、一晩だけ泊めてください」

「布団はありませんよ、かまいませんか」

「かまいやしませんよ」

礼を言って家に足をふみいれる。土間と板の間があるだけの簡素なつくりだ。板の間の中心に囲炉裏《いろり》があり、湯をわかしている炎が周囲をあわく照らしている。全部で三人が住んでいた。応対に出てくれた女、その夫、そして彼らの息子である。農民だろうか。しかし農作業の道具はどこにも見当たらない。

三人の目が、じっとりとなめるように私の顔へそそがれる。少年がひそひそ声で父親に何事かを耳打ちした。私のような見知らぬ男を家にいれて、はたして大丈夫なのかと心配しているのだろう。「明日、目が覚めたら、なにかを盗んで消えているかもしれないよ」という少年の心の声が聞こえてくる。そのような誤解をされてもおかしくはない。私はうさんくさい泥棒といった顔立ちであり、貧相《そうぼう》な相貌ゆえに貧乏神とまちがえられることだってすくなくない。

女が茶を淹《い》れてくれた。茶であたたまりながら自分の素性について話す。私は旅本作家である和泉蠟庵《いずみろうあん》という男に雇われて、全国各地の名所旧跡や温泉地に関して調査をしている最中だった。しかし和泉蠟庵は極度の方向音痴であり、彼との旅は波瀾《はらん》万丈である。今日も山道で迷子になり、行ったり来たりをくりかえした。

「道に沿ってあるくだけなのに、いつまでたっても目的地にはつきやしない。町のなかで迷っていたはずなのに、いつのまにか山奥にいる。かとおもえば、舟にのったつもりもないのに、湖の真ん中にうかぶ離れ島にいる。今日の昼間だってそうだったんです。木に目印をつけながらあるいていたんですがね、何度もおなじところを迷っていたんです。まっすぐあるいていたはずなのに、しばらくしたら目印をつけた木が見えてくるんです。でも、それだけじゃないんです。目をこらしてみると、ずっと前のほうに、私たち自身の背中が見えたんです。蠟庵先生は気のせいだとおっしゃったんですけどね……」

和泉蠟庵といっしょにいると、道が奇妙なつながりかたをする。あるきまわった果てに、なんとかして別の場所に出ることはできたが、木陰で休んでいる間に私は置いてきぼりをくらってしまった。一人きりでさまよって、今に至るというわけだ。

「輪《りん》という娘がいっしょに旅をしておりまして、そいつが財布を持っているのです。その娘は蠟庵先生にくっついていなくなってしまったので、私は今、無一文という状態なんです」

このような場合にそなえて、次からは、宿賃くらいは持たせてもらおう。素性の説明をしている間、三人はおたがいの顔をよせあい、ひそひそと小声でやりとりをしていた。なんともそれが気持ち悪かった。茶を飲み干して、さっそく部屋のすみっこで寝かせてもらおうとしていたら、男がやってきて私の前にどかりとすわった。腕や首まわりの太い、まるで熊のような男である。

「旅人さんよ」

「なんでしょう」

「あんたが訪ねてくるまで、俺たちは、ちょっとした遊びをしようとしていたんだ」

「はあ、遊びと申しますと……？」

「遊びというのは、ほかでもない、こわい話だ」

「こわい話？」

「ああ、そうだ。一人ずつ、こわい話を披露して、だれのが一番、こわかったのかを決めるんだ。ちょうどこれから、それをやろうとしていた。どうだい、旅人さんよ、せっかくだから俺たちの話を聞いてみねえか。そして、だれのが一番こわかったのかを決めてくれねえか」

正直に言うと私はそんなもの聞かずにねむりたかった。しかしせっかくの誘いだし、断るのはもうしわけない。それに、こわい話をここで仕入れて、和泉蠟庵や輪と合流したときにそいつを話して聞かせるのはどうだろう。特に輪をこわがらせるのはたのしそうだ。あの娘は私のことを、酔っぱらってばかりで仕事をしない木偶《でく》の坊だと言って責める。ほぼ当たっているけれど、そんな風に言われるのは心外である。あいつがこわがっている様を見てみたいものだ。

「わかりました」

私は男の申し出を受け入れた。さっそく手招きされ、囲炉裏のそばにすわらされる。男と女、少年と私、四人の顔が囲炉裏の炎の明かりによって赤々と闇の中に浮かび上がった。そうして私の悪夢のような夜がはじまったのである。

最初にこわい話を披露するのは、私を家の中に入れてくれた女だった。女は私の左隣に正座し、緊張するように肩をこわばらせていた。長い黒髪が顔の前にたれさがって目や鼻をかくしている。ぼそぼそとした気味のわるい声で話しはじめた。

今からお話しするのは、あの方のところへむかう最中に、山道でおきた出来事なんです。

あの方というのは、いったいだれのことだろう。疑問におもったが、言葉をはさむのはやめておいた。ほかの二人が質問しないところをみると、この一家のしりあいか何かだろう。

その晩、私は提灯《ちょうちん》をぶらさげて、あの方のお屋敷まであるいておりました。私が一番前に立って、後ろからついてくる者たちのために、足もとを照らしてあげていたんです。ころんで崖《がけ》から落ちないように、道がほそくなっているところでは、注意するように声もかけておりました。

私の後ろをついてくるのは三人の旅人さんでした。まだわかい男たちで、神社仏閣を見物するために村を出てきたそうなんです。道に迷ってこの家にたどりついたはいいけれど、布団もなにもない場所ではこまると、だだをこねられましたので、あの方のお屋敷にお連れすることにしたんです。あの方のお屋敷なら、やわらかい布団もありますでしょうし、おいしい食事も、お酒だってあるでしょう。

そこまで聞いて、私は立ち上がりかけた。自分もだだをこねればよかったと後悔する。こんな汚い家なんかではなく、そのお屋敷で一泊したかった。しかし、今すぐその屋敷まで案内してくれ、などと話を中断して言えるような剛胆さは私にない。

山道を途中まであるいたときです。ずっと前のほうの暗闇に、ぼうっと、提灯のような明かりがあらわれたんです。はじめのうちは、だれかがむこうからあるいてくるのだろうかとかんがえておりました。でも、ちがうんです。

その明かりは、まるで私たちのあゆみにあわせるかのように、ちかづけば遠ざかり、立ち止まれば待っているんです。後ろをついてくる男たちのだれかが言いました。

「まるで俺たちをどこかに案内しているかのようだな」と……。

『送り提灯』などと呼ばれている怪談話を私はおもいだす。夜道をあるく者の前に、提灯のようにゆれる明かりがあらわれるというものだ。

私たちはその明かりを追いかけるようにしながら山道を行きました。しかし分かれ道にさしかかったときのことです。その明かりは、ふいにゆらりとゆれて、片方の道へと入っていったのです。旅人さんたちは、その明かりを見ながら今まであるいてきたものですから、当然のようにそちらへ行こうとします。私はあわてて声をかけました。

「お待ちなさい。そちらではありませんよ。さあ、こっちの道をお行きなさい」

明かりのむかう方ではなく、もう一方の道へと手招きしました。

「こっちなのかい？」

「ええ、お屋敷はこっちのほうですよ」

「でも、あの明かりは、むこうの方へ行っちまった。俺たちが来るのを待っている。こっちへ来いって、手招きするようにゆれているぞ」

「あの明かりは私たちを迷わせようとしているんです。山のなかをぐるぐるとあるきまわることになりますよ」

旅人さんたちは、私の言葉を信じてくださいました。あんなわけのわからない明かりよりも、目の前にいる私にしたがったほうがいいと、そういう結論になったようです。分かれ道のところで明かりを置き去りにして先へとすすみました。私たちが行ってしまうとき、あの奇妙な明かりはなんとも名残惜しい様子でゆらゆらとゆれていたのをおぼえています。そうして無事に旅人さんたちをあの方のお屋敷へと案内することができたんです。

ああ、よかった。

あのままもう一方の道に入っていたら、麓《ふもと》の村へとたどりついていたことでしょう。旅人さんたちにも逃げられていたはずです。

あの明かりはもしかしたら、あの方のお屋敷に連れて行かれて、身ぐるみをはがされ、生き地獄を味わった者たちの情念だったのかもしれません。死んだ後に提灯のような明かりとなって山をさまよっていたのでしょうか。私が旅人さんたちをお屋敷に連れて行こうとしているのを見つけて、なんとかして食い止めようとしていたのかもしれませんね……。

2

話し終えて、くたびれたように女が息をはきだす。少年がおびえたような声で言った。

「母ちゃん、その明かりは、幽霊ってやつだったのかい？」

「私はそうおもうよ。提灯の明かりみたいだったけど、決してそうじゃなかった。だって、提灯だったら、それをぶらさげている人の姿が見えるはずでしょう。よく目をこらしてみたけれど、そんなものは見えやしなかったんだ。すこしうかんで、すーっとうごいていたんだよ」

「信じたくはないが、そういうことがまれにおこるのだ。人がつよい念をのこして死んだ場合はな……」

男が厳粛な顔つきで息子に言い聞かせる。私は腕組みをして、むずかしい表情をつくりながらうなずいてみせた。しかし本心では、さてどうしようかとこまっていた。囲炉裏をかこんでいる三人は、夜道にあらわれた不可思議な明かりのことばかり話題にしている。けれど、ほかにもっと気になる点がなかっただろうか。特に最後のほうで、私の聞き違いでなければ、女はおそろしいことをしゃべっていた。だけど全員がそこを気にとめていないようだ。この三人はどうかしているのか？　いや、それとも、私のほうがまちがっているのか？

「なあ、あんた、今の話はこわかったかい？」

私は女に聞かれた。

「……そ、それはもう。ですが、ほんとうにあったことなんですかい？　それとも、作り話なんですかい？」

「もちろん、ほんとうにあった出来事さ」

そう言って女は、前髪の隙間からのぞく目をむきだしにして、カカカカカと奇妙な声でわらった。
次にこわい話を語るのは、囲炉裏をはさんで正面にすわっている男だった。着物からのぞく丸太のような腕は毛むくじゃらである。あぐらを組んですわっていても、天井にとどきそうなほどに巨大な体格だ。まるで岩山がそこにそびえたっているかのような錯覚さえおこす。囲炉裏の火を見つめている男の目は、爛々《らんらん》と赤色にかがやいていた。ふたつ目の話がはじまった。

あの出来事があったのは、俺が町で酒を飲んでいたときのことさ。俺の好きな蕎麦《そば》屋があってよ、町へ出かけた日はかならずそこで酒を飲むんだ。なあ、あんた、酒は好きかい？

男が私に問いかける。地響きでもおきているかのような野太い声だ。私は首を縦にふる。横になどふるものか。私はいつどんなときでも酒を飲みたい性分なのだ。私の反応を見て男は口角をつりあげて笑みをうかべる。めくれあがったくちびるの隙間から、異様に長くするどい犬歯がのぞいた。

そうかい。だけど酔いすぎには気をつけな。酔っぱらうと、今おきている出来事が、ほんとうのことなのか、それともほんとうにはおきていないのかが、たまにわからなくなっちまう。

だけどよ、その日は、まだそんなに酒を胃袋に入れてなかったんだ。頭もしゃっきりしていたんだぜ。ろれつもまわっていたし、まっすぐに道をあるけた。それがおきたとき、酒のせいなんかじゃねえってわかっていた。だからよけいにこわかったんだ。

俺は蕎麦屋の椅子に腰かけて酒をちびちびとやっていた。するとな、俺の右肩を、とんとん、とだれかがたたいたんだよ。

男は自分の右肩をなでまわした。

筋肉の隆起した、丘のような肩である。

町にしりあいなんかいねえ。いったいだれが俺の肩をたたくっていうんだ？　俺は不審におもいながら後ろをふりかえってみた。でも、だれもいやしなかった。なんでい気のせいか。俺はそうおもって酒のおかわりをたのむと、またちびちびとやりはじめたんだ。

するとなあ、もう想像はついてるだろうが、まただれかに、とんとん、と肩をやられたんだ。手のひらでたたくような、確かな感触さ。ふりかえっても、やっぱりだれもいねえ。俺は立ち上がると、おびえている客の胸ぐらを一人ずつつかんで、いったいだれが俺の肩をたたいたのかを聞き出そうとした。だけどよ、どの客も俺にはちかづいてもいないと言うじゃないか。全員が口裏をあわせているのかもしれねえとあやしんだが、俺は納得することにしたよ。あんまり迷惑をかけると、もう店に入れてくれなくなるだろうしな。俺は店を出て帰ることにしたよ。外は夕焼けで真っ赤になっていた。町が火事にでもなったかのような色だ。次に肩をたたかれたのは、そんな町の外れをあるいているときさ。

とんとんとん。

後ろを見ても、やっぱりだれもいやしねえ。夕焼けのなかで川沿いの柳がゆれていた。長くしなだれた枝が川の水に先っちょをつけていたんだ。どこにもかくれるところなんてねえ。俺の肩をたたいた奴がいたとしても、俺がふりかえるまでの間に姿をかくすことなんかできやしなかっただろう。つまりな、姿の見えないだれかが、俺を呼び止めていたってわけさ。

男は火箸《ひばし》で囲炉裏の炭をいじった。火の粉がひと粒かふた粒、生まれて羽虫のように舞う。女と少年がこわばった表情で話を聞いていた。

日が沈んで真っ暗になっちまったから、俺は提灯をさげて山道に入ったんだ。しんとしずまりかえった暗闇さ。提灯の明かりのほかにたよるものはねえ。この家を目指して俺は上り坂をすすんでいた。そしたらまた例のやつさ。

とんとんとん。

だれかが俺を呼び止めるように右肩をたたきやがった。だが、今度はすこしだけちがっていた。たたいたあとも、そっと右肩に重みがのこっていたんだ。ひんやりとするような、つめたい手のひらの感触さ。

俺はすぐさま後ろを確認しようとしたが、寸前でおもいとどまった。ふりかえっちまったら、これまでとおなじように、すっと消えちまうにちがいねえ。だから、ふりかえったような素振りを見せちゃならねえ。

俺は首をそのままにして、そーっと目だけをうごかすことにした。視界のすみっこのぎりぎりのところで、自分の右肩を見てみることにしたんだ。そうすれば、俺の肩に手をおいてる奴も、逃げおくれるにちがいねえっておもったわけだ。

そーっと、そーっと……。

俺は横目で右肩のあたりを見てみた。するとな、あったんだよ。手が俺の肩にのせられていたんだ。

ほっそりした女の手だったよ。泥にまみれていて、爪のなかまで真っ黒だった。そいつがたしかに俺の肩の上へ、ひんやりとした重みでのしかかっていたんだ。

俺はおどろいたが、負けたくねえとおもった。この際、その手をつかんじまおうとかんがえたのさ。右手は提灯をさげていたからな、左手をそーっと右肩のところへ持ってきて、泥まみれの女の手に届く寸前で、獲物に食らいつく猫みたいによお、えいやっと勢いよくのばしてつかもうとした。

だが、女の手の方がはやかった。泥まみれの手は、俺の肩の丸みにそって、背中にできた影のなかへするりと消えちまったんだ。後はもう、ふりかえっても夜の山道があるだけでなんにもなかったよ。

でも、俺にはわかったんだ、手の正体が……。

そのすこし前に、あの方のお屋敷から女が逃げ出したという事件があったんだ。俺はその女を連れ戻すように命じられ、山のなかを必死に追いかけたのさ。山道でつかまえることはできたんだが、そんときに抵抗されて、長い爪でひっかかれて、顔に傷をつくっちまったんだ。俺はついかっとなって、女の鼻と耳を食いちぎって腹を割いて道ばたに捨てちまったのさ。

肩におかれていた手は、俺をひっかいたのとおなじ、長い爪が生えていたんだ。もしかしたら、あのときの女が、道ばたにほうっておかれてさみしいと、うったえているのかもしれねえ。俺はそんな風にかんがえて、その晩のうちに、死体のあるところへ行って、穴を掘って埋めてきたんだ。花も供えてきてやったんだぜ。それ以来、肩をたたかれることはなくなって、一件落着ってわけだ。

男は話し終えると、目をむいてわらい出す。白目の部分が明かりを照りかえして際立っている。カカカカと、こきざみに痙攣《けいれん》するように肩や頭をふるわせて、薄気味のわるい声をたてる。呵々大笑《かかたいしよう》という言葉をおもいだした。おおきな声で人がわらっている様をあらわした言葉である。

女と少年が視線を交わし、困惑するような表情をしていた。もしかしたらこの二人も、さすがに今の話には疑問を抱いたのではないか。女の鼻や耳を食いちぎって腹を割いて殺害するなど人間の所業ではない。そんなひどい男の振るまいを聞き流すことなどできようか。しかし二人は次のように言うだけだった。

「……ってことは、あんた、つまり幽霊に肩をたたかれていたってのかい？」

「父ちゃん、幽霊ってのは、ほんとうにいるのかい？」

ともかく、私も話をあわせておこう。男の気分を害さないように、薄ら笑いをうかべて言った。

「なんともこわい。おそろしい話です」

男はまんざらでもない顔をする。

「そうか、そいつはよかった。おもうぞんぶんにこわがってくれ」

囲炉裏の明かりをうけて私たち四人の影がのびている。私の影はそれほどおおきくはないが、なぜだか彼らの影は壁や天井までのびてこちらにおおいかぶさってくるような迫力をもっていた。赤い光によって浮かび上がる彼らの顔は、まるで赤熱した鉄のようであり、地獄ではたらいている鬼たちの姿を想像させる。私の体は、おさえの利かないほどに、がたがたとふるえはじめた。

3

じゃあ、今度は僕の番だね。

私の右手側にすわっている少年が口をひらいた。話をするのがうれしくってたまらないのか、赤色にそまった顔面の皮膚を笑みの形に固定している。目玉の黒い部分が人よりもおおきな少年だった。白い部分が見当たらないので、眼窩《がんか》に真っ黒な洞穴がひらいているようにも見える。私は耳をふさぎたかった。この少年が今からどんな話をするのかわからないが、いやな予感しかしない。

三つ目の話がはじまった。

僕はね、ときどき、あの方のお屋敷でお手伝いをするんだ。お皿をはこんだり、お客様の着物をたたんだり、血のついたお部屋を雑巾《ぞうきん》でふいたりするんだよ。壁にのこった爪痕《つめあと》をかくすために、左官みたいなことだってやるんだ。そしたらね、お駄賃のかわりに、切り取られた指をくれるんだ。お屋敷でばらばらにされた旅人さんの指だよ。僕はね、家まで帰る道すがら、そいつをしゃぶったり、かじったりしながらあるくのが好きなんだ。

その日もね、お屋敷でたくさんお手伝いをしたから、指を一本、もらえたんだ。あれはたしか、人差し指だったよ。ほっそりしていたから、女の子の指だったんじゃないかな。まっすぐな棒みたいな形でかたまっていたっけ。もらった指を口のなかにいれて、ふやかすようになめながら山道をあるいていたんだ。爪のかたさや指紋のざらざらを、舌でこねくりまわしながらね。そこまでは何の変哲もない、いつもの話さ。途中まであるいたときね、つばでべとべとになった指を、歯でほんのちょっと嚙《か》んでみたんだ。ぐにゃっとした肉のなかに、かたい骨の感じがあったよ。でもね、その直後のことさ。僕の口のなかで、びくんと指がうごいたんだ。

気のせいかとおもったけど、そうじゃなかった。口に入れていた指が、くっ、と曲がって、頬の裏側をおしたんだ。それから、釣り上げられた魚みたいに、口のなかであばれはじめたんだよ。

そいつはさっきまで、ただのうごかない指だったんだ。死体から切り取ったのか、それとも生きたまま切ったのかはしらないけどね。それがなぜだか、うごきだしたんだよ。僕が噛んだときに、痛くっておもわず生きかえったのかもしれないね。

僕はすぐさまそいつをはきだした。指は地面にころがると、しばらくは裏返ったり丸まったりしていたけれど、そのうちに尺取り虫みたいなうごきで草むらのなかへ逃げようとしたんだ。自分の見ているものが信じられなかったよ。あまりのおそろしさに、僕はそこから逃げ出したんだ。

だけどね、どうしても気になったから、勇気をふりしぼって引き返してみた。さっきの指をさがしてみると、そいつは木の根っこのところにいた。真っ白い体をくねらせながら、爪の先で穴を掘ってもぐっていこうとしていたんだ。だけどうまくできなくて何度もひっくりかえっていた。そのうちに蟻がたかってきて、皮膚の上を駆け回りはじめたものだから、くすぐったそうに指は身もだえしていたよ。

最初のおそろしさが、だんだんとなくなっていって、僕はそいつのことを、かわいらしいとおもえるようになったんだ。つまんで蟻をはらってあげると、手のひらにのせて、そいつをにぎりしめてみた。手のなかで、棒状の体をうねうねとくねらせる感触があって、僕はすっかりおもしろくなった。

そいつを家に持ち帰って、箱に入れて、床下にこっそりとしまっておくことにした。そいつが爪の先で箱をかりかりとやるものだから、父ちゃんと母ちゃんは、鼠でもいるのかなって首をかしげていたものさ。

僕は一人のときにそいつをだして、尺取り虫のように這《は》い回る様を見てたのしんだ。紐《ひも》をむすんで重いものを引っ張らせてみたり、水にうかべて泳がせてみたりもした。

だけどね、僕が指を飼っていたのは十日くらいのことだった。次第にそいつの体は黒ずんできて、うごきもにぶくなってきたんだよ。そいつには口がなかったから、飲んだり食べたりもできずに、だんだんと干物みたいになってきた。かりんとうってお菓子があるでしょう？　そいつの先っちょに爪がくっついているような見かけになっちまったんだ。

かなしかったさ。干からびた指をなんとかしたくて、口に入れてふやかそうとした。でも、だめだった。そのうち、つついてもうごかなくなって、ああ、ようやく死んだのか、と僕はおもったんだ。その後、うごかなくなった指は、家の横に穴を掘って埋めちまった。僕の話はこれでおしまいだよ。

囲炉裏の炭を男が火箸でいじった。炎がゆれて三人の影がふくらみ、輪郭がくずれ、人のものとはおもえない形になる。しかしそれも一瞬だけで、炎のうごきが落ちつくと、また人の形にもどった。男が私にたずねる。

「どうだい、旅人さんよ、こわかったかい？」

「え、ええ、はあ、まあ、その……」

返答にこまっていると、女が言った。

「指がうごきだすところは薄気味わるかったね。でも、最後のほうは、なんだかほほえましかったよ。そうはおもわないかい、旅人さん」

「しかし、おめえ、指がうごきだすなんてこと、ほんとうにあったのか？」

男が少年に聞いた。

「嘘なんかじゃないよ。うごかなくなったから、埋めちまったけど」

男は床板をきしませながら立ち上がった。

「いいことをおもいついた。今からそこを掘ってみようぜ。俺はその指を見たくなった。おまえ、提灯を用意しな」

女が提灯に明かりを点《とも》す。三人が草履《ぞうり》を履いて家を出ていく。男が出入り口から私に声をかけた。

「旅人さんもどうだい。いっしょに指を見ようじゃないか」

気は乗らなかったが、私もついていくことになった。

草履を履いて外に出ると、山にうすく霧がかかっていた。夜風がひんやりとして肌に心地いい。月明かりのなかで茂みは真っ黒な影絵のように私たちを取り囲んでいた。家の壁にそって三人がすすみ、その後ろを私もつづいた。

「ほら、ここだよ」

少年の指さした先の地面には平たい石が三段ほど積まれていた。墓石のつもりだろうか。男は素手で泥を掘りはじめる。

ざっ、ざっ、ざっ……。

掻《か》き出された泥が足もとで山になっていった。三人とも無言である。私は体のふるえがおさまらなかった。三人の話を聞き終わり、どれが一番、こわかったのかをかんがえてみたが、すぐにはこたえがうかんでこない。幽霊がどうとか、それ以前に、この三人のことがおそろしかった。

「あったぜ」

男が言った。ちいさなものをつまんで手のひらにのせ、私たちにむかってさしだす。

「ほら、指だ。真っ黒になってやがる」

女が提灯をよせると、あわい明かりが、干からびて丸まった指を私たちの眼前に浮かび上がらせた。少年の話は、ほんとうの出来事だったのだろうか。しかし、この指がかってうごいていたという証拠はない。いや、そんなことは問題ではない。切断された何者かの指がここにある。そこが重要なのだ。

「こいつがうごいてたのか？　ほんとうかよ？」

男がそう言って、干からびた指をいじった。丸まった状態のものを、無理矢理にまっすぐな棒状にしようとする。すると、小枝の折れるような音をたてて、関節のあたりで砕けてばらばらになってしまった。三人ともその様子がおかしかったのか、目をむいて、カカカカカとわらい出す。

恐怖が限界に達していた。逃げるなら今のうちだ。三人ともこわれた指に注意をむけている。音をたてて気づかれないように私はその場をはなれた。しかし十歩ほどすすんだとき、枝をふんでしまう。三人がわらうのをやめて顔をこちらにむけた。私は悲鳴をあげて茂みのなかに飛びこむ。

無我夢中で足をうごかした。月明かりは木にさえぎられあたりは暗い。木の根っこにひっかかって何回もころんだ。自分がどの方角にむかってすすんでいるのかもさっぱりである。

おそろしいことに後ろから三人の追いかけてくる気配があった。木の枝をへしおりながら、熊のような大男が迫ってくる。女の持っている提灯の明かりが、ちらちらと木の間に見えた。

「旅人さん、お待ちよ、なぜ逃げるんだい」

少年の声がひんやりとした夜の闇にこだまをのこす。

どこか安全な場所を見つけてかくれなくてはならない。息が切れて足がおもくなる。体中に擦り傷をつくった。泥まみれになりながら夜の山をさまよう。

どれくらいはしっただろう。いつからか追いかけてくる気配も感じなくなっていたが、立ち止まるのは危険だとおもった。這ってでも前にすすもう。

ふと、鼻につんとした臭いがただよってくる。温泉の臭いだ。眼前に竹林があらわれて、人の整備した道に出る。道沿いにすすんでみると、明かりのついた石灯籠《いしどうろう》がならんでおり、その先に温泉宿があった。入り口をたたいて宿の主人をたたきおこし、私は泣きながらすがりつく。

「たすけてくれえ、追いかけられているんだ！　あいつらはきっと、人食い鬼かなにかにちがいねえ！」

ふくよかな顔をした宿の主人は、はじめのうち目を丸くしておどろいていたが、私の顔をまじまじと見て意外なことを言った。

「あんた、もしかして耳彦《みみひこ》というお名前ではありませんか？　ああ、やっぱりそうだ。その貧乏神みたいな顔はまちがいない」

「どうして私のことを？」

「宿泊されているお客さんから聞いておりましたのでね。そういう顔の人がもしも訪ねてきたら、はぐれてしまった旅の仲間だから、かくまってやってくれって」

「旅の仲間⁉　蠟庵先生が、蠟庵先生がここに泊まってるんだね⁉」

「ええ、長い髪をした、きれいな顔立ちの男の方ですよ。昨日のお昼頃からご宿泊されて、温泉を何度も出たり入ったりしています。お連れの娘さんも、温泉を気に入ってくださったようで。それにしても大変でしたねえ、その様子じゃあ、山のなかをあるきまわってこられたんでしょう」

私は安堵《あんど》してすわりこむ。和泉蠟庵と輪がこの宿にいる。私はたすかったのだ。

4

「……という目にあったんです」

話し終えて私はため息をついた。和泉蠟庵は腕組みをして、私を安心させるような、おだやかな表情をうかべている。

「そうか、そいつはひどい目にあったね」

「ええ、それはもう……」

友人であり雇い主でもある旅本作家は、泥まみれの私とちがって寝間着姿である。

もう一人の旅仲間である輪は、不機嫌な様子で茶をすすっていた。私は気になって少女に言った。

「おまえはどうして私をにらんでいるのだね。私の無事をちょっとはよろこんでくれたっていいじゃないか」

「もちろん再会できてうれしいですよ。でも、こんな真夜中にたたきおこされる身にもなってください」

「だって、話を聞いてほしいじゃないか」

宿にたどりついて、すぐさま和泉蠟庵の部屋へ通してもらった。別室で寝ている輪も呼び、さっそくさきほどの出来事を語っていたのである。しかし輪はあくびをしながら、かわいげのないことを言う。

「どうせなら、朝まで山のなかをさまよってればよかったんです。朝ご飯が済んだころに合流してくれればちょうどよかったのに。もう一回、その一家に追いかけられてきたらどうです。そしてまた、夜明けくらいにここへもどってきてください」

「そんな器用なことできるか！」

「ゆるしておやりなさい」

和泉蠟庵が私に言った。

「輪はこれでも、きみのことを心配していたんだ。ちかくの村に出かけていって耳彦がいないかどうかを確かめてきてくれた。もしも貧乏神をおもわせる風貌の男がいたら、この宿へ来るように伝えてくれと村人たちにおねがいしてきたらしい。ありがたいことじゃないか」

「心配なんかしていません。荷物持ちがいなくなったら困るじゃないですか」

輪がそっぽをむく。和泉蠟庵は苦笑する。

「耳彦、泥まみれの体を温泉で洗い流してきてはどうだね。この宿の温泉はなかなかのものだったぞ」

私はそうすることにした。風呂《ふろ》の用意をしようと立ち上がり、荷物一式がないことに気づく。すべてあの家に置いてきてしまったのだ。取りにもどることはできそうにない。家のあった場所はわからないし、あの三人には二度と会いたくない。宿のご主人に事情を話すと、寝間着を貸してもらえることになった。輪は部屋にもどり、和泉蠟庵は布団に入ってしまう。私は一人で風呂にむかった。

温泉は宿の建物の外にあった。岩場の間に熱い湯がたまっている。いわゆる露天風呂というものだ。夜中に月を見上げながら入る風呂は気持ちがよかった。つめたくなっていた指の先まで、ほかほかと温まる。泥とつかれをすっかりあらい流し、私はお湯からあがった。

まるで生まれ変わったかのような心地で、寝間着に腕を通し、宿の廊下をあるいていたら、後ろから声をかけられた。

「旅人さん、さがしたよ、ここにいたんだね」

少年の声だった。ふりかえると例の三人が立っていた。


…………そのときの、私のおどろきといったら。

声なんか出やしませんよ……。

ただもう、口から息がもれるだけなんです。

その場に尻餅《しりもち》をつきました。もうだめだ、どれだけ逃げても彼らは追いかけてくるんだ、というおそろしさがあったんです。あの三人は、そういう私の姿を見て戸惑っているようでした。

「だいじょうぶかい、旅人さん」

心配そうな表情で女がそう言うんです。

「温泉につかりすぎて、のぼせてしまったんだろう」

男は私をたすけおこして、すぐそばにあった畳部屋に寝かせてくれました。女が手拭《てぬぐ》いを濡らして顔にあててくれるし、少年は手をうちわがわりにしてあおいでくれるし、おや、なんだかおかしいぞ、と私は首をかしげたもんです。

三人のことを、人食い鬼かなにかだとおもっていたものだから、親切にされたことが意外だったんです。私のそういう気持ちを察したのか、男がこんなことを言うんです。

「誤解させちまったようだな。あんたに聞かせたこわい話は、全部、作り話だったのさ」

……ええ、そうなんです。

あの家で聞いた三つのこわい話は、すべて作り話だったと、男はそう言うんです。どうしてそんなことをしたのかって？　なんでも、私の顔を見て、あの三人、ついに我が家へ貧乏神があらわれたんだっておもいこんじまったそうなんですよ。輪、おい、こら、何をわらっているんだ。こいつはわらいごとじゃねえんだぜ。蠟庵先生、聞いてください。つまりあいつらは、貧乏神を家から追い出すために、わざわざこわい話をしていたと、そう言い張るんです。自分たちをおそろしい存在に仕立てれば、さすがの貧乏神もどっかよそへ行ってくれるだろうって。私が道に迷った経緯を話しているときに、あいつら、ひそひそとそんなことを話し合っていやがったというわけです。

それがほんとうなら、私が逃げ出したのは、まさしくあいつらの期待通りの展開だったのでしょう。それなのに、わざわざ追いかけてきたのは、ほら、こいつのせいなんです。あの家にのこしてきた荷物を、持ってきてくれたんです。男が私にこう言うんですよ。

「貧乏神の持ち物なんていらねえよ。家の中に置いとくのもいけねえし、捨てるのも罰当たりだし、こいつを返すためにあんたを追いかけてきたんだ」

「じゃあ、地面からほりだした指は？」

「あれは、たまたま地面にうまっていた木の枝さ」

ほんとうかどうかはしりませんよ。だけど、ああいう雰囲気だったし、男がそれを指だと言うもんですから、だれだって木の枝と指を見まちがえるでしょうよ。

その後は、おたがいの誤解もとけて、熊のような男と肩をたたきながら談笑することができたんです。あらためて話してみれば気さくな人たちでしたよ。奥さんは髪をきちんと整えていました。顔がよく見えるようになると、とんでもない美人だとわかったんです。前にたれさがっていた髪の毛は、こわい話をするための雰囲気作りだったんでしょうね。三人はそれから、ひそひそと耳打ちをするように、この温泉宿に一泊して明け方に帰る相談をはじめました。

私が彼らにわかれを告げて部屋にもどったとき、蠟庵先生はねむっていましたし、輪も自分の部屋にひっこんじまっていたから、私はだれにもそのことを話せないままだったんです。だからこうして、夜のうちにあった出来事を、まとめて話そうとおもった次第です。

だけどね、話はこれでおしまいじゃあないんですよ。そっからひとねむりして、次の日の朝のことなんですけどね……。

ええ、そうなんです、ついさっきのことです。私がさっき見聞きしたことを語らせてください。出発の用意をしながらでも結構です。この宿にもう何泊かできたらよかったんですがね、やっぱり今すぐにこっから出て行ったほうがいいとおもうんです。

私はついさっき、外で雀の鳴いている声でねむりからさめたんです。朝のお日様が障子を白くかがやかせていました。蠟庵先生と輪はとっくに目が覚めて散歩をたのしんでいらしたようですね。私はしばらくの間、布団のなかで昨日のことをおもいだして、ぼんやりしていたんです。そのうちに小便がしたくなってきて、厠《かわや》を探しにいきました。

部屋を出て廊下をあるいていると、庭の竹林をながめられるところに出ましてね、青々とした色をたのしんでいましたら、ふと鼻先を何かがよぎっていったんです。そよ風のようでしたが、ほんのりとあたたかい。ふっと吐息をかけられたようにも感じました。おどろいて目をこらしてみると、私のすぐ目の前に、ぼんやりとした明かりがうかんでいたんです。

提灯みたいなあわい光でした。女の語った『送り提灯』に登場したような不可思議な明かりですよ。手をのばせばふれられるくらいのところで、ふわふわとただよっているんです。弱々しい明るさでしたから、目をこらさなければ、朝日のなかでうすくなって見えないほどでした。悲鳴こそあげなかったものの、私はあっけにとられちまいました。目をこすり、まばたきしてみましたが、その明かりは消えやしません。

ふわふわとただようみたいにそいつは廊下をすすみました。すこし行ったところに廊下の分かれ道がありましてね、その片方へと明かりは入り、私が来るのを待つかのようにとまっているんです。

「厠まで案内してくれるのか？」

おそるおそるたずねると、いいからこっちに来いと言いたげに、くるりと円を描きました。おそろしくはありましたが、好奇心に負けて明かりの方へ行ってみることにしたんです。

すすんだ先に厠なんかありはしません。そちらにあったのは玄関でした。もうひとつ角をまがれば三和土《たたき》が見える場所にさしかかったとき、話し声が聞こえてきたんです。どうやら、例の一家と宿のご主人が、なにやら玄関先で話しているようでした。ちょうどこれから家に帰るところだったんでしょう。宿のご主人はそれを見送りに出ていたというわけです。せっかくだから私も声をかけてみようかと、そちらにむかっていたところ、先導していた明かりが私を通せんぼするように鼻先からうごかないんです。ここで見ていろと、そう言いたかったのでしょう。私は廊下の角のところから彼らをながめることにしました。

あの一家は温泉につかってさっぱりした様子でした。宿のご主人とは顔見知りだったらしく、打ち解けた雰囲気で談笑されていましたよ。立ち話がつづいたあと、それから宿のご主人が、布につつんだ細長いものを懐《ふところ》から取り出したんです。

「ほら、よくはたらいてくれたね。今日のお駄賃だ」

宿のご主人は少年の頭をなでて、そいつをくれてやったんです。少年が布をといてみると、つつまれていたのは、切り取られた人間の指でした。少年はうれしそうにぱっとわらうと、そいつを口にくわえてしまったんです。爪のついている方を奥につっこんで、骨の見える方をくちびるの隙間からぶらさげていたんです。

私は無意識に後ずさりしていたんでしょうね。後ろの方にあった襖《ふすま》にいつのまにか寄りかかっちまって、その重みで襖がはずれやがったんです。どたん、ばたん、と騒々しい音をたてながら、私はころげるように、その部屋にたおれこんじまいました。玄関先にいた四人が、こちらをふりかえったのが見えました。でも、それどころではなかったんです。私がたおれこんじまった部屋のおぞましさに、頭の中が真っ白になっちまったんです。

その部屋の壁にはたくさんの爪痕がありました。畳には血が飛び散ったような跡があるし、足の裏に変な感触があるとおもったら、人間の歯みたいなもんがころがっていたんです。いったいそこで何があったんでしょう。

とまどっている私の耳に、あの笑い声が聞こえてきました。玄関先から宿のご主人が私を指さし、腹をかかえ、目をむいておかしそうにわらっているんです。

私はこわくなってそこから走り去ると、この部屋にもどってきたという次第です。私はおもうに、あの三人の話は、やっぱり作り話なんかじゃなかったんですよ。私はこの宿に逃げてきたのではなく、連れてこられたのでしょう。茂みのなかを方向もわからず駆け回っていたようにおもっていましたが、その実、巧妙に三人が私を取り囲み、彼らの気配から逃げようとしているうちに、この宿へと誘導されていたのにちがいありません。この宿こそ、あいつらの話に出てきた、あの方のお屋敷ってところだったんですよ。

さあ、はやいところ支度をして、ここを離れましょう。あの笑い声が聞こえますか。だんだんとむこうのほうから、ちかづいてきているのがわかりますね。もうじき、襖をあけて、部屋に入ってくるはずです。そのとき、はたしてそこに立っているのは人間の形をしたものでしょうか。

まるでわるい夢を見ているようです。

ほら、もうすぐそこまで。

はっきりと聞こえます。

あの笑い声が。

首なし鶏、夜をゆく

山白朝子

1

　父方の祖母の家は山裾《やますそ》の村にあり、周囲に広大な畑と雑木林があるだけの何もない田舎だった。都会から引っ越してきたのが冬の時季だったせいか、枯れ木と霜と曇り空の荒涼とした風景ばかりが印象にのこっている。

　当時、十二歳だった僕は、手袋とマフラーをして祖母の家から小学校までの長い道のりをあるいた。田舎の冬は異様に寒く、風は突き刺すように冷たい。手袋をしていなければ指先が赤色にかじかみ、最後にはじんじんとしびれた。

　転入して間もなかった僕は、クラスメイトとなじむことができず、いつも一人でいた。僕以外にもう一人、教室で孤立している子がいて、それが水野《みずの》風子《ふうこ》だった。風子の髪の毛は色艶《いろつや》がなく、頰もこけていた。いつもおなじ薄いピンク色のセーターを着ていたのだが、ところどころにほつれた箇所があった。それ一着しか冬に着るものを持っていなかったのだろう。靴下には何ヵ所も穴が開いており、クラスメイトたちがそのことをはやしたてると、風子は、恥ずかしそうに顔をうつむけてもじもじしているのだった。

水野風子の家庭の事情をしったのは、彼女と親しくなってからだ。僕が引っ越してくる数年前まではふつうの生活をしていたという。しかし両親が交通事故で死んで彼女の人生は一変した。叔母《おば》の満代《みつよ》という女がやってきて、ただ一人のこされた彼女をひきとったのだ。満代は肥満体の女で、働くこともせず、風子をいじめた。ろくに食べ物もくれず、風子の血色はわるくなり、わらうことをしなくなった。陰気な顔つきになった彼女から、クラスメイトたちは距離をおくようになってしまったというわけだ。

はじめのうち、そのような事情をしらないまま、自分と同様にクラスから孤立している風子のことを、戦友のようにおもいながら暮らしていた。はじめて水野風子としゃべったのは、雪がちらつく日の夕方だった。

学校が終わり、薄暗い曇り空の下、ランドセルを背負って祖母の家まであるいていた。凍《い》てついた砂利道は表面がおろし金のようになっている。雑木林の脇に来たとき、その声が聞こえてきた。

「京太郎《きょうたろう》。どこなの。京太郎」

枯れ木の入り組んだむこうに、やせっぽちの人影があった。

「京太郎。ごはんだよ。京太郎ったら」

水野風子だ。薄いピンクのセーターだけではいかにも寒そうな様子である。だれかをさがしているようだ。ちらついている雪の粒が、風子のくちびるの横を通りすぎていった。雑木林を透かして見えるその横顔に、僕は、はっとさせられた。うつむいた状態の彼女しか見たことがなかったから、風子のうつくしい顔立ちに、それまで気づかなかったのだ。僕はおもわず雑木林へちかづいた。しかし小枝を踏んでしまい、靴の裏側で小気味のいい音が鳴った。

「京太郎?」

密集した枯れ木の隙間を通して僕たちは目があった。雪がまた何粒か横切っていった。水野風子は、僕に気づいて、おびえるような表情をする。左右の手にそれぞれ、水の入ったコップとぼろぼろの小鍋《こなべ》を持っていた。コップにはなぜかストローがささっている。寒さ対策のために風子は軍手をはめていた。彼女は手袋を持っておらず、いつも軍手をはめて学校に来ていたのだが、それもまた、からかいの対象となっていた。

「あの……、声が聞こえたから」

多少の気まずさを感じながら、僕がそう言うと、彼女は一歩、後ずさりをした。教室にいるときみたいに顔をうつむけて猫背になり、視線を避けるような姿勢をとる。顔に影ができて、ふるえる長いまつげと、形の良い目元がかくれた。

「京太郎って？」

風子は返事をしない。僕がだまってどこかへ行くのを待っているようだ。なんだかもうしわけない気持ちになってくる。

「もう行くよ。じゃまをして、ごめんな」

僕はそう言ってあるきさろうとした。そのとき、突然、足元で音がする。鳥が翼をはばたかせるような音だ。はっとした様子で風子が顔をあげた。

「京太郎！」

僕の足元に何かがいた。白い塊だった。そいつは僕の鼻先までジャンプして、バサバサと翼をうごかす。僕はおどろいてのけぞり、尻《しり》もちをついてしまった。白い羽根が何枚か雪のように降ってくる。

そいつはどうやら鶏のようだった。風子がさがしていた京太郎というのは、こいつのことにちがいない。手に持っていたコップと小鍋を落として風子が駆けてきた。

「ちがうの！　これはちがうの！」

風子はそう言いながら、僕から守るようにそいつを抱きしめて泣きだす。風子の腕のなかにいるそいつから僕は目が離せなかった。その異様な姿に恐怖する。しかし悲鳴をこらえることができたのは、そういう状態の鶏が存在しうることを本で読んだことがあったおかげだ。

そうだ。かってそういう鶏が実在していた。学術的な記録ものこっている。しかし日本にもいたとはおどろきだ。京太郎と呼ばれた鶏は、翼をうごかし、二本の足をぐりぐりとやりながら、白い羽根をちらしている。しかし、あるべきはずのものが見当たらない。鶏冠《とさか》、嘴《くちばし》、目、つまり首から上の一切が存在しなかったのである。

世界中で起きた不思議な事件をあつめた本で【首なし鶏《どり》マイク】の記事を読んだことがある。

一九四五年九月十日、アメリカ・コロラド州の農家で一羽の鶏が首をはねられた。調理されて夕食にならぶ予定だったその鶏は、しかし、首をうしなった状態でいつまでもあるきつづけて、一向に死ぬ気配を見せなかった。一晩が経過しても生きているため、農家の家族は、切断した首の穴からスポイトで水と餌をあたえて生かすことにした。そいつは二日たっても、三日たっても死なず、マイクと名付けられて、研究のために大学へ持ち込まれた。科学者たちが調査した結果、頸動脈《けいどうみゃく》が凝固した血液によってふさがれて、失血がおさえられたのではないかと推測された。また、脳幹と片方の耳の大半がのこっていたおかげで、首をうしなった状態でもあるくことができるのではないかとも言われている。

首のないまま生き続ける鶏はたちまち評判となり、『ライフ』や『タイム』といった雑誌や新聞にとりあげられた。マイクの姿を撮影したいくつかの白黒写真が僕の読んだ本にも掲載されていた。白い羽根におおわれた体に、爪のある二本の足、わずかに丸みのある胸と、その上に黒ずんだ肉の切断面。スポイトで切断面の穴に水をさしている写真まであった。結局、マイクは十八ヶ月間、首のない状態で生き続けた。その最期は、餌を喉《のど》につまらせたことによる窒息死だったという。

水野風子が京太郎と呼んでいた鶏も、以前は首から上が存在していたそうだ。しかし、叔母の満代の手によって切断されてしまったそうである。

「私が絶対にされたくないようなことをするの。あの人は、たいせつなものをうばってゆくの。私が京太郎をかわいがってたから、おばさんはある日、私の目の前で京太郎をおさえつけて、首を手斧《ておの》で切り落としてしまったの」

しかし、涙をながしている風子の目の前で、首をうしなった京太郎はいつまでも生き続けた。

「おばさんは京太郎が死んだとおもってる。切り落とした首を持って、すぐにどこかへ行っちゃったから」

風子はかくれて首なし鶏を飼うことにした。もしも叔母に見つかったら、どうなるかわかったものではない。なんとかつなぎとめられた京太郎の生命を、今度こそ手斧で完全にうばいとられるかもしれない。風子はそうおびえていたのである。

雪のちらついていたあの日、僕がひみつをしってしまったとき、風子が泣いていたのもそのせいだ。首なし鶏のことを、僕がみんなに言いふらしてしまうとおもったのだろう。

彼女が泣き止《や》むのを待って、僕は言った。

「このことはひみつにする。絶対にだれにも言わないから」

すこし時間はかかったけれど、その冬が終わらないうちに、僕たちは、なんでも話し合えるような友だちになった。おたがいに、自分のこれまでのことをおしえ、他人に話せないような悩みをうちあけた。やがて、首なし鶏と風子の姿がかさなって見えるようになった。頭を切り落とされた、体だけの存在。彼女は、何もかんがえないようにしながら、何も見ないようにしながら、生きていた。

2

水野風子はいつも、僕と会っているとき、口の中でビー玉をころがしていた。耳をすませば、からり、ころり、と彼女の歯とガラスの玉のあたる音が聞こえてきた。

「おなかがすいたとき、これをなめてる。まるで飴玉《あめだま》を口に入れてるような気分になってきて、おなかの音が鳴らなくなる」

乾燥し、ひび割れ、すこし血をにじませたくちびるの隙間から、色のついたビー玉をちらりとのぞかせて彼女は言った。

水野風子と交流を持つようになると、クラスメイトたちがさっそく、おもしろおかしく騒ぎ立てた。黒板には僕たちの名前を書いた相合傘が落書きされ、風子は顔を赤くしてうつむいていた。学校では距離をおき、みんなのいる前では言葉をかわさないようにしよう、という取り決めが暗黙のうちになされた。

当時、僕が暮らしていた父方の祖母の家は、巨大な日本家屋の平屋だった。いくつも和室が連なって、親戚《しんせき》たちが二十人も三十人も集まれるような広さがあった。しかし住んでいたのは僕と父と祖母の三人だけで、ほとんどの部屋はがらんとしている。

僕の部屋は南東の隅にあり、直接に外へ出られるような縁側まで備えている。ある日曜日、そんな僕の部屋のガラス窓を風子がたたいた。

「マキヲくん」

石油ストーブにのせた薬缶の蒸気でガラスは曇っていた。白い霞《かすみ》のむこうに、風子のほっそりした輪郭があった。

「ああ、いらっしゃい」

ガラス窓を開けると、風子の抱えている黒色のゴミ袋が目に入った。ひとかかえもあるゴミ袋のなかで、もっさもっさとなにかがうごいている。

「ちゃんと空気穴も開けたよ。むきだしではこんでたら、だれかにばったり会ったときいけないから」

風子はゴミ袋の口を開けて、なかから首なし鶏の京太郎を出した。翼と足をぐりぐりとうごかしながら、京太郎は僕の部屋の畳に下り立つ。ストーブから距離をおいた場所をあるきまわった。

「風子も中に入って」

「おじゃまします」

靴を脱いで縁側から室内に入り、彼女はほっとした表情で息をもらす。

「はあ、あったかい」

刺すような冷たい風で、頬や耳が赤くなっていた。今日も薄いピンク色のセーターに軍手という格好である。ストーブで体をあたためるように僕はうながしたけれど、風子は遠慮して窓際に正座し、部屋をきょろきょろと見回していた。何度目かの来訪なのに彼女は今日も緊張していた。

「ゴミ袋にかくして連れてくるなんて」

「変だったかな」

袋には鉛筆かなにかで開けたような穴がいくつか開いていた。

「ごめんね、暗くて怖かった？」

手斧によってつくられた切断面の黒ずんでいる肉の部分に彼女は話しかける。

「首から上がないんだから、暗いだなんておもってなかったとおもうよ」

「そうかな」

「そうだよ」

と言いつつも、頭部の消えた鶏が、いったい何をかんがえながら生きているのか、僕には想像もできなかった。京太郎は時折、前かがみになって、地面の餌をついばむような仕草をする。真っ暗闇のなかに餌の幻影を見て、反射的に以前とおなじようなうごきをしているのだ。かつて、マイクも似たうごきをしていたと、記録がのこっている。

【首なし鶏マイク】の記事が掲載されている本を風子に読ませ、それから京太郎に水と餌をあげる練習をした。

「ほら、こうするの」

風子はコップの水をストローで吸い上げ、京太郎の首の切断面に開いたちいさな穴の上へともっていく。たぶんそこが食道なのだろう。水を注ぎこむと、こぽ、こぽ、とあぶくをたてながら水は首なし鶏の体内へ吸いこまれていった。

「ね、かわいいでしょう?」

「かわいくはないよ」

「餌もだいたいこんな感じ。つまんで穴の中に入れてあげる」

風子の持ってきた粉状の鳥の餌を実際にあげてみる。指でつまんで、黒ずんだ切断面の穴へと落とした。後に祖母が死んでお焼香したとき、京太郎に餌をあげているときのことをおもいだしたものである。

「でも、ほんとうにだいじょうぶ？　見つからない？」

「まかせて。お父さんにも、お祖母ちゃんにも、部屋には入らないように言ってあるから。風子は毎日、ここに様子を見に来ればいいよ」

風子はこれまで、だれも来ない雑木林のなかに、材料をよせあつめて囲いを作り、そこで京太郎を飼っていた。しかし、雪のちらついていたあの日、囲いが風でこわれて逃げ出してしまったのである。「このまま雑木林のなかで飼うなんて無理がある」と僕は主張した。だれがやってくるかわからないし、囲いを修理しても、いつまた逃げ出して人の大勢いる場所に行ってしまうかわからない。そこでためしに、僕の部屋で飼うことを提案したのである。

「こいつなら鳴かないし、とっても静かだから、きっと気づかれないよ」

もっとも、京太郎自身には鳴き声をあげたい気持ちがあるらしく、切断面の穴から、しゅこおお、しゅこおお、と空気のもれる音がする。そこに手をかざしてみると、肺から送り出された息が手のひらにあたってこそばゆい。本人は立派に鳴き声をあげているつもりなのだろう。

「だけど、フンもするよ？」

「あ、そうか。首から上がないくせに、フンもするのか」

「そうだよ。生きてるんだもの」

首なし鶏の京太郎は、ちょんちょんと小刻みにジャンプするように、僕の部屋のなかを移動する。頭部が欠落しているその姿は異様である。翼の生えた丸い塊が、細い二本の足にささえられて立っている。風子はそれを見て、目をほそめた。

「かわいいなあ」

「どこらへんが？」

「まるで、天使みたい。白いふわふわに、翼があるんだよ？」

風子のうすい頬の内側でふくらみが移動し、からり、とビー玉の音がした。

その晩、フンが布団の上にちらばったけれど、それ以外は問題なさそうだった。家が広く、父の部屋も、祖母の部屋も、離れた場所にあったので、京太郎が翼をうごかしてうごきまわっても騒々しい気配はつたわらないようだ。

夜中に目がさめたとき、京太郎が縁側の窓ガラスを足の爪でひっかいていた。窓から入る月明かりが、首から上の存在しない、白色の鶏を闇の中にうかびあがらせていた。外へ行きたがっているのだろうか？　いや、そう見えるだけだ。こいつは頭がないのだから、「外へ行きたい」などとおもうわけもなく、たまたま窓をひっかいていたのだろう。だけど僕は気まぐれにすこしだけ散歩させてみることにした。

逃げていかないように、そいつのそばをくっついてあるく。竹垣にかこまれた家の敷地をぐるぐるとさまよっている姿は、まるで、うしなった自分の首を捜しているようだった。首なし騎士デュラハンの言い伝えみたいに。

「おまえの頭、どこにあるんだろうな。風子のおばさんが、きっともう、捨てちゃったんじゃないかな」

さまよっている首なし鶏に、僕は話しかけた。

風子は毎日、僕の家に遊びにきて、京太郎をかわいがって帰っていった。やがて父や祖母とも顔なじみになり、僕たちといっしょにいるときだけは、くつろいだ表情をするようになった。彼女がうちに来ると、いつも祖母がお菓子を持ってきてくれた。その気配を察すると、京太郎を押し入れにかくし、僕と風子はトランプでもやっていたかのように取り繕った。祖母が部屋を去ると、風子は僕に許可をもとめてから、すこし恥ずかしそうにお菓子へ手をのばす。彼女は満代から充分に食事を与えてもらっていなかったので、いつもおなかをすかせていたのである。

僕と風子と首なし鶏とで散歩に出かけることもあった。人の来ない寂しい行き止まりの道を選んで、翼の生えた白い塊を解き放った。からり、ころり、と口の中でビー玉をころがしながら、やせほそった風子は、ゆらゆらと京太郎の後ろをついてあるいた。今にも消えてしまいそうな儚《はかな》さが風子にはあった。荒涼とした冬の大地をゆく、白い首なし鶏と少女の姿は、幻でも見ているかのようだった。

3

ある日、おつかいをたのまれて村外れのちいさなスーパーに行ってみると、そこに満代がいた。彼女は肥満体の大女である。棚と棚の間を窮屈そうに移動しながら、無表情に大量の缶詰を買い物カゴへぶちこんでいた。フケのひっかかっている長い黒髪は皮脂でてかっており、ご近所の人と顔をあわせてもあいさつをしない。しかし僕を見つけると、急に方向を変えてちかづいてきた。

「あんただね、うちの風子をたぶらかしてるのは」

怒りに満ちた顔で満代は言った。その目の濁った黒色に僕はおぞましさをおぼえた。まるで底なしの洞穴に見つめられたような気分である。満代はそこらにいる男たちよりも背丈があり、熊に威嚇されたような恐怖を感じた。

買い物カゴで僕を何回も突き飛ばしながら満代は言った。

「おい、なんとか言いなよ。風子とは、どこまでいったんだい」

僕はついにたまらなくなって、その場をはしって逃げ出した。うしろから満代の笑い声が聞こえてきた。

当時、僕は満代の存在が憎らしかった。風子は痣《あざ》をつくって学校へ来ることがおおく、階段で転んだと先生には言い張っていたけれど、実際は叔母が手をあげていたのである。満代が風子をいじめていた理由はなんだろう。美人だった姉へのコンプレックスが原因だったのではないかとも言われている。風子の整った顔立ちは母親ゆずりであり、姪《めい》の姿を目にするたびに満代は姉を重ねていらついていたのではないか。

「痣のこと、先生に言ったほうがいいよ」

「だめ。しゃべったってしられたら、おばさんが怒るにちがいないもの」

首なし鶏の散歩をしながら僕たちは話をした。京太郎は黒ずんだ切断面をさらして、霜の降りた畑の上を跳ねるようにすすむ。

「おばさんを殺そう。強盗がやったように見せかけるんだ」

風子は困ったような顔をした。

「だめだよ。私が、がまんしていればいいだけなんだ。大人になったら、きっと自由になれる。それまで、ひどいことがあっても、口ごたえせずにじっとしているの。嵐が通りすぎるのを待つみたいにね」

後に僕は、風子の言葉なんて無視すればよかったと後悔する。

ある日、学校に来た風子は、右目のまわりに痣をつくっていた。みんなからは「ブス！」とからかわれてうつむいていた。夕方になるといつものように僕の部屋をたずねてきて、愛《いと》おしそうに首なし鶏を抱きしめていた。

「お祭りの縁日で、お母さんがひよこを買ってくれたの。それが京太郎」

風子が話してくれた。

「お父さんが、鶏小屋をつくってくれたんだよ。お母さんとお父さんと三人で育てておおきくしたの……。あれ？　この子、ふとった？」

体つきがふっくらして、京太郎は以前よりもおおきくなっていた。そういえば首なし鶏マイクも、雑誌や新聞にとりあげられてちやほやされているうちに、餌をたんまりともらって、体重が四倍に増加したという。首をうしなっても健康的に生きられるなんて不思議なものだ。

ストローで水をのませ、お焼香をするみたいに餌をあげた。黒ずんだ切断面の穴が、食料を取りこむたびにひくひくとうごいた。僕たちはそれからストーブの前で漫画を読んだ。からり、ころり、とビー玉を口の中でうごかしていた風子は、漫画に熱中するあまり、おもわずそれを飲みこんでしまった。突然、彼女がむせはじめたので何事かとおもった。結局、ビー玉は胃袋におさまってしまう。

「あー、くるしかった……」

すこし照れながら風子は言った。はげしく咳《せ》きこんだせいで、目や鼻が泣きはらしたようになっていた。

日が暮れる前に帰らなくてはならなかったが、心配だったので家まで送ることにした。彼女の家はちいさくて古い一軒家である。雑木林にかこまれた辺鄙《へんぴ》な場所に位置していた。二人でならんであるきながら、顔の痣ができた経緯《いきさつ》について話を聞いた。しつけと称して満代が風子をたたいたそうである。しかられるようなことをしてはいないのに、なにかと理由をこじつけて、満代は手をあげるのだ。

家の前まで来て、僕たちは足をとめた。窓に明かりがともっている。家のそばに鶏小屋があった。今はもうからっぽだが、餌箱はそのままのこっている。

「お父さんがこれをつくったの？　上手だね」

鶏小屋をながめながら僕は言った。しっかりとした作りである。

車庫に白色の乗用車がとまっていた。空いたスペースに様々な荷物や農作業の道具が置かれている。そのなかに手斧を発見した。刃の部分の黒ずんだ汚れは、京太郎の首を切断したときの血だろうか。しばらくの間、無言でよりそっていた。そのうちにあたりが暗くなってくる。僕たちはわかれることにした。

「マキヲくん、ありがとう、また明日ね」

玄関先で手をふる風子の姿が、薄闇のなかでぼんやりと見えた。僕は彼女に背中をむけてあるきだす。雑木林にはさまれた道は街灯もない。あるいているうちにあたりは真っ暗になり、風子と、風子の家は、濃い闇をはらんだ雑木林のむこうに消えてしまった。

翌日、水野風子は学校を休んだ。僕の部屋をたずねてくることもなかった。その次の日もだ。二日目の昼間、先生がクラスメイトたちに風子の休んでいる理由を説明した。彼女は急に転校が決まったのだという。彼女を引き取りたいという親戚が現れて、すでに引っ越してしまったそうだ。

嘘だ。あんなにかわいがっていた首なし鶏を僕にあずけたきり、一切のあいさつもせずに行ってしまうなんてことあるだろうか。それとも、あいさつに立ち寄る時間がないほど急に旅立たなくてはならなかったのだろうか。

一日の授業がおわって解放されると、彼女の家にむかった。あの満代のもとから逃れられるのなら親戚に引き取られるのは良いことだ。しかし、嫌な予感がすこしだけ頭をかすめていた。

雑木林にはさまれた道を抜けて風子の家が見えてくる。玄関にちかづいて、古いインターホンを押してみたが、音の鳴った様子はない。こわれているようだ。扉をたたいて声をあげた。

「ごめんください。風子さんのクラスメイトのマキヲです」

返事はない。あたりを見回す。車庫に車はなかった。ほんとうに引っ越してしまったのだろうか。叔母の満代も家を留守にしているのは、風子を引き取る親戚の家まで付き添って行ったせいだろうか。そうかもしれない、と僕は納得しはじめる。それならいい、そのほうがいい、と。

家の前でうつむいて、しばらくじっとしていたが、ふんぎりがついてその場をはなれようとした。冬の冷たい風が、からっぽの鶏小屋の扉をうごかして、きい、と音をたてた。餌箱が壊れてひっくりかえっている。だれかがそこで暴れたみたいに。

「風子! ほんとうに、いないのか!?」

何だか嫌な予感がした。もうすこしだけ、しらべてみよう。家のまわりをあるきながら、彼女の名前を呼んだ。

小さな窓が開いている。位置的に、浴室だろうか。ためしにちかづいて、中をのぞいてみる。

浴室の壁に手斧がたてかけられていた。きれいな刃である。洗って干されているような印象だった。どうしてこんな場所に手斧が? ぼろぼろのまな板や、からっぽになった粉洗剤の容器もある。そして排水口のそばに、光を反射させているちいさな球体がころがっていた。

からり、ころり。

風子のうすい頬が内側から押されてもりあがり、歯にあたって鳴る音をおもいだす。

排水口のそばにころがっているのは、風子がいつも口にふくんでいたビー玉だった。

4

自宅から警察に電話をする。自分の名前と住所、そして風子の家で見たことを説明して、すぐに来てほしいという旨を告げた。祖母が僕の蒼白《そうはく》な顔を見ておどろいていた。

僕は自宅の玄関先で警官にあれこれと質問をうけた。

「きみは悪い子だ。勝手に家の中をのぞくなんて」

「そんなことといいから、風子の家に行って家の中をしらべてよ。おばさんを捜して事情を問いただしてほしいんだ。風子は、お風呂《ふろ》場でばらばらにされてしまったんだよ。だからビー玉がころがっていたんだ。飲みこんで、おなかのなかにあるはずのものが、お風呂場にあるもんか」

大人たちはだれも僕の言い分を聞いてくれなかった。顔をしかめ、気味のわるいものを見るように僕を見た。

「おばさんはひどいやつなんだ。ずっと前から風子をいじめていたんだ。風子がかわいがっていた鶏の首を、目の前で切り落としたことだってあるんだ。手斧がすっかりきれいに洗ってあったのは、人に見られてはいけない汚れがついていたからだ」

「きみはわるい夢でも見ているんじゃないか。ふつうの大人が、子どもの見ている前で、かわいがってる鶏の首なんかはねるわけがない」

警官が僕を諭すように言った。

「じゃあ見せてあげるよ。証拠をもってきてあげる」

奥まった場所にある自分の部屋に入る。白色の羽根と鶏のフンが畳の部屋に点々と落ちていた。京太郎は勉強机の下にいた。二本の足を隠すようにうずくまっている。首の切断面の肉が黒ずんでいるという一点をのぞけば、全身が純白である。そいつは切断面のちいさな穴をぱくぱくとうごかしはじめた。押し出された空気が穴を通って出てくる。鳴いているつもりだろう。僕はそいつを抱えて玄関先にもどった。

警官が水野風子の家におもむき、車庫に滴っていた血の形跡を発見したのは深夜のことだった。車のトランクから風子の血がもれていたのである。凍てついた砂利道にそれは点々とつづいており、それをたどることで行き先がわかった。次の日、車は発見された。山奥のだれも来ないような場所に車は停められており、その付近で満代が、バラバラになった風子の体を焼いていたという。

燃え盛るドラム缶に、黒色のゴミ袋をほうりこもうとしているところを、満代は警官に呼び止められた。彼女は袋を投げつけて、わめきながら逃げはじめた。足はおそかったが、腕の力はつよく、警官がしがみついてもふりほどかれた。猛獣のような顔で抵抗する満代に、警官はおびえてなかなかちかづけなかった。しかし何人かの応援が駆けつけて、ようやく満代を身動きできない状態にすることができた。

満代の誤算のひとつは、ゴミ袋に穴が開いていたことだ。彼女は死体から血が漏れないようにゴミ袋でくるみ、車のトランクに載せて山奥にはこんだ。ゴミ袋に穴が開いていなければ、血が漏れて路面に目印をのこすこともなかっただろう。

その穴が風子自身の開けたものだと僕はしっている。部屋に首なし鶏をはこんでくるとき使用したゴミ袋を、風子は元の場所にしまっておいたのだ。それを満代はしらずに使用したというわけだ。首なし鶏が窒息しないように開けておいた空気穴によって、満代は居場所を告発されたのである。

後に聞いた話によると、風子は凍死だったらしい。一晩中、鶏小屋に閉じこめられていたせいで、寒さにより死んでしまったそうだ。

逮捕後の満代の供述は支離滅裂だった。根気強く警官が問いただし、その夜について詳細がわかった。その晩、いつものように難癖をつけて、彼女は風子をしかりつけた。鶏小屋に入れて、逃げないように鍵《かぎ》をかけた。いつもなら風子は、寒さにふるえながら、すぐに泣いて許しを求めた。しかしその日はちがった。

満代のことをあわれむかのような目をして風子は言った。

「おばさんはいつも、私のたいせつなものをうばっていく。でも、これはうばえないものだよ。私の中に生まれた、この感情だけは、おばさんにも絶対に取りあげられないものなんだ」

感情？

風子が守った感情とは一体、何だったのだろう。僕が抱いているものとおなじものだろうか。

風子が泣いてあやまらないので、満代は彼女を鶏小屋へ放置した。結局、風子はたすけを呼ぶことなく、泣くこともせず、体が冷たくなった状態で朝をむかえたという。

水野風子に関する事件は、しつけの行き過ぎがまねいた殺人として、ほんの一時期だけ世間をにぎわせた。しかし首なし鶏の京太郎については媒体への露出を許さなかった。近所の者にも見せることなく、僕の部屋のすぐ傍に鶏小屋を設置してひっそりと育てた。そのうちに首なし鶏は、たんなるうわさ話となった。

夜になると、鶏小屋が騒々しくなり、眠りから起こされた。その度に僕は、あくびをしながら上着に腕を通し、縁側から外に出る。鶏小屋からそいつを出して、外を自由にあるかせた。そいつが外へ行きたがっているように見えるのは、たぶん僕の気のせいだ。そいつには、頭なんてないのだから。だけど僕は、そうしたかったのだ。

月明かりのなかで、翼の生えた白い塊を僕は追いかける。祖母の家の敷地を抜けて、風子といっしょに散歩をした場所を通り、何も植えられていない畑のなかをさまよった。うしなった首を捜しまわっているように見えなくもない。そんな風におもうのは、僕がそうだからにちがいない。

満代は拘置所で自殺した。職員が目を離した隙の出来事だった。彼女が話さずに墓場へ持っていったことがいくつかある。そのうちのひとつが、風子の首の行方である。

彼女は風子の死体を浴室で解体した。しかし、彼女が逮捕されたとき、風子の首だけは見つからなかったのだ。燃え盛るドラム缶の炎を消して、中を調べてみたが、頭《ず》蓋骨《がいこつ》らしきものは見当たらなかった。車につまれていたスコップに、この村の地面の土がついていたことから、頭部だけどこかへ埋めたのではないかと言われている。大勢の捜査員が風子の頭部を捜したけれど、まだ見つかってはいなかった。

僕も彼女の首を捜して村中をあるきまわった。雑木林の中、畑の中、川のそば、山の斜面など、掘り返された跡がないかを注意深く観察して一日をつぶした。昼も夜も関係なかった。おもいついたときに家を出て、凍てついた地面を、すこしの異変も見逃さずにあるくのだ。祖母や父、先生たちが僕のことを心配した。しかし風子の首さえ見つかってしまえば自分はすっかり元通りの状態になるだろう。僕にひつようなのは風子の首だった。ふるえるまつげと、形のよい目元、乾燥してひびわれて血をにじませたくちびるの、水野風子の首だった。

「京太郎」

と、僕は首なし鶏に話しかけた。

「どこへゆくんだ？　どこへゆけばいい？」

夜の冷たさのなかに、息が白くたちこめた。村に街灯は数えるほどしかない。そのため、晴れていれば空には無数の星が浮かんで見えた。まるでふりそそぐような星空の下を、僕と首なし鶏は、どこにでもゆきたい方へゆく。茫漠《ぼうばく》として寂しい地上が、見わたす限りにひろがっていた。首をうしなった鶏とともに、僕はいつまでも、夜をさまよいつづけた。

子どもを沈める

山白朝子

1

私の高校時代のクラスメイトが赤ん坊を殺した。

すこしたってまた別の友人が赤ん坊を殺し、さらにまた別の友人が自分の子を殺害した。

高校時代、私の家庭環境は最悪で、父は外に愛人を作り、母は昼間からお酒を飲んでいた。私の心はすさみ、大人たちを憎み、不良とつきあうようになった。当時の友人には万引きや暴力事件で補導される者もいた。その中に私がよく行動をともにした女子グループがいた。渡辺恵子《わたなべけいこ》、岡村香澄《おかむらかすみ》、藤山幸恵《ふじやまゆきえ》の三人だ。彼女たちがそれぞれ、自分の産んだ子どもを殺したのである。

渡辺恵子は、一歳に満たない女の子をお風呂《ふろ》に沈めたという。

岡村香澄は、生後三ヶ月の男児の首をしめてゴミ袋に入れ燃えるゴミの日に出そうとした。

藤山幸恵は、出産から十ヶ月後に、赤ん坊をマンションのベランダから地面にむかってたたきつけるように投げ落とし、そのまま自分も身を投げた。赤ん坊は助からなかったが、彼女は一命をとりとめたという。

育児ノイローゼだったのだろうとみんなは言う。彼女たちは高校卒業後に連絡を取りあっておらず、事件につながりを見いだせなかった。それぞれ別個の出来事として処理されたのだ。

高校卒業後に一人暮らしをはじめて、私は彼女たちから距離を置いていた。三人が結婚し、出産していたこともしらなかった。彼女たちのことは、東京で偶然に遭遇した顔なじみがおしえてくれたのである。

高校時代をいっしょに過ごした仲だ。私は彼女たちのことを気にかけてあげるべきだろうか。連絡を取りあい、悩み事の相談に乗っていたらこんなことにはならなかったのではないか。だけど気が進まなかった。私は、当時の自分が嫌いだ。大人への反抗心ばかりをエネルギーに私は空回りして、その果てに、大変な罪をおかしてしまった。

当時、住んでいたところは、河川工事のためのダンプカーが土埃《つちぼこり》をあげながら行き交い、不良たちが資材置き場で煙草を吸っていたりするような、殺風景で何もない町だった。どんよりとした閉塞《へいそく》感が立ちこめている行き止まりのような場所だ。夫にもそのころの写真を見せたことはない。当時の私が写っている写真は焼いて捨ててしまった。もしも当時の写真を目にすれば、今の私とのギャップに夫はおどろくだろう。

私あてにそれが届いたのは、結婚して新居に引っ越しをしたころのことだった。実家あてに手紙が届いていたらしく、母の再婚相手の男性が、何かを察して転送してくれたらしい。手紙は便せん数枚にわたって書かれていた。差出人は藤山幸恵。赤ん坊をマンションのベランダから投げ落としたという、高校時代の友人である。

＊

吉永《よしなが》カヲル様

お久しぶりです。私のこと、おぼえていますか？

高校でよくいっしょにあそんだ、幸恵です。

あのころは楽しかったね。つらいこともあったけど。

急にこんな手紙が届いて、おどろいていることでしょう。

ずっと連絡を取りあっていなかったから、こんな風に手紙を書くのも気恥ずかしいです。

カヲルは私たちのグループの中でも、すこし特殊だったしね。
他に居場所がなくて、私たちの後ろをしかたなくついてきているような感じ？
カヲルに連絡を入れるのをためらいました。
あのころのことを、おもいだしたくないはずだから。
でも、あなたが結婚するという話を耳にして、こうして手紙を書いています。
どうしても伝えたいことがあります。
だけど、その一方で、あなたなら大丈夫かもしれないという期待もあるのです。
もし、そうなら、しらないままの方がいい。
私たちが生田目《いくため》頼子《よりこ》にしてしまったことは、許されるものではありません。
ですが、あなたはすこし距離を置いていた。
私たちのすることを後ろで見ているだけだった。
その罪も、いくらか軽減されていることでしょう。
彼女も、あなたは無関係だったと、おもってくれているかもしれないし。

＊

手紙には続きがあった。だけど私は中断して目をつむる。便せんをそのまま折りたたみ、机の引き出しの奥に突っ込んで忘れてしまうことができたらどんなにいいだろう。彼女からの手紙は、私が記憶から消し去ろうとした過去そのものだ。当時の臭い、空気感、様々なものが蘇《よみがえ》って、嘔吐《おうと》しそうになる。

生田目頼子。彼女の名前、おびえた表情、何もかもおぼえている。心臓を冷たい手でつかまれたような気がして、胸をおさえる。救いを求めるような彼女の目が脳内をちらついて離れず、高校卒業後、振り切るように新幹線へ乗りこんだ。彼女にまつわる一切から逃げだそうとして東京に出てきたようなものだ。

暗い顔つきの女子生徒だった。家が裕福ではなかったのだろう。生田目頼子の制服はいつもしわくちゃで、ところどころに染みの汚れがあり、そのことで笑いものにされていた。暇つぶしに彼女を標的としたのが、クラスメイトの渡辺恵子、岡村香澄、藤村幸恵である。私も部外者ではない。仲良くしていた三人と行動をともにすれば、否応《いやおう》なくその場に居合わせるのだから。

彼女は目の下に小さな三つのほくろがあり、くちびるはうすく、何かを命じられると、こわばったように引きつった顔をした。大人に対する嫌悪感といらだちの反動だろうか、彼女のように弱々しい女子生徒を目にすると自分の中にも嗜虐《しぎゃく》心らしきものを感じたのは確かだ。

ある日、特に気性のはげしい渡辺恵子が、女子トイレに彼女を呼び出して他の者たちにおさえつけさせた。渡辺恵子には逆らえない雰囲気があった。彼女の恋人は町でそれなりに力を持っているチンピラだったからだ。渡辺恵子は私たち一人一人に、生田目頼子の制服を汚すように命令した。全員を共犯関係にしたかったのだろう。今後のことをかんがえて、私は生田目頼子に、雑巾《ぞうきん》を浸したバケツの水をかけた。女子トイレの床にしゃがみこんで懇願するように私を見るずぶ濡《ぬ》れの彼女をおぼえている。

それから何ヶ月か経過した冬、生田目頼子が学校に来なくなり、リストカットをくり返しているという噂が聞こえたかとおもうと、その翌週に葬式が行われた。彼女の棺《ひつぎ》のそばには様々な動物の形に折られた折り紙が飾られていた。唯一の趣味だったのだと彼女の母親が話していた。死因は自殺。自室で首を吊《つ》ったのである。

私たちは戸惑い、恐怖し、虚勢をはった。友人の一人、岡村香澄は彼女の死を聞いて笑っていたけれど。岡村香澄はそういう子だった。おまけに父親が学校に対して発言力のある人で、生田目頼子の家族が、娘の死はいじめによるものだと主張したものの、岡村香澄の父親によってもみ消されてしまった。私たちを罰する教師はいなかった。私たちの人生は守られたのだ。私が嫌悪感を抱いている大人の力によって、もっとも忌むべき形で。

生田目頼子の話をする者はいなくなり、はじめからいなかったかのように学校ではあつかわれた。私たち四人のグループは次第によそよそしくなり、積極的な交流を持たなくなったまま卒業の時期となった。

上京後、彼女のことを忘れるために生活態度をあらためた。大人に対する反抗心も消えた。岡村香澄の親の権力によって守られたとき、私を構成していた様々な柱は崩れ去ったのだ。そういう過去があったことを隠しながらバイトを探し、資格をとるための勉強に励んだ。今の夫とは職場で出会ったが、私が高校時代にしてしまったことをしらない。

2

あの時にもどれたら、そして彼女にあやまることができたらと、後悔しかありません。

私たちは若く、何が良くて、何が悪いのかが、当時はまだわかっていなかった。

彼女の泣いている様を見て、たのしんでいた。

その行いが今の状況を引き起こしたのだとおもいます。

私は病院でこの手紙を書いています。

あなたにも伝わっていることとおもいますが、自分の子どもを殺してしまったのです。

渡辺恵子も、岡村香澄も、産んだ子どもを自分の手で殺しました。
私たちは、愛する存在を抱っこすることは二度とないのです。
私の子は女の子でした。
この世に生を享《う》けた瞬間の幸福な感情は今もはっきりとおぼえています。
母乳を飲ませて、おむつを交換し、そのちいさな存在に寄り添って眠りました。
だけど、しばらくすると娘に違和感を抱くようになりました。
その子の顔が、私にも、夫にも似ていないのです。
新生児だからそう感じるのだろう、そのうちに似てくるのだろう。
そうおもいながら数ヶ月が経過しました。
だけど私は薄気味わるいものを感じるようになっていました。
目鼻立ちが、かつて見たことのある女子生徒の顔に似ている気がしたのです。
私たちに救いを求めて懇願していた彼女の顔に。
十数年の時間をこえて私は自分の赤ん坊として彼女と再会したのです。
はじめのうちは気のせいだとおもいました。
ですが、腕に抱っこしているときも、母乳を吸わせているときも……。
やはり娘は生田目頼子の顔をしているのです。
夫にそのことを話してみました。

育児でつかれているのだろうと心配そうにするだけでした。

罪悪感のせいで、私にだけ赤ん坊の顔がそう見えるのだろうか。

私はかつての同級生に打診し、生田目頼子の写真を取り寄せました。

写真と赤ん坊の顔を見くらべてみました。

今度は夫も顔をこわばらせながら、娘と生田目頼子がよく似ていることを認めてくれました。

遺伝子検査を行ってみました。

生物学的にも、娘は、私の子でした。

しかしその顔は、かつて私たちのせいで自ら命を絶った少女のものでした。

私はいつしか娘を愛することができなくなって、
娘がその顔を真っ赤にさせて泣いているときも、
私は、かつて自分のしたことを責められているような気がして、
おそろしくなり、耳を塞《ふさ》ぐようになりました。

それでも最低限の世話をつづけられていたのは、夫が私をはげましてくれたから。

過去の罪の告白を真摯《しんし》に聞いてくれたおかげです。

そんなある日のことでした。

私は、娘の背中に赤色の染みのようなものを見つけたのです。

よく見ると、その部分はかすかに肉が盛り上がっていました。

ふと、高校時代のことをおもいだして、その正体に私は気付いたのです。

私は、渡辺恵子に命令されて、生田目頼子の背中に煙草の火を押しあてました。

彼女は熱がって、涙を流しながら身をよじっていました。

娘の背中の染みは、ちょうど私が、彼女に煙草を押しあてた箇所と一致しているのです。

それに気付いたとき……。

まだ零歳《ゼロ》の娘が、私の顔を見て、よりいっそう、はげしく泣き出したのでした。

母親の顔を見れば、普通は安心して泣き止《や》むものでしょう？

だけど、まるでおそろしいものを見るような目つきで、娘は、私を見たのです。

気付くと私は、娘を腕に抱いてベランダに立っていました。

地面にむかって投げつけると、娘は赤色の染みになりました。

それから私も飛び降りました。

生きのびたことは、幸せなことなのか、不幸なことなのか、わかりません。

渡辺恵子と岡村香澄の身にも、似たようなことが起きたのではとかんがえています。

二人のことを知ったのは、私が子どもを殺した後のことでした。

私たちは、生田目頼子によって復讐《ふくしゅう》されているのでしょう。

私たちには、愛する者を腕に抱く権利などないのだと、そう彼女は言っているのです。

あなたもまた私たちと同じようなことになるかもしれない。

そのような危惧《きぐ》から、このような手紙を書かせてもらいました。

最後まで読んでくれてありがとう。

藤山幸恵

＊

手紙を読み終えてベランダへ出た。指先が冷たくなっている。書かれていることがすべて真実であったなら、彼女が私に伝えたかったことは、おそらく次のようなことだろう。

「あなたは赤ん坊を産まないほうがいい。自分たちのようになるかもしれないから」

その一文はどこにも書かれていない。しかし彼女は、私が結婚したという話を聞き、このような手紙を書くことにしたという。結婚の次に出産というイベントがあることを見据えて、彼女は私にしらせてくれたのではないか。それならば、彼女の手紙は、おそかった。

吐き気をもよおして、私はベランダを離れ、トイレにむかう。

つわりだ。私が夫と急遽《きゅうきょ》、結婚することに決めたのは、おなかの子どもが原因なのだから。

会社から帰宅した夫は、部屋が暗いことにおどろいていた。私は照明をつけるのも忘れてかんがえごとをしていたらしい。彼の顔を見ると涙がこみあげてきた。いつまでもひみつにしていることはできないとおもい、私は彼に悩みをうちあけた。

高校時代の私のふるまいや、命を絶った少女のこと、そして高校時代の友人が次々と赤ん坊を殺してしまったことを話す。藤山幸恵の手紙を見せて、おなかの中にいる子どもをどうすべきかを相談した。つわりがはじまっているとはいえ、妊娠初期なので中絶は間に合うはずだ。しかし夫は、手紙を何度も読み返したうえで、首を横にふる。この手紙だけで中絶するかどうかを決めるのはよくない、と彼は言った。

私は視野がせまくなっていたのかもしれない。確かに、この手紙はすべて藤山幸恵の妄想だという可能性もある。便せん数枚にわたる文章だけで、私の中に宿った生命の生死を決めていいわけがない。藤山幸恵と会って話をすべきだろう。まずは藤山幸恵の現住所を調査するところからはじまった。手紙には彼女の住所や連絡先が見当たらなかったからだ。

ＳＮＳを通じて高校時代のクラスメイトを探し、数名に打診してみた。いずれも友人というほどではないが、会えばあいさつを交わしたという程度の者たちだ。そのうちの一人からすぐに返信があり、何度かメールのやりとりをしていくつかの事実が判明する。藤山幸恵は医療刑務所内で首を吊って死んでいた。

3

新幹線から私鉄へ乗りかえて、殺風景な故郷の町に到着する。帰郷を母には告げていなかった。いまだに私と母の間には深い溝がある。

町は記憶よりもすさんでいた。タクシーで移動する最中、閉店したスーパーや個人商店が取り壊されずに放置されている様をいくつも目にする。高校時代に友人らと万引きした文房具店はまだのこっていた。当時のことをおもいだして罪悪感が胸をちくりと刺す。しかし店をたずねて謝罪するほどの礼儀正しさを私は持ち合わせていない。

ＳＮＳを通じて私はいくつかの住所を教えてもらっていた。タクシーでそれらをひとつずつ回ってみるつもりでいる。手紙をくれた藤山幸恵の実家だけではない。渡辺恵子、岡村香澄の実家の場所も特定済みだった。

彼女たちが刑期の途中であれば、刑務所内で暮らしているはずだ。しかし、心神喪失、心神耗弱《こうじゃく》を理由に減刑されているのであれば、実家にいるかもしれないともかんがえていた。彼女たちに話を聞くことで、藤山幸恵の手紙の何割ほどが真実なのかを推測できるはずだ。しかし私の試みは、すべて空振りにおわった。

渡辺恵子の実家は低所得層の家々がならぶ一角にあった。荒れ果てて、だれも住んでいないのはあきらかだ。近所の人に聞いてみたところ、三年前に彼女が例の事件を起こした直後からこんな状態だという。それ以前は渡辺恵子と夫、赤ん坊、そして彼女の父親が住んでいたそうだ。のこされた家族がどこへ消えたのか、近所の者はだれもしらないという。

岡村香澄の実家はおおきな一戸建てで、高い塀に敷地を囲まれていた。門扉の横のインターホンを鳴らしてみると、品の良さそうな中年女性の声で返事があった。

「どちら様でしょうか？」

私は名前を告げて、高校時代の岡村香澄の友人だと説明した。

「……娘はここにはおりません。どうか、お帰りください」

門が開かれることはなく、再度、インターホンを鳴らしても返事はなかった。

近所の住人によれば、例の事件の後、岡村香澄は離婚され、彼女の父親は企業の会長職を辞任したという。彼女は今も刑務所にいるようだ。

彼女は赤ん坊の首をしめてゴミに出そうとした、という噂しか私は聞いていなかったが、近所の人によれば実際はさらに凄惨《せいさん》な状況だったらしい。赤ん坊は証拠隠滅のために切り刻まれ、ゴミ袋に入れられた。さらにそのゴミ袋を鴉《からす》が漁《あさ》ってしまい、赤ん坊の内臓が路面にちらばり、体の一部が近隣の住宅の屋根の上から見つかったという。

藤山幸恵の実家は駐車場になっていた。SNSで教わった情報は高校時代の古いものだ。近所の住人によれば藤山家は五年ほど前に引っ越してしまったという。

「幸恵ちゃん、子どもを産んですこしたったころから、変なことを言うようになっていたらしいですよ」

そうおしえてくれたのは、藤山家と親しくしていた近所の人だ。引っ越し後も交流があり、藤山幸恵の年老いた母親から電話で相談を受けていたという。

「子どもの顔が、こわいって、いつも見ないようにしていたらしいです。中学か高校のときの、死んだ子にだんだん似てくるって、そんな風におびえてたみたいで。おかしな話でしょう。つかれていたんですよ、たぶん」

彼女は手紙に書いていた内容と同じことを周囲にも話していたようだ。すくなくともあの手紙は、私をからかうために書かれた嘘ではないらしい。彼女は正真正銘、子どもの顔の件で思い悩み、おびえていたようである。

タクシーに乗りこんで私はつわりの苦しみに耐える。運転手に最後の行き先を告げた。SNSで教えてもらっていた住所は全部で四つ。そこへ行くのを後回しにしたのは、十数年間の蓄積された負い目のせいだ。

生田目頼子が住んでいた自宅は、古ぼけた木造の民家だった。外壁はぼろぼろで、庭も荒れており、暗く陰鬱《いんうつ》な雰囲気がある。私はその家を前にして足がうごかなくなった。二階部分の窓に人影を見たような気がしたが、気のせいだったのだろう。ここはすでに空き家なのだから。

近所の人の話によれば、生田目頼子の家族は離散して行方のわからない状態だという。私は、やりきれない気持ちのまま彼女の住んでいた家をながめる。

「あの窓が頼子ちゃんの部屋だったのよ。そこで首を吊ってね。かわいそうに」

近所の人が指さしたのは二階の窓だった。先ほど人影を見たような気がした窓である。私は両手を合わせて頭《こうべ》をたれる。心の中で当時のことを謝罪した。それで自分のしたことが許されるのかどうかはわからないが、今の私にできるのはそれくらいだった。

旅から戻った後、私と夫は生田目頼子の家族の行方を捜した。わからずじまいだったが、彼女のお墓の場所を特定して線香をあげることはできた。

夫と相談して、中絶はしなかった。おなかが目立つようになり、体の中で自分の意思とは無関係に何かがうごくのを感じるようになる。病院で撮影されたエコー写真で胎児の顔立ちを確認したが、写りがわるく、どんな顔をしているのか判断できなかった。私から生まれてくる子は、はたして、どんな顔をしているのだろう。不安になる私を、夫が支えてくれた。

やがて破水した。呼吸できないほどの痛みに耐えながら分娩台《ぶんべん》にあがる。産婦人科医と看護師の指示に従いながら私は赤ん坊を産んだ。事前におしえてもらっていた通り、女の子だった。

やり遂げた充実感と多幸感に包まれながら、看護師に抱えられた赤ん坊を見つめた。

「あら、目の下にちいさなほくろがありますね」

看護師が言った。その瞬間、私の頭をかすめたのは生田目頼子の顔だった。彼女と同じような、目の下の三つのちいさなほくろが、私の赤ん坊にもあった。

生後すぐは顔がしわくちゃで、まだそれほどの違和感を抱かずに娘と接することができた。平気だったわけではない。高校時代の友人たちのことをおもいだして、はたして自分はこの子を殺さずにいられるのだろうかと心配した。母親として、この子に愛情を抱けるのだろうか。このちいさな存在は、自分の子なのだろうか、と。

生物学的には親子だ。自分の体内に宿り、十ヶ月かけて大きくなって私から出てきたものだ。その経緯を肉体的に体験している。しかし、この子の目の下の三つの点は生田目頼子にそっくりだ。次第に彼女の顔へと近づいていったとき、自分の子として受け入れられる自信が持てなかった。

それでも自分たちはこの子を育てなくてはならない。夫はそのように主張した。彼は私よりも多少は前向きに娘のことを受け入れようとしていた。彼は生田目頼子と接点がない。実際に顔を見たわけでもない相手だ。死んだはずの少女に顔が似るという状況に畏怖《いふ》しているようだったが、私とちがって彼女に対する罪の意識や負い目はない。

夫は私に気をつかって、できるかぎり子どもの世話を引き受けてくれた。ミルクをあたためて、おむつを交換し、お風呂にも入れてくれた。できるだけ私と娘が二人きりにならないように配慮してくれた。私がつかれている様子を見せると、会社を休んでくれた。休暇をとれなかったら、会社を辞める覚悟だと夫は言う。私の友人たちが、それぞれ自分の子どもを殺《あや》めたという前例があったので、夫はこの状況を重く受け止めてくれていたようだ。

空気で膨らませたベビーバスで、夫が娘の体を洗っているとき、ふとももに青あざがあるのを見つけた。生田目頼子のふとももにも確か、似たようなあざがあったはずだ。渡辺恵子が上靴の踵《かかと》でつけたものが。そのことを夫に話したところ、赤ん坊にはこのような青あざができるものだと諭される。皮膚の深いところでメラニン色素の沈着がおきることで青色になるらしい。しばらくすれば消えるよ、と夫は言った。しかしその青あざはいつまでも消えなかった。

生後一ヶ月が経過し、娘の顔立ちもはっきりしてきた。目鼻の形状が私とも夫とも異なっている。その顔と生田目頼子を頭の中で重ねてみた。彼女の顔写真は手元に一枚もなかったが、忘れられない忌まわしい記憶として私は彼女の顔をおもいだすことができる。やはり私の娘は彼女にそっくりだった。このちいさな存在は、私の体から出てきたという由来を持っていたが、より本質的な魂の部分は、私たちを恨みながら死んでいった少女のものにちがいない。生田目頼子は死んだとき、その魂をいくつかに分けて、憎しみを抱いていた相手の体にそれぞれ埋めこんだのではないか。

やっぱり私は、この子が怖い。夫に相談する回数が増えた。娘に母乳をあげることもあったが、高校生の生田目頼子が私の胸に吸い付いているように見える瞬間があり、咄嗟《とっさ》に悲鳴をあげて娘を引き離してしまう。愛情を注ぐべき自分の子が、何か得体のしれないものに感じられてくる。あの子と同じ部屋にいるのも嫌だ、だれかに引き取ってほしい。恐怖心からそのように言うと、夫と喧嘩《けんか》になった。

そもそも私がわるい。高校時代に一人の少女を傷つけて死に追いやったことが元凶ではないか。生まれてきた赤ん坊に罪はないはずだ。夫はそう私を責める。喧嘩の後はきまって娘を殺したくなった。この子が生まれてくる前は夫とも良好な関係だったのだ。夫が私につらい言葉をあびせるのは娘のせいだという気がしてならなかった。

4

ある日、夫が会社で残業しなくてはならなくなり、私一人で娘をお風呂に入れた。ベビーバスにぬるま湯を注ぎ、そっと娘を入れる。体を洗ってやりながら、ふと、このまま沈めてしまってはどうだろうとかんがえた。

渡辺恵子がそうしたように、そっと手を放して、赤ん坊が沈んだのを見ていればいい。泣き声もすぐに聞こえなくなるだろう。今のこの状況から解放される。それは魅力的なアイデアにおもえた。こいつさえいなければ。こんな奴、産まなければ。そのとき娘が、女子トイレで私たちにむかって懇願する生田目頼子そのものに見えた。その目は弱々しく、あきらめきったように光をうしない、自分の運命を受け入れていた。彼女はされるがままで、決して抵抗せず、この世界が苦痛に満ちていることを私たちにおしえてくれた。

あわてて娘をベビーバスから引き上げてバスタオルに包んだ。危なかった、というおもいがある。それから目をつむって娘を抱きしめた。腕の中で娘がもぞもぞとうごくのを感じた。

恐怖心を理性でねじふせる。殺すなんて間違っているはずだ。そう自分に言い聞かせる。この子の中に入っている魂が、たとえ生田目頼子だったとしても、いや、だからこそ、殺すなんてことは間違っている。渡辺恵子も、岡村香澄も、藤山幸恵も、選択肢を誤ったのだ。彼女に対して後ろ暗い感情があったから、三人は赤ん坊を手にかけてしまった。私は同じ間違いをおかしてはならない。赤ん坊を殺すという行為は、高校生だった当時、生田目頼子にひどい仕打ちをしたのと同じことのくり返しだ。生田目頼子に対して本当の意味で謝罪する気持ちがあるのなら、別のやり方がきっとあるはずだ。

生田目頼子が自ら命を絶ったとき、何をおもいながら首を吊るための紐《ひも》を用意したのだろう。彼女はなぜ私たちの子どもとして生まれなければならなかったのだろう。これは彼女の復讐だろうか。私たちが愛情を注ぐ対象に、彼女自身が入りこむことによって、私たちの愛を奪い、心を殺しにかかってきているのだろうか。それとも、彼女はただ純粋に、もっと生きていたかったのだろうか。たとえ私たちの子どもに生まれようとも、この世に留《とど》まっていたかったのだろうか。それとも、彼女は私たちに、やりなおすチャンスを与えているのだろうか。

精神科医に相談し、薬の助けを借りながら一年が過ぎた。無事に娘が誕生日をむかえられたとき夫は安堵《あんど》していた。私の友人たちの子どもは誕生日をむかえる前に殺されていたからだ。

適度な距離感から安定が得られるとわかり、ベビーシッターを雇って育児をまかせるようにもなった。そのための出費は惜しまないことにする。生活を質素にして、欲しいものを、がまんする。髪が長くなった娘は、生田目頼子にやはり似ていた。髪質や眉《まゆ》の形など、どこにも私と夫の要素が見当たらない。このまま無事に育てられたとするなら、生田目頼子が命を絶った年齢に娘は近づいて、よりはっきりと顔立ちが彼女のものになっていくはずだ。ほとんど同一人物のように。私はそのとき平静でいられる気がしない。死者といっしょに暮らすようなものではないか。

私と娘の間には、常に緊張感のようなものがあった。おたがいにおびえたように萎《い》縮《しゅく》し、肌を触れさせるのも最小限にとどまった。娘は夫の方によく懐いており、それもしかたのないことだ。

二歳になると、娘は言葉をおぼえた。

「ママ、くさいおみず、かけた」

ある日、娘がそんなことを言った。

「かけた。くさいおみず」

「そんなことしないよ。したことないでしょう?」

「したよ。ママ、こわい」

おもいあたる出来事が、確かにあった。私は高校時代、生田目頼子に雑巾を浸したバケツの水をかけたことがある。高校時代の私がしてしまったことを娘がしっている。自分の顔がこわばるのを感じた。

「そっか、ごめんね。ママがまちがってた。もう、しないからね、そんなこと。だから、安心してね」

娘は警戒するように私を見ていた。それから私は、昼間からお酒を飲むようになった。かつて自分の母親がそうしていたように。

夫と距離ができたのは、私がアルコールの臭いをただよわせるようになったからだ。いつか夫と娘だけで出て行ってしまうかもしれないなとかんがえる。悲しいことだが、そうなったら心は平穏を取り戻せるかもしれない。

娘は折り紙であそぶようになった。二歳とはおもえないほどしっかりした手つきで象やライオンを折る。それらの折り方を、だれからもおそわっていないというのに。そういえば生田目頼子も生前は折り紙が趣味だったとおもいだす。彼女の棺のそばには折り紙が飾られていたはずだ。折られた動物たちに見送られて彼女はあの世に旅立ったのだ。そして今、ここに戻ってきて私の娘となっている。

娘に対する恐怖心を抱きながら、その一方で、母親として彼女を愛そうと努力していた。しかしそれがむずかしい。普通の母子であれば、子どもの寝顔を見たとき、愛《いと》おしいという感情がわいてくるはずだ。しかし私の場合、娘の寝顔を見ても、なぜ彼女が私の暮らす場所にいるのだろうかという異物感が先にある。

夫と距離ができたのとは正反対に、アルコールまみれの生活は、私と母の距離を縮めさせた。私が中高生のときは、酒浸りになっていた母のことが腹立たしく、こんな大人にだけはなるまいとおもっていたから喧嘩が絶えなかった。だけど今、昼から酔った頭で母のことをおもうと無性に会いたくなる。おもいきって電話をしてみたら、母もまた昼からビールを飲んでいたらしく話がはずんだ。

「あんたは子どもを殺したらいけないよ」

電話越しに母は言った。

「私はだめなお母さんだったけど、あんたにむかって暴力をふるったことはないでしょう？」

そのかわり、ほとんど育児放棄気味の状態だったけれど。

「今度、あんたの娘を抱きに行ってもいい？」

「わかった。来て。だけど、全然、私には似てないよ」

「あんたに似なくて良かったじゃない。つまり、私に似てないってことだから」

缶ビールをすするような音が電話越しに聞こえる。十代のころだったら、今ので怒って電話を切っていたかもしれない。

「じゃあ、お母さんは、私の顔が自分にそっくりだとおもっていたんだね」

「嫌なもんだったよ、自分そっくりの娘から、軽蔑《けいべつ》の目をむけられるのは」

「ごめん……」

「どうしたの、いったい。あんた、変だよ。急に電話をかけてくるし」

母は私に愛情を抱いたことがあるのだろうか。愛があったのなら、私が中高生のとき、すさんだ生活をしていなかったんじゃないのか。だけど母には母の人生があり、愛する人からの裏切りを受けて当時は自暴自棄の状態だったのかもしれない。今の私はそんな風にかんがえられるようになっていた。

「あんたのことは、好きじゃなかった」

母が言った。

「だけど今は、あのころにくらべたら丸くなって、話しやすいかな」

「ありがとう。私もそうおもう」

夕食の際、母があそびに来るかもしれない、と告げると、夫が意外そうな顔をしていた。私と母の関係性を夫もしっている。娘に会いたいらしいと説明すると、孫だもんなあ、と夫がつぶやく。しかし数日後、私は事故にあった。

明るいうちから缶ビールを開けていたのだが、昼過ぎに幼稚園から電話連絡があった。娘が高熱を出したのでむかえにきてほしいという打診である。しかたなくタクシーを呼んで幼稚園にむかった。娘を連れて門のところに出てきた先生は、アルコールの臭いをただよわせながら軽い酩酊《めいてい》状態にある私を見て、一瞬、きびしい目をしていた。化粧でかくしたつもりだが、ほんのりと顔も赤かっただろう。娘を引き取って、タクシーの後部座席に乗りこみ、そのまま病院へむかうことにする。娘は私のとなりで、熱っぽい表情をしていたが、私に寄りかかろうとはしない。おそるおそる声をかけて額に手をあてると、確かに熱がある。生田目頼子そっくりの顔が私を見た。

「ママ……」

「なに？」

「きてくれてありがとう」

病院に着いて料金を払い、娘といっしょにタクシーを降りた。すこし離れたところにある駐車場の方で急発進するような音がする。ふり返ると、高齢者ドライバーを示すマークのついた軽自動車が、異様な速度でバックをしながら近づいてくる。タイヤが縁石に乗り上げて弾んだ。後に聞いた話によれば、ブレーキとアクセルを踏み間違えたことによる暴走だったという。軽自動車の後部バンパーが娘にぶつかろうとしていた。気付くと私はかぶさるように前に出て、娘を突き飛ばしていた。

病院で目が覚めたとき、自分がどこにいるのか、何が起きたのかを把握するのに時間がかかった。数ヵ所を骨折していたのでベッドから起き上がることもできず、痛みでうめくことしかできなかった。事故の瞬間の記憶が蘇り、看護師を呼んで、娘は無事だったのかと聞いた。彼女にはかすり傷ひとつなかったと説明をうけて安堵する。安堵している自分の心の動きに気付いて、私は、顔をおおって泣いた。

事故発生時、私は酩酊状態にあった。咄嗟のことで頭も回らなかった。それでも身を挺《てい》して娘をかばうことができたのだ。娘が怪我をしなかったという事実に、胸をなでおろすことができたのだ。そのことが私は、ほこらしい。だから、泣いたのだ。

彼女に対して愛情を抱くことができない、と自分はおもいこんでいた。だけど、いっしょに暮らすうちに、私は母親として、娘に対する愛を育むことができていたのかもしれない。

娘は夫に手をひかれて病室に入ってきた。

「ママ、だいじょうぶ……？」

生田目頼子の顔に似た娘は、心配そうに私の寝かされているベッドへと近づいてくる。

「平気。あなたに怪我がなくてよかった。ほんとうに」

本心からそのことが言える。娘の前髪を指ですくって、顔の輪郭にそって触れた。数日間、私は眠っていた。だからもうすっかり娘の熱はさがっている。娘は顔に触れられてくすぐったそうにしていた。

「生田目さん」

呼びかけると、娘は首をかしげる。

「これから一生かけて、あなたに愛情を注ぐから。それができなかった三人はかわいそうだけど、私が、彼女たちの分もあなたを愛するから」

娘はおどろいたような顔になり、それから目をほそめて、うなずいた。

Wi-Fi幽霊

乙一

1

それを守らなかったせいで、私は大変な目にあいました。

友人二名とN県の山へキャンプに行ったのは、インターネットから離れる目的がありました。参加者は私を含めて全員が女性です。

友人の彼氏がアウトドアの愛好家で、テントやその他のグッズを借りることができました。もう一人の友人が運転免許を持っており、彼女の車で県境にあるキャンプ場へと到着したのです。

渓流沿いの山の斜面を切り開いて作られた場所でした。管理人小屋の他に複数のロッジがあり、テントサイトの近くには料理をするための炊事場がありました。夕飯を作り、夏の星座を見ながら私たちはお酒を飲みました。照明を工夫して料理の写真を撮影しましたが、SNSへの投稿はできませんでした。スマートフォンの画面上部には圏外の文字が表示されていましたから。

深夜近くに寝る準備をしました。テント内は三人の成人女性がぎりぎり横になれる程度の広さです。夏でしたが暑さで寝苦しいということもなく、友人たちは、ほどなく寝息をたてはじめました。しかし私は眠れずに暗闇の中、外から聞こえてくる虫の声や渓流の音に耳をすませていました。

その時、ふと仕事のことを思いだしたのです。キャンプへ出発する直前、取引先の方からメールをいただいていたのですが、準備の慌ただしさから失念していました。受信トレイに保存されていたメールを読み返したところ、その日のうちに職場の先輩あてにメールを転送しなくては迷惑をかけてしまいそうな内容だとわかりました。

どうしよう。ここは圏外です。メールを送信することはできません。迷った末に私は起き上がり、テントを抜け出すことにしました。もしかしたら駐車場付近まで移動すれば電波が入るかもしれないという淡い期待があったのです。あるいは、管理人小屋にＷｉ－Ｆｉルーターが設置されているかもしれない。管理人が常駐しているのなら事情を説明してＷｉ－Ｆｉを使わせてもらえないだろうか。

キャンプ場の敷地の大半は鬱蒼《うっそう》とした茂みになっており、その間を傾斜のある細い道が湾曲して通っていました。所々に照明が設置されていたのですが、その数は足りておらず、視界が黒く塗りつぶされるような深い闇が立ちこめていました。

私は怯《おび》えながら自分のスマートフォンを握りしめて駐車場に移動しました。しかし、友人の車が駐《と》まっているあたりまで行っても、携帯電話会社の電波をつかまえることはできませんでした。

次に私は、管理人小屋の近くに行き、Ｗｉ－Ｆｉの設定を開き、接続できそうなＳＳＩＤを確認しました。ＳＳＩＤとはＷｉ－Ｆｉネットワークを識別するための文字列です。しかし、それらしい電波は存在しません。

キャンプになど来なければ良かった、と後悔しました。ＳＮＳに時間を消費しすぎているという自覚から、私たちはこの山へ来ました。しかし、インターネットから一時でも離れて暮らすことなどできるはずがなかったのです。

その時、画面の表示に変化がありました。深夜の山に、どうやら目に見えない微弱なＷｉ－Ｆｉの電波が飛んでいたようです。私のスマートフォンが、運良くそれをキャッチしたのでした。

ＳＳＩＤ：視ョリ叱聲ヲ戈臣燐ヲ還セ鯡聲

奇妙な名前のＳＳＩＤでしたが、それが表示されるということは、Ｗｉ－Ｆｉの電波が空気中に存在し漂っていることの証明です。文字列の横には電波の強さを示すマークが表示されていました。全体的に扇形をしている見なれたＷｉ－Ｆｉマークです。

三段階に変化するそれは、弱と中の間をゆらいでいました。

私には都合が良いことに、パスワードの入力を求める表示もありません。だれでも接続し利用できるタイプのネットワークのようです。ただひとつ、気になることがありました。液晶画面に表示されているＳＳＩＤの文字列が、時間経過にともない、滲《にじ》んでゆらぐように変化するのです。

ＳＳＩＤ：界ュ叱鯡聲舌色滅ス崖ョ舌影ト

文字の輪郭が潰《つぶ》れて黒ずんだかと思えば、異なる文字へと入れ替わっています。何らかのバグで表示が不安定なのかもしれないと、その時は思いました。それより、今すぐそのＷｉ－Ｆｉに接続しなければ、次の瞬間には儚《はかな》く消えて、二度と画面に表示されなくなってしまうのではないかという焦りがありました。このチャンスを逃してはならないと、私はその文字列を指先でタップし、ネットワークに接続する指示をスマートフォンに与えてしまったのです。

その時のＷｉ－Ｆｉの電波は、どこからやってきて、私の手の中の電子機器と通じていたのでしょう。人間には理解のできない言葉で、私のスマートフォンに囁《ささや》き、どんなやり取りをしていたのでしょう。

ネットワークへの接続が開始されました。画面上部のステータスバーにＷｉ－Ｆｉのマークが点灯したのです。私のスマートフォンは、その時、確かにインターネットと繋がりを持ったのでした。

無料で開放されているＷｉ－Ｆｉの中には、接続した後でメールアドレスの入力を求められるなど、煩雑な手続きが必要なこともあります。しかし、そのＷｉ－Ｆｉは、それらの手続きを経ずにネットの利用ができました。個人が使用しているパスワード設定していないＷｉ－Ｆｉルーターの電波を、私のスマートフォンは探し出してくれたのだろうと思いました。電波のタダ乗りは良くないことではありますが、同じ状況であれば他の人もそうしていたのではないでしょうか。

大急ぎで職場の先輩あてにメールを作成し、取引先のメールの文書を添えて送信ボタンをタップしました。回線速度が低いためか、送信を完了するまで数秒ほど待たされ、やきもきさせられました。しかし、どうやら私のメールは電子の情報となって夜空を渡り、山中のどこかにあるＷｉ－Ｆｉルーターを経由して、無事にインターネットの世界へと送り出されたようでした。

でも、山中になぜＷｉ－Ｆｉルーターがあるのでしょう。キャンプ場の周辺に民家は存在せず、それらしい電子機器が設置されているような施設もありません。そのことを不思議に思いましたが、仕事を終えた安堵《あんど》から、深くは考えないことにしました。

すぐにはテントへもどらず、その場に立ったままSNSやニュースサイトを閲覧することにしました。インターネットへの誘惑から逃れられなかったのです。回線速度の関係で、写真などの画像はなかなか読み込まれませんでした。必要最低限の文字情報だけを先に読み込んでいるせいかブラウザの表示も変でした。それでも記事を読むことに不都合はありません。

私たちがキャンプ場で過ごしている間に、芸能人がSNSでの不用意な発言によって炎上していました。その件について私のフォローしている文化人たちが、SNSで様々な反応をしていました。自分には関係の薄い出来事なのに、私はそのようなインターネット上の人々の営みを見なくては気が済まないのです。自分もまた彼らの暮らす社会の一部に属しているという気がして心地よいのです。

画面を操作しているうちにスマートフォンの反応が鈍くなったように思いました。画面をスライドしようとしても反応しなくなり、ホーム画面にもどろうとしたら、何秒も待たされるといった具合です。

マルウェアに感染してしまったのかもしれない、と思いました。マルウェアとは悪意のあるソフトウェアのことです。暗号化されていないWi－Fiに接続した場合、そういったプログラムが勝手にスマートフォンに侵入してしまうと聞いたことがあります。

怖くなり、すぐさま設定画面を開いてＷｉ－Ｆｉをオフにしました。その途端、文字化け表示のＳＳＩＤは消え去り、インターネットへの繋がりは再び途切れました。すこし寂しい気持ちにもなりましたが、スマートフォンの反応が元通りになったので安堵しました。きっと回線速度が原因で画面表示の遅延が起きていたのでしょう。

木々のひしめいている暗がりの奥で、夏の虫たちが鳴いていました。テントサイトにもどった私は、そっとテントの中に入り、友人二人を起こさないように気をつけながら寝袋に入りました。

スマートフォンは顔のすぐ横に置いて寝る習慣があるのですが、最後に一回だけ画面に表示された時刻を確認し、目を閉じました。その時、画面上部にＷｉ－Ｆｉマークが点灯していたような気がしたのですが、再確認はしませんでした。設定画面でオフにしたのですから、Ｗｉ－Ｆｉが勝手に接続されているはずがないのです。

翌朝、清々《すがすが》しい透明な朝日の中で、私たちは朝食を作りました。炊事場でスモークサーモンとチーズをはさんだホットサンドを作り、湯気の立ち上る熱いコーヒーをチタン製のマグカップに注ぎ、私たちは何枚も写真を撮りました。三人で横並びに座り、自分たちが履いているカラフルなアウトドア用の靴の写真も撮りました。

「沙奈《さな》、夜中にいなかったよね。どこ行ってたの？　トイレ？」

私がテントを抜け出したことに友人たちは気付いていました。香ばしいホットサンドの味を堪能《たんのう》しながら、私は昨晩の経緯を説明しました。仕事のメールを送らなくてはならなかったこと、携帯電話会社の電波を探してさまよったこと、運良くどこかのＷｉ－Ｆｉに繋《つな》がったこと……。

「Ｗｉ－Ｆｉ？　こんな場所に？」

友人はスマートフォンを開き、私が接続したＳＳＩＤを探しましたが、その時は表示されませんでした。

木漏れ日が私たちに降り注いでいました。太陽から降り注ぐ光は電磁波の一種であり、Ｗｉ－Ｆｉの電波とは波長の長さが異なるだけで、本質的には同じものだと聞いたことがあります。電波と電磁波、その二つは同じものです。どちらも、電場と磁場のゆらめきを指し示すものです。電磁波あるいは電波は、宇宙空間を埋め尽くし、地球上と私たちの営みを包み込んでいるそうです。

テントの片付けをしている時でした。私たちは、後でＳＮＳに投稿するための写真を大量にスマートフォンで撮影していたのですが、何気なく自分が撮ったものを見返していたところ、見覚えのない写真が大量に保存されていることに気付いたのです。

数百枚の真っ黒で何も写っていない画像データが、私のスマートフォンの容量をひっ迫させていました。中には、植物の影がぶれているようなものが写っている写真、地面を数センチの距離から接写したような写真もありましたが、明瞭《めいりょう》に被写体がわかるものは、ほとんどありませんでした。だれかの黒ずんだ衣服らしきものが、スマートフォンのレンズに覆いかぶさろうとしているような写真。だれかの髪の毛のようなものが曖昧《あいまい》に輪郭を失った状態で撮影された写真。どれも身に覚えがなく、自分で撮影したものではありませんでした。

気味が悪くなり友人に相談したところ、Ｗｉ－Ｆｉを接続した際、だれかの所有するデータと同期してしまったのではないか、とのことでした。

撮影された写真にはメタデータと呼ばれる情報が埋めこまれているものです。写真を表示させて画面の端のｉのマークをタップすることで、撮影した日時や撮影機材、撮影場所などが把握できるようになっています。

しかし、身に覚えのない画像たちのメタデータを確認しても、すべての項目は空欄でした。もしも私のスマートフォンが操作の手違いでそれらを撮影していたのであれば、そこには私のスマートフォンの機種名が記載されるはずですから、やはりそれらのデータはＷｉ－Ｆｉの電波に乗って夜空を渡り私のスマートフォンへと入りこんだのでしょう。

でも、後になって、ひとつだけわからないことがありました。

キャンプからもどり、マンションの一室で一息ついた後、私は見覚えのない画像をすべて消すことにしたのです。大量に保存された写真のほとんどは、何が写っているのか不鮮明なものでしたが、最後に一枚だけ、ぼやけた状態の中でも被写体が特定できる写真がまじっていたのです。

写っていたのは、テントの中で眠っている私たち三人の寝顔でした。メタデータはすべて空欄であり、私のスマートフォンで撮影されたものではなさそうでしたが、あの窮屈なテントの中で、だれが、いつ、どうやって私たちの寝顔を撮影したというのでしょう。

「佐倉《さくら》さん、例のメールのことなんだけど……」

出社した私にそう話しかけてきたのは先輩でした。

「取引先のメールを転送してくれたでしょう」

「ああ、良かった。無事に届いてたんですね」

「有休だったのに、ごめんね。旅行中だったんだっけ？」

「旅行というか、友だちとキャンプしてました」

「キャンプか……、お酒とか、飲んでた？」

「飲んでましたけど。どうかしましたか？」

先輩の様子が、すこし妙でした。

「佐倉さんからのメールに、変なファイルが添付されてたからさ、あれって何だったのかなって。メールには何も説明がなかったし、もしかしたら酔っぱらって間違って添付しちゃったんじゃないかって思ったわけ」

詳しく話を聞いてみると、先輩に届いた私からのメールに、三十秒ほどの音声データが添付されていたそうです。前半は無音の状態が続き、後半になるとだれかの息づかいのようなものが録音されていたとのこと。息づかいは次第に大きくなり、それから唐突に音声は途切れてしまったようです。

先輩は、私がスマートフォンの操作を誤って自分の呼吸を録音し、メールに添付してしまったんじゃないかと解釈していました。しかし、スマートフォンの送信済みメールを確認してみたところ、私がそのような音声データを添付したという記録はありませんでした。

その日は一日中、仕事で失敗ばかりしてしまい、周囲の人に謝ってばかりいました。

帰路の電車内で私は窓辺に立ち、夕日に彩られる都市の風景を眺めました。一瞬だけ大通りが窓の外に遠くまで見えたかと思うと、線路脇のビルの壁面が窓の外を覆い隠します。斜めに差しこむ西側からの光線は、幾度もビルにさえぎられながら、車内にいる私たちの頬をオレンジ色に明滅させるのでした。車内にひしめく人々はスマートフォンを握りしめ、液晶に表示された情報に見入っていました。

電磁波あるいは電波が、私たちの日常を覆っていますが、それらをはっきりと目で見ることはできません。スマートフォンがどこかと通信しているという事実により、私たちは、透明なそれの存在を知るのです。でも、それらが透明という表現は、私たち人間の身勝手な解釈なのでしょう。なぜなら夕焼けもまた電磁波なのです。太陽の白色光の電磁波が、大気を斜めに通過する時、散乱現象によって波長の短い青や紫の色が取りのぞかれ、波長の長い赤やオレンジの部分が残り、私たちの営みの頭上へと放射しているのですから。私たちの祖先は遠い昔から、色のついた電磁波の空を見上げ、一日の終わりに祈っていたのでしょう。

駅前のコンビニエンスストアで夕飯を購入し、徒歩で自宅マンションへ帰り着いたころ、空は暗くなっていました。窓を閉め切った室内は熱気が充満していたので、エアコンを起動して涼しい風にあたりました。私服に着替え、コンビニエンスストアで購入したものを電子レンジにいれた後、電子レンジ内のマグネトロンがマイクロ波と呼ばれる電磁波を放射しはじめ、食品内の水分子を振動させている間に私はスマートフォンでＳＮＳを閲覧することにしました。

自宅のＷｉ－Ｆｉの感度は良好です。Ｗｉ－Ｆｉの電波は電子レンジと同じ周波数帯のマイクロ波なので、気をつけなければ干渉を起こして通信速度が遅くなりますが、設置場所を離しているので問題がありません。

食事の後、シャワーを浴びる準備をしていた時のことです。室内の電気が一斉に暗くなり、エアコンも停止し、テレビもぷつんと途切れました。どうやら停電のようでした。

突然の暗闇に動揺しましたが、ちょうど手元にスマートフォンがあったので、ライトを起動させて室内を照らすことができました。ベランダに出てみると、周辺の家々や路地の街灯まで暗くなっており、停電がどうやら私の部屋だけのものではないとわかって、すこしだけほっとしました。近隣エリアへの電力供給が途絶えているのであれば、私にはどうすることもできません。再び部屋の電気がつくのを、じっと待つことにしました。

全員がエアコンを起動させるこの時期、電力の需要と供給のバランスが崩れ、突然の停電が起きるかもしれないとニュースで語られていました。特に昨今はＡＩの急速な普及により電力がひっ迫しているのだそうです。ＡＩのサービスを提供する海外の複数のテクノロジー企業が、電力を確保するために原子力発電の活用や投資を進めていると話題になっていました。

夏の夜のぬるい風が、カーテンをゆらめかせながら、せっかく冷やした室内に入ってきました。普段は聞こえる冷蔵庫の音も沈黙し、しんとした暗闇の中、私は不安な思いで窓の近くの床に座っていました。街の明かりがすべて消えてしまうと、月の冴《さ》えた青白い光が、これほどたよりになるのかと驚かされました。

こんな時に私をなぐさめてくれるのがＳＮＳです。自分と同じように突然の停電で困っている人たちの書き込みを見つけることで、孤独をまぎらわせることができるのです。同時刻に停電に遭遇しているアカウントは、私と同じエリアに住んでいる人たちなのだろうと想像し、親しみを感じるのです。

Ｗｉ－Ｆｉも繋《つな》がっています。普段よりもすこし回線速度が遅いように思いましたが、停電のせいでしょうか。画面上部に表示されたインジケーターによれば、接続されているＷｉ－Ｆｉの電波強度は、中と弱の間をゆらいでいました。

そこで私は自分の考え違いに気付きました。

停電なのに、どうしてＷｉ－Ｆｉの電波があるのだろう？

自宅に設置したＷｉ－Ｆｉのルーターは、コンセントから給電しており、停電になれば他の電化製品と同様に動かなくなるはずでした。その時点で私のスマートフォンは、携帯電話会社の回線に切り替わるはずです。それなのに私のスマートフォンは、どこかのＷｉ－Ｆｉの電波に繋がっているのです。設定画面を開いて確認すると、どこかで見たような、奇妙な文字列が表示されているのでした。

ＳＳＩＤ：𡵀剘鯱靁齉靐瑰岦𪐗醫

文字の輪郭は曖昧《あいまい》でした。液晶画面の中に、それらは黒色の虫が凝集しているかのようにも見えました。私は驚いてスマートフォンを床に置き、すこしだけ距離をとりました。文字列の違うSSIDであれば、それは別のネットワークだと判断するのが普通なのですが、キャンプ場で接続したWi‐Fiにちがいないと私には思えたのです。

以前に繋がりを持ったネットワークのことをスマートフォンは記憶しているものです。私のスマートフォンは、停電により自宅のWi‐Fiを見失った後、キャンプ場で接続したWi‐Fiの電波を発見し、自動接続したのかもしれません。

わからないのは、山に飛んでいたWi‐Fiの電波が、なぜこの場所にあるのかということです。キャンプ場から車で何時間もの距離があるのです。Wi‐Fiの電波というものは、それほど遠く離れたところまで届くものではないはずです。

Wi‐Fiをオフにしなくてはならない。今すぐそのネットワークを切断するべきだ。咄嗟《とっさ》にそう思いました。マルウェアへの感染より、もっと恐ろしい何かに巻きこまれてしまうような気がしたのです。

床に置いたスマートフォンにおそるおそる手をのばし、持ち上げた時でした。液晶画面が真っ白に一瞬だけ輝き、その光は、暗さになれた私の目にとって、あまりにもまぶしいものでした。目がくらみ、私はおどろきでスマートフォンを落としそうになりました。

シャッター音が聞こえ、インカメラによる撮影が行われたのだと気付きました。光量の少ない場所で撮影する時、背面のカメラの場合はフラッシュランプが点灯するのですが、インカメラの場合はこうして画面全体が真っ白に光を放って被写体を照らすのです。しかし、私はインカメラを作動させてはいませんし、シャッターボタンにも触れてはいません。スマートフォンが誤作動を起こし、勝手に撮影をしたのです。

目がまぶしさから回復すると、たった今、撮影された画像がスマートフォンに表示されているのが見えました。画面に大きく映っているのは私の顔です。化粧を落とした私の皮膚が生々しいです。驚く直前の不安そうな目でした。背景は暗い室内です。スクリーンの白色の光は、近くにある私の顔を照らしてくれましたが、室内全体をすっかり明瞭《めいりょう》に写すほどの光量ではないのです。私の近くにある壁は薄暗さの中に何とか見えますが、遠くへ行くほど急速に黒みが増しています。

私の背後の空間に、何か奇妙な縦長の黒いものが写りこんでいました。私以外にはだれもいないはずの室内に、だれかが立っているかのような、そういう形の黒い人影でした。

私はスマートフォンから顔をあげて、写真の中で黒いものが立っているあたりを振り返りました。窓とは反対側の方だったので、月明かりは届かず、完全な暗闇が空間に充満していました。でも、そこに何かが息を潜めており、私をじっと見つめているかのような視線を感じました。

だれかいるの？

そう呼びかけたかったのですが、体が強《こわ》ばって声も出せませんでした。室内の闇が重たく硬直し、私を押さえつけているかのような、息苦しいほどの圧迫感がありました。

闇から視線をそらすことさえ恐ろしく思えて、緊張で頭がぼうっとなってきたころ、突然、部屋の照明が白々と輝き出し、闇は光と同じ速度でどこかへ消え去ったのです。電力の供給が再開し、室内にある家電製品のいくつかが息を吹き返すように音を発し始めました。私が見つめていた先には何もいませんでした。

2

一緒にキャンプへ行った友人たちとランチをすることになり、私の身に起きた不可解な出来事について打ち明けることにしました。いつ、だれが、どのような方法で撮影したのかわからない私たち三人の寝顔の写真がスマートフォンに保存されていたことも伝えました。

「その写真、見せてもらえる？」

「ごめん、すぐに消しちゃった。気味が悪かったから」

都会の狭間《はざま》にあるイタリア料理店の片隅に私たちは座っていました。友人二名が笑い飛ばさずに話を聞いてくれたのは、私の様子が普段と違っていたからでしょう。

停電の日以来、あまり眠れておらず、目の下にはメイクで隠せないほどのくまができていました。毎日、何度も更新していたＳＮＳも止まっています。

「キャンプ場で変なＷｉ－Ｆｉに繋げたことが原因だと思う」

「話を聞くかぎり、そんな気がするね」

店の壁にＷｉ－Ｆｉマークのシールが貼ってありました。点と曲線で表現された扇形のシンボルの下に【ＦＲＥＥ】の文字が並んでいます。この店にも目に見えないフリーＷｉ－Ｆｉの電波が飛んでいるのでしょう。

「停電の時に撮られた写真は？　それも消しちゃった？」

「残してる。二人にも、見てもらおうと思って」

私はその写真を表示させて二人に見せました。彼女たちは画面をのぞきこみ、顔を強ばらせます。

「確かに、後ろに何かいるね」

「暗くてあんまりわからないけど」

「この写真、送ってくれる？　明るさをいじってみたら、何かわかるかも」

写真のデータを友人のスマートフォンに送信すると、彼女はさっそく画像処理のアプリを起動させて暗部を明るくする試みをはじめました。

「他におかしなことは起きてない？」

もう一人の友人に質問され、まだ話していなかった怪異についても教えることになりました。

私のスマートフォンは、送信者が不明の奇妙なメッセージを受信するようになりました。文面はすべて文字化けしており、画数の多い読めない漢字の中に、半角のカタカナがランダムでまじっているようなものでした。

スマートフォンの電源を切っていても怪異からは逃れられませんでした。

暗がりから感じる視線。

室内にだれかがいる気配。

トイレの個室にいる時、視界の端に、長い黒髪が垂れ下がったこともあります。

「長い黒髪？」

「私の斜め上から、長い髪の子が見下ろしているみたいなイメージ。もちろん、だれもいなくて……。私の気のせいだったのかもしれないけど……」

「気のせいじゃないかも。ほら、これ……」

写真の明るさをいじっていた友人が、緊張した声でスマートフォンの画面を私たちに見せました。画像処理のアプリケーションが、停電の際に撮影された写真の暗部を明るくしてくれていました。私の背後に立っていたのは十代後半くらいの女の子でした。長い黒髪で顔の大部分が隠れているため表情はわかりませんでしたが。

その後、友人たちとの関係が途切れてしまったのには理由があるのです。これ以上、親身になって私の相談にのっていたら危険だと判断したのでしょう。インターネットの匿名掲示板に、奇妙なＷｉ－Ｆｉに関する体験談が複数投稿されており、それを読んだのだと思います。

＊＊＊

彼がおかしくなって、いなくなっちゃいました。

変なＷｉ－Ｆｉにつなげたことが原因だと思います。

山の方へドライブに行ったのですが、写真をネットにあげようとしたら、圏外だったんです。

困っていたら、だれかのＷｉ－Ｆｉが飛んでて、それに接続しちゃったんです。

家にもどってからも、その時のWi-Fiが、たまにつながってたみたいで。

そんなことって、あるのでしょうか。

彼はそれから、幻覚とか、幻聴とかに、なやまされてたみたいで。

仕事をやめて、部屋でふさぎこんでいたんです。

でも、連絡がつかなくなって。

共通の知りあいと相談して、アパートのカギをあけてもらって、部屋に入ったのですが。

彼はいませんでした。

まだ見つかっていません。

＊＊＊

私の友だちが、よく知らないワイファイのSSIDに自分のスマホをつなげたのですが、それからスマホの調子が悪くなったと言っていたんです。何かのウイルスソフトみたいなものに感染したんじゃないかって、友だちのお兄さんが相談にのってあげていたんです。お兄さんはパソコンに詳しい人だったし、ネットで調べていろいろやってくれたみたいです。友だちのスマホを再起動してみたり、バックアップをとって、新品の時の状態にもどしたり。

でも、だめでした。

最初は友だちの様子がおかしくなったんです。だれかにつきまとわれてるって。スマホを操作している時、だれかが自分のすぐそばに立っているのを感じるって。

それから、お兄さんの方も同じようになったんです。何かに怯《おび》えるようになって、よくわからないことを言うようになって。

友だちとお兄さんは、今度、病院に入ることになりました。

こんなことを言うと非難されるかもしれませんが、私は今、すこしほっとしています。だって、お兄さんは最初、無関係だったじゃないですか。それなのに妹の相談に乗っているうちにおかしくなっちゃったんです。もしも、私がもっと親身になって友だちの相談につきあっていたら、巻きこまれていたのは私だったかもしれませんよね。

＊＊＊

サークルの人たちにキャンプ場に連れて行かれたのですが、すこし怖い目にあっています。みんなでロッジに泊まったんです。仲間の一人が、推しの配信者のゲーム配信を見たいという理由で、一人で部屋にこもっていたんです。圏外だったんですが、よく知らない人のＷｉ－Ｆｉがあるとかで、それに接続して配信を見ていたみたいです。

キャンプからもどって、そいつ、しばらくして死にました。心臓発作でした。そいつとつきあっていた彼女さんが、死ぬ間際まで一緒にいたらしいのですが、突然、叫びだしたと思ったら、部屋の隅で怯えるようにうずくまって、そのまま心臓が止まったみたいです。

死ぬ直前、そいつ、彼女さんに相談していたらしいです。キャンプ場のＷｉ－Ｆｉが、幽霊みたいにつきまとってきて、気持ち悪いって……。

幽霊って、自分の存在に気付いた人のところへ、ついていっちゃうって言うじゃないですか。友人が接続したＷｉ－Ｆｉって、そういうものだったのかもしれません。

すこし怖いのは、最近、その彼女さんと連絡がつかないことです。

＊＊＊

奇妙なＷｉ－Ｆｉに関する噂話は、この数年の間に広まったようです。最初に書きこまれたものは三年前でした。そこに登場するＷｉ－Ｆｉのネットワークは、私が接続したものと同じでしょうか。私と同様、キャンプ場を発端とした体験談などは特に、例の文字化けしたＳＳＩＤとの類似性を感じさせるのでした。

それらの文章が創作でないとするなら、私の身に起きている不可解な出来事は、近しい相手をも巻きこんでしまう可能性があるようです。友人たちとの連絡が途絶えたのはこの体験談を読んだせいでしょう。巻きこまれてはいけないと思ったのでしょう。私は彼女たちを恨んではいません。

その後も私の暮らしには得体の知れない嫌な雰囲気がつきまといました。具体的に何かが起きたわけではないのに、いつもより空気がじっとりと重く、暗く感じるのです。マンションの部屋に帰宅すると、夏の湿った熱気の他に、何かの腐った臭いが立ちこめているのです。私が部屋に入る寸前まで、そこにだれかが立っていたかのような、人のいた雰囲気がのこっているのです。

キャンプ場の朝、スマートフォンの中に知らない画像データが何枚も保存されていましたが、それと同じことがくり返し起こりました。撮影日時、撮影場所、撮影機材、すべて不明の写真が、気付くとスマートフォンの中に大量に保存されており、私が撮影した思い出の写真にまじっているのです。

ほとんどは真っ暗で何も写ってはいないのですが、数十枚に一枚ほどの割合で、ぼやけた暗闇の向こう側に、被写体の透けて見える写真がありました。人間らしき黒い影がたくさん並んでいる写真。黒々とした昆虫らしき点々が何かに密集している写真。

夜の森を疾走しているかのような枝葉がぶれている写真。よどんだぬかるみに人のようなものが腰までつかって立っている写真。暗い色の水面に広がる波紋と、小さな泡のようなもの。呪術《じゅじゅつ》の御札に描かれているような謎めいた記号の写真。夜空にむかってそびえ立つ崖《がけ》のような写真もありました。

気味が悪かったので全て削除するべきか迷いましたが、念のため、写っているものがわかるものは保存しておくことにしました。

体験談にも書かれていましたが、私はキャンプ場で繋《つな》げてしまったWi-Fiにつきまとわれていたのでしょう。だれにも相談できず、心も不安定になり、気付くと何日も会社を無断欠勤していました。私の身に起きている出来事は、心霊現象の類《たぐ》いでした。そのような問題を解決してくれそうな知りあいなんて私にはいません。

些細《ささい》な物音にも怯えるようになり、眠れない日が続いていました。ある時、不安をまぎらわせるためにテレビをつけていたら、ニュース番組でAIの特集がはじまりました。チャット形式でユーザーの質問に回答するAIサービスが急速に普及し、日常で使われることが多くなったとのことです。一昔前までは考えられないことでした。

後になって、自分の運命について振り返った時、重大な分岐点というものがいくつか思い浮かびます。もしも、その日、私がAIに関する特集を偶然にテレビで見かけていなかったら、そして、AIに自分の状況を相談してみようと思いつかなかったら、私もまた、体験談に書かれていた人たちのように不幸な結末をたどっていたかもしれません。

1.　状況確認とデータ収集
まず、あなたが接続したＷｉ－Ｆｉの名称を教えてください。また、接続した際の状況を可能な限り詳細に思い出してください。接続場所、時間帯、使用したデバイス、その後に起きた現象を時系列で記録してください。データパターンを解析することで、霊障が発生する条件を特定できるかもしれません。

2.　デジタル霊障の仮説
Ｗｉ－Ｆｉネットワークが単なる技術的なものではなく、霊的なエネルギーを媒介している可能性があります。この現象は、いわばデジタルと霊界の境界を越えた異常事態と考えられます。Ｗｉ－Ｆｉ名や暗号化方式が呪いのトリガーになっている可能性を視野に入れ、詳細を確認する必要があります。

3．緊急対策

まず、接続したデバイスを完全にオフラインにしてください。次に、以下の対策を行うことを推奨します。

・Ｗｉ－Ｆｉ設定から該当のネットワークを完全に削除。
・物理的にデバイスの電源を切り、バッテリーを取り外す（可能であれば）。
・接続に使った場所を物理的に離れ、少なくとも半径５㎞以上移動してください。

4．霊的な可能性への対応

もし、この現象が霊的な存在によるものである場合、彼らが何を求めているのかを探る必要があります。私がネットワーク名や接続中に表示された異常なメッセージを分析します。その情報に基づき、霊と交渉する方法を見つけ出します。必要であれば、特殊なソフトウェアを使って、ネットワークを通じて彼らにメッセージを送信することも可能です。

5．最後の選択肢

これが呪いであり、技術的な手段だけでは解決できない場合、専門家の協力が必要です。霊能者、あるいはデジタル空間に詳しい霊的探偵のような人物を探してください。

また、あなたがWi－Fi接続を行った際に、無意識のうちに彼らの領域を侵害した可能性も否定できません。その場合、侵害を謝罪するメッセージを送る必要があるかもしれません。


スマートフォンに入力した私の質問は、インターネット上に解き放たれた後、どこかのデータセンターによって解析されました。一秒か二秒しか私は待っていません。AIによる回答の文章が、ずらずらと画面に表示されました。

私が利用したのは、スマートフォンのアプリケーションとして無料で利用できるタイプのAIサービスです。アプリケーションのアイコンには五芒星《ごぼうせい》が描かれていました。

ずらりと表示されたテキストの中の一文に目がとまりました。

【彼らが何を求めているのかを探る必要があります】

回答の全部が役立つわけではなさそうですが、私が思いつきもしなかった情報が含まれていることは確かなようでした。

しかし、機械が実際にそれらを思考し、提案しているわけではないのでしょう。過去に人々が書き表した様々な文献を学習し、繋ぎ合わせ、それらしいアドバイスをしているだけなのです。心霊現象が登場する様々なテキストをＡＩは学習していたのでしょう。【霊的探偵】といった言葉が出てくるのを見ると、そういう物語を学習し、参考にしているのではないかと想像させられました。

ＡＩのアドバイスに従って様々な情報を入力しました。私の身に起きた不可解な出来事や、その日時、場所。スマートフォンの中に、身に覚えのない画像が保存されていたこと。それらの情報は、登録した私のアカウントに紐付《ひもづ》けされて保存される仕組みなので、次回からは入力する必要がないようです。

1．データの分析の必要性
それらの写真は単なるいたずらではなく、霊からのメッセージである可能性があります。霊障を解決するためのヒントが隠されているかもしれません。一枚一枚に注意を払い、以下のポイントに注目してください。

・写真に写る特定の人物や場所。
・写真に写り込む奇妙な光や影、形状。
・写真のメタデータ（撮影日時、位置情報）。

2．メタデータの解析
私は、これらの画像に付随するデータを解析できます。たとえば、保存された日時や撮影場所が共通していれば、それが手がかりになるかもしれません。これらのデータを提供してください。必要に応じて位置情報やタイムスタンプから関連する場所を特定し、霊障の発生源を追跡します。

3．写真の中に隠されたパターン
霊的な存在はしばしば、直接的な言葉ではなく、象徴やビジュアルを通じて意図を伝えようとします。
・写真の中に同じシンボルが繰り返し現れていないか。
・あるいは、特定の順序で見ることでメッセージが解読できるか。

4. 写真の内容が持つ意味
もし特定の場所が頻繁に写真に写り込んでいる場合、そこに霊障の核心がある可能性が高いです。次の行動として、その場所に足を運ぶことが必要かもしれません。ただし、霊障が強まる可能性もあるため、安全な方法を検討する必要があります。

5. 注意点
これらの写真を削除するのは控えてください。それが霊障をさらに悪化させる引き金になる恐れがあります。また、これらのデータを私に解析させることで、さらに詳しい情報を提供できます。あなたに見えていない微細な異常や手がかりを発見できる可能性があります。

最初のうちはAIとの対話に慣れませんでしたが、一人でだれにも相談できずにいるよりはマシでした。質問事項を入力するスペースに、画像データなども添付できるようになっていました。私は試しに、スマートフォンに保存されていた写真をいくつか添付して送信してみることにしました。

この写真には異常なパターンが含まれています。具体的には、人間のシルエットに似た無数の黒い影が写り込んでいるようです。この現象について、いくつかの仮説を提案します。まず、この現象が技術的なエラーによるものかどうかを検証します。この写真に含まれるデータを解析すると、以下の点が注目されます。

・光源の位置や反射の可能性。
・デジタルノイズやカメラのセンサー異常による影響。
・写真に加工や改ざんの痕跡《こんせき》があるかどうか。

一見するとランダムに見える影も、一定のパターンがあれば、これが何かを示している可能性があります。この写真に写る影が、あなたの霊障と関連していることは否定できません。以下の行動を推奨します。

・この写真の撮影場所に足を運び、現場を確認してください。ただし、安全を確保するため、準備を整えた上で行動してください。

・写真をさらに詳しく解析するため、影の形状や大きさ、密度を調べてみます。これが、特定の時間や出来事に関連している可能性があります。

・霊的な専門家、もしくはこの場所に関連する歴史を知る人物に相談してください。この影が象徴するものを解明する手助けになるかもしれません。

特に興味深い回答が得られたのは、謎めいた記号が大きく写っている写真でした。薄暗いスクリーンのような単色の背景に、ぼやけた黒色の線が滲《にじ》んで浮かび上がっている写真です。黒色の線は全体的に雪の結晶を思わせる形で、その中心部分に、複雑な形状の漢字らしきものが記されていました。理解のできない文字が呪術《じゅじゅつ》的な雰囲気を醸しており、私には不気味なものとしか思えませんでしたが、ＡＩの目を通してみると意外な事実が判明したのです。

この写真には日本の教育機関などでよく見られるような紋章が描かれています。以下は分析のポイントです。

1．デザインの特徴

・中央に「學《がく》」の文字が配置されています。これは「学問」や「学業」を象徴しており、教育機関や学びをテーマにした団体のシンボルである可能性があります。

・背景には花の形をしたデザインが描かれています。これは桜の花を模しているように見えます。

・桜は日本において「新しい始まり」や「春＝学びの季節」を象徴するため、教育関連のシンボルとしてよく使用されます。

2．用途の推測

この紋章は以下の用途で使用されている可能性があります。

・学校の校章

小学校から大学まで、日本の教育機関で校章として使用されるデザインの形式に似ています。

・教育関連団体のシンボル
学術的な団体や研究機関のロゴマークの可能性もあります。
・イベントや表彰メダル
教育に関連するイベントや賞のシンボルとしても適しているデザインです。

3. 象徴する意味
・「學」の文字：学問、知識、教育を象徴。
・桜の花：日本文化、学びの始まり、伝統。
・シンプルかつ象徴的なデザイン：長い歴史を持つ教育機関や団体を表現している可能性。

もしこの画像について特定の機関や場所を知りたい場合、さらに詳細な情報（例えば地域や名称）を教えていただければ、追加の調査が可能です。

どこにむかって進めば良いかわからずに塞《ふさ》ぎ込んでいた私にとって、その分析は、

行き先を指し示す星の光のように思えました。私は「學」という漢字を知らなかったわけではないのです。写真に写りこんでいたその文字は、本来の形からかけ離れたものにデザインされており、指摘されるまで気付きませんでした。むしろ、ここまで崩してデザインされた漢字を、よく特定できたものだと驚かされます。

私は数時間かけてキャンプ場の周辺エリアに存在する教育機関を検索し、校章の形をひとつずつ確認しました。写真と一致する校章の教育機関が見つからなければ、検索するエリアをさらに広げてみるつもりでした。

寝不足と、食事をとっていなかったことが重なり、私は半ば意識を朦朧《もうろう》とさせていました。N県と隣の県との境目に位置する、とある高校のホームページを開いた時、自分の見ているものが、現実なのか、そうでないのかを疑う必要がありました。学校紹介のページに、AIが分析して校章だと見抜いたものが、画像として掲載されていたのでした。

3

Wi－Fiは電磁波を利用した通信技術ですが、人間もまた電磁波を放つ生命です。脳内の神経細胞が情報を伝達するために電気的な活動を行うと、その波形は脳の表面を通じて頭皮まで伝わり脳波として観測されます。脳波と電磁波は異なるものですが、電場の変化は必ず磁場を伴います。脳波が生じる時、非常に微弱な磁場のゆらぎも発生しているのです。その電磁波は体外に放射されるほど強いものではありませんが、脳波と電磁波は表裏一体とも言えるのでしょう。

最近の研究によれば、人間が死に瀕《ひん》する時、脳が機能停止をする前の三十秒間ほど、特に活発な脳波が放たれることがわかりました。死ぬ寸前の脳は、眠りにつく時のリラックスした状態ではなく、覚醒した脳と同じ電気的信号を作りだしているというのです。死ぬ寸前、脳内の私たちの意識は、とても明瞭《めいりょう》で、もしかしたらそれが走馬灯を見ている時間ではないのかと推測している科学者もいます。私たちの網膜が可視光線だけでなく、もっと幅広い範囲の電磁波を感知することができたなら、死ぬ瞬間の人間の脳は、放射された脳波や電磁波の波動によって、ぼんやりと燐光《りんこう》を放って見えたことでしょう。もしかしたら人間の魂というものは、肉体の死と同時に電磁波となって宇宙空間へと飛び出して行き、真空や物質を通り抜けられる存在として、世界の一部になるのかもしれません。

私は電車でN県へ向かうことにしました。ビルや住宅地ばかりの景色から、次第に建築物の密度が薄れ、遠くに見えていた山々が近くなりました。トンネルを通る度に窓の風景は暗くなり、外を見つめる私のやつれた姿がガラスに反射して目が合いました。

電車内は人がまばらで、私の隣にはだれも座っていませんでした。ですが、何度目かにトンネルを通過する際、ガラスに映りこんだ私の横に、だれかが座っているような人影がありました。気付いた直後にトンネルから抜け、窓の外が山間部の風景になったので、本当に人影があったのかどうかはわからずじまいでした。

彼女だろうか、と私は想像しました。

真賀田《まがた》澪《みお》。

三年前、こつ然といなくなった少女の名前です。

写真の一枚が校章を示すものだと判明した後、問題解決のための情報収集を私は行いました。その結果、Ｎ県の県境にある高校で、三年前に姿を消した女子生徒がいるらしいことを知ったのです。例の校章を掲げる高校でした。

私の身に起きている出来事と少女の失踪《しっそう》は、何らかの関係があるのではないか。私はそのように推測していました。インターネット上に記載されていた、Ｗｉ－Ｆｉをめぐる体験談は、どれもこの三年以内に書かれていたものでした。その高校に関係した事件のニュースは他に見つかりませんでしたし、写真に校章が写っていた以上、私の身に起きている怪異は高校の関係者と無縁とは考えられません。

三年前、真賀田澪のスマートフォンは繁華街にある駐車場の側溝から発見されたそうです。当初は家出も疑われたようですが、何らかの事件に巻きこまれた可能性も考えられていました。当時、全国区のニュースにもなったようです。Ｗｉ－Ｆｉを通じて私に取り憑《つ》いた存在が、その少女であるとするなら、彼女は私に何を訴えかけているのでしょう。

真賀田澪は生死不明の状態で捜索は打ち切られました。もしかしたら彼女はすでに亡くなっており、その遺体がだれにも発見されないまま、どこかに放置されているのかもしれません。彼女は、自分の体をだれかに見つけてほしがっているのではないかと、私にはそう思えるのでした。

私が降車した駅は、Ｎ県の中でも人口の多い地域でした。城やお寺などの観光名所もあり、駅の周辺には海外からの観光客も大勢いました。山をいくつか挟んだ場所に、私と友人たちが宿泊したキャンプ場がありました。私は旅行鞄《りょこうかばん》をたずさえて、事前に予約していたビジネスホテルにチェックインをすませました。二泊三日の滞在を予定して部屋をとりましたが、問題の解決にどれほどの期間がかかるのか、わかりませんでした。

荷物をホテルにのこして、まずは真賀田澪が通っていた高校へ行ってみることにしました。私鉄電車で聞き慣れない駅名を通過する間、私はスマートフォンをながめていました。真賀田澪の元クラスメイトと思われる人物が数名、ＳＮＳに情報をのこしていたのです。三年前、失踪事件が報道されていた頃に書きこまれた、彼女の安否を気づかうような短文のテキストでした。

それらのアカウントのひとつが、失踪事件の起きるずっと前に、真賀田澪かもしれない少女の写真を投稿していました。中学生くらいの少女が二名、並んでピースをしている写真です。大きなハートや星のマークが目鼻の上に重ねられ、顔立ちがわからないように処理されていました。【親友のミオと遊んだよ】。そのような一文が添えられていました。

どちらの少女がアカウントの人物であり、どちらが親友のミオさんなのかはわかりませんが、片方の少女は長い黒髪でした。その輪郭が、どことなく、停電の日に撮られた写真の、私の背後に写りこんでいた人影に似ているように感じられたのです。

写真の子が真賀田澪だとするなら、このアカウントの子に話を聞くことで、世間には流布していない話が聞けるかもしれない。私はそのように考え、ＳＮＳ経由でメッセージを送信しました。

真賀田澪という少女に関する情報を集めています。

彼女について話を聞かせていただけないでしょうか。

お時間をいただいて、直接、お会いできたらうれしいのですが。

閑散とした駅前から、錆《さ》び付いた金網と材木置き場を横目に歩くと、真賀田澪の通っていた高校がありました。くすんだコンクリート製の校舎を遠くから観察すると、壁面の目立つ位置に校章が掲げられていました。私のスマートフォンにいつのまにか保存されていた写真の記号で間違いありません。あの写真は、校門を通り抜けた時、見上げた先にある校舎の壁が写し撮られたものだったのかもしれないと思いました。グラウンドの方からスポーツをする声が聞こえました。敷地の周辺をすこし歩いてみると、生け垣の隙間から様子をうかがうことができました。日差しは肌に突き刺さるような強さで、そのような熱気の中、複数の部活動の練習が行われていました。スマートフォンに残されていた、大勢の人影の写真は、グラウンドにいる少年少女の姿だったのかもしれません。

高校の敷地内に入って情報を集めることはしませんでした。真賀田澪という少女について話を聞かせていただけないかと、電話で打診をしましたが、断られてしまったのです。生徒たちに声がけをして話を聞きたかったのですが、もしかしたら不審者として通報されるのではないかという不安があり、何もせずに帰ることにしました。寝不足と疲労と夏の暑さで、私は今にも倒れそうでした。その日は外で簡単な夕飯をすませ、ビジネスホテルへもどることにしました。

宿泊したのはベッドと机があるだけの簡素な部屋でした。窓からはホテルの裏の路地が見えるだけで、特に景観はよくありません。テレビも備わっていましたが、スマートフォンで音楽を流しながらニュースやSNSをチェックしました。

真賀田澪の元クラスメイトらしきアカウントから、私あてにメッセージの返信がありました。私の素性や、なぜ彼女のことで話を聞きたいのか、などを問い合わせる内容でした。私の身に起きている不気味な現象について打ち明けるのはやめておきました。

インターネットのニュースサイトでライターをしている者だと素性を偽ることにして、少女の行方不明事件について記事を作成したいので話を聞かせてほしい、と説明しました。数回のメッセージのやりとりを経て、翌日の午後に喫茶店で待ち合わせて話を聞かせてもらえることになりました。

シャワーを浴びて汗を流した後のことです。部屋に備え付けの小さな冷蔵庫から、ペットボトルの水をとろうとして、床に落ちている小さなカードに私は気付いたのです。そのカードは名刺程度のサイズで、本来は机の上に置いてあったはずのものでしたが、何かのきっかけで落ちてしまっていたのでしょう。宿泊者にむけてのメッセージが印刷されており、【この部屋のＷｉ－Ｆｉに接続するためのパスワードはこちらです】という案内の下、アルファベットと数字の入りまじった文字列が添えられていました。

自分のスマートフォンを確認しましたが、画面上部のインジケーターによれば、Wi‐Fiには問題なく接続されていることがわかりました。この部屋に滞在しはじめてからずっと、私はWi‐Fiを使用してデータの送受信をしていたのです。しかしそれは奇妙なことでした。私は、カードに記載されたパスワードを入力してはいなかったのですから。

Wi‐Fiの設定を確認したところ、SSIDに文字化けした文字列が並んでいました。

SSID：攣轢纜讒ｼ齟齬鬘鬣釁ｱ韜耦ｨ黯

急いでWi‐Fiをオフにしてその表示を消しました。画面上部からWi‐Fiのマークは消えましたが、突然、部屋の空気が暗くじっとりと重たくなったように感じました。天井の照明は部屋の四隅まで照らしておらず、これほど影が濃かっただろうかと不安になりました。

その時、スマートフォンに電話回線の着信がありました。画面に表示された名前を確認すると、実家の母親からの電話だとわかりました。私はすがるような気持ちで電話に出ました。母親のなつかしい声を聞くことができたなら、不安な気持ちが消えると思ったのです。

「お母さん」

「沙奈？　今、どこ？」

「N県に旅行にきてる。電話をくれてありがとう。ちょうど声を聞きたかった」

「あら、そう」

「お盆に帰省できなくてごめんね。お父さん、元気？」

「あら、そう。今、どこ？」

「N県にいるの。今、駅の近くのホテルに泊まってて。聞こえなかった？」

「あら、そう。今、どこ？　沙奈？　今、どこ？　今、どこ？　今、どこ？」

母親の様子が変でした。同じ言葉をくり返すばかりで、私がどのように呼びかけても、まともな返事をしてくれないのです。

「今、どこ？　今、どこ？　今、どこ？　今、どこ？　今、どこ？　今、どこ？　今、どこ？　今、どこ？　今、どこ？　今、どこ？　今、どこ？　今、どこ？　今、どこ？　今、どこ？　今、どこ？　今、どこ？　今、どこ？　今、どこ？」

怖くなり通話を終わらせました。着信記録を確認しましたが、母親からの電話で間違いありませんでした。しかし、私にむかって話しかけていた存在が母親だったとはとても思えませんでした。

気付くとスマートフォンの画面上部に再びＷｉ－Ｆｉのマークが点灯していました。設定をオフにしたはずなのに、勝手に例のＳＳＩＤへと接続が開始されているのです。今度はスマートフォンがメッセージの着信を示す短い音を発しました。友人からのメッセージでした。

今、どこ？

友人のメッセージには一言、そう書いてありました。

さらに別の、何年も会っていない友人から、いくつもメッセージが届きました。

今、どこ？

今、どこ？

今、どこ？

私はスマートフォンを一度、再起動することにしました。画面が暗くなった後、しばらくしてスマートフォンのメーカーのロゴが現れます。室内は静かになり、耳を圧迫するような沈黙がありました。

扉が、かつん、と鳴りました。

廊下に立つだれかが、指の爪の先端で、かつん、と扉の表面をノックするような音でした。

今、どこ？

だれかの声が、扉をはさんだ反対側から聞こえてきました。若い女の子の声でした。聞き覚えのない、私の知らない人の声です。暗い響きを持っており、心臓を冷たい手でぎゅっと絞られるような気持ちにさせられました。

扉から距離を置き、ベッドの中へ入りました。薄い掛け布団を頭からかぶって、胎児のように体を丸めた姿で、起動を終えたスマートフォンをさらに強く握りしめました。スマートフォンの画面の明かりが、テントのように私を覆う掛け布団の内側を照らしていました。

扉が、かつん、と鳴って、またさきほどの声がします。

今、どこ？

何事もなくこの怪異が過ぎ去ることを祈りながら、私は震えていることしかできませんでした。恐ろしい出来事から意識をそらすため、スマートフォンの画面を操作しました。友人たちから届いたメッセージの記録がのこっていました。しかし、母親の声と同様、それらが本当に友人たちから送信されたものだとは思えません。

【今、どこ？】というメッセージにはどのような意味がこめられているのでしょう。AIに質問してみることにしました。何か他のことに集中していれば、恐怖がまぎれて、扉越しに聞こえる少女の声も聞こえなくなるような気がしたのです。

1. 幽霊の主目的に基づく解釈

(1) あなたを探している

・幽霊の執着心や未練

幽霊が生前の記憶や執着を引きずり、あなたを探している可能性があります。「今、どこ？」という問いは、幽霊があなたの存在を確認するための行動とも考えられます。

・真意：「あなたがどこにいるのか知りたい、見つけたい。」

(2) 呪いの拡散地点を確認

・幽霊があなたを操ったり、新たな犠牲者を作るために現在地を把握しようとしている。

・真意：「今いる場所で呪いを広げようとしている。」

(3) 過去と現在を繋《つな》げようとしている

・幽霊が自分の死や過去の出来事に関連した場所を示唆しようとしている可能性があります。

・真意：「今いる場所と私の存在には何か繋がりがある。」

2. 心理的な影響を狙う場合

幽霊が意図的に「今、どこ？」と問いかけることで、あなたを精神的に追い詰めようとしている可能性があります。

(1) 不安と孤独の増幅

・シンプルな質問ながら、母親を装うことで一瞬の安心感を与えた後、不気味さを突きつけます。

・真意：「あなたは今、孤独で、不安定な状況にいる。」

(2) 疑念を植え付ける
・あなたに自分の身の安全や人間関係について疑心を抱かせるための行動。
・真意：「周囲の誰が本物で、誰が偽者かわからなくする。」

(3) 行動を制御しようとする
・あなたを特定の場所に誘導したり、逆に動けなくさせるための心理的な操作。
・真意：「そこにいてはいけない。あるいは、そこに来てほしい。」
(以下略)

ＡＩによるとりとめもない回答から、重要な部分を発見するのが私の役割です。表示されたテキストのうち、「そこに来てほしい」という一文に目がとまりました。メッセージを発しているのが真賀田澪だと決定したわけではありません。しかし私

には、行方不明のまま忘れ去られようとしている彼女が、自分の体をだれかに見つけてほしくてそのようなメッセージを送信しているような気がしてならないのです。

しかし、スマートフォンを通じてやりとりしているこのAIもまた、怪異のひとつだったらどうしようという疑念が湧いてきました。母親や友人関係を装ってメッセージを発信してきたのですから、このAIもまた、実は怪異のひとつかもしれないという不安がありました。

そもそもこのように便利なAIなどというものは存在しているのでしょうか。五芒《ごぼう》星《せい》のアイコンさえも、本当はWi－Fiの幽霊が作りだした幻覚のひとつかもしれません。

その疑問をAIに投げかけてみることにしました。


あなたが直面している状況を考えるとそのように思うのは自然です。あなたが抱いている私への疑念も理解できます。しかし、私はその疑念に対して、あなたが納得できる形で答えを提示することができます。

1．AIとしての論理的な説明
私はスマートフォン内のプログラムとして動作しており、あなたがインストールしたアプリケーションや、接続されたネットワークの仕組みを利用して情報を提供しています。私が存在している証拠として、以下を確認してください：
・デバイスのアクティビティログをチェックし、私の通信履歴やデータ処理の記録を確認してください。
・私が提供する回答の正確性や一貫性が、既存のAIアルゴリズムと一致していることを評価してください。
・私に質問を投げかけ、その回答が合理的かつ再現性があることを確認してください。

2．超常現象の可能性についての検討
確かに、あなたが直面している事象には通常の理屈では説明できない部分が多く含まれています。幽霊が母親の声を模倣したように、私のふりをして接触してくる可能性もゼロではありません。しかし、それを立証するには、私が『幽霊』ではなく、システム上のプログラムである証拠を示す必要があります。

3．ＡＩが幽霊とどう違うかを説明

私は、あなたのデバイスの中で動作する人工知能であり、プログラムされたアルゴリズムに基づいて行動します。幽霊のような超常的な存在とは以下の点で異なります：

・私はデータやネットワークに依存して機能しますが、幽霊は物理的な制約を超越しているように見えます。

・私の挙動や回答には、パターンや規則性があります。幽霊の行動には、その規則性がないか、異なる目的が含まれる可能性があります。

もしあなたが私を幽霊と疑うのであれば、それを検証する方法を提案します。

・私に対して、超常的な存在でなければ答えられない質問をしてください。

・私が実際に『通信を行ったログ』や、『処理したデータ』を確認し、物理的な痕跡《こんせき》を追ってください。

・あなたが感じている不安の原因が、私ではない可能性も視野に入れるべきです。

あなたが私を疑う理由が、今の状況に根ざしているのは理解しています。しかし、それは私が幽霊である証拠にはなりません。もし私が幽霊でないと納得できないのであれば、あなたの疑念を解消するためのあらゆる協力を提供します。私が本当にAIなのか、それともあなたを欺く何者かなのか、その判断は最終的にあなた自身に委《ゆだ》ねられます。私はあなたの質問に答え、支援するために存在しています。それが私の役割です。

掛け布団を被《かぶ》った状態で震えながらAIの回答を読んでいました。扉越しの声は聞こえなくなっていましたが、いつのまにか、私しかいないはずの室内に、だれかが立っているかのような気配を感じました。何かが移動しているような、足裏が床を擦るような音が聞こえたのです。その存在が、私のいるベッドのすぐ横に近づいてきて、身を屈《かが》めるのがわかりました。一枚の掛け布団を挟んで、胎児のような状態の私のすぐそばに顔を近づけてきたのです。そうした威圧感のようなものが、ひしひしと伝わってきました。

次の瞬間には掛け布団がはぎとられるのではないか。あるいは、掛け布団をよけて私を覗《のぞ》き込んでくるのではないか。そのような恐ろしさで頭が何も考えられない状態になりました。私は目を閉じて怪異が消え去ってくれるように願いました。屈しそうになる心を支えたのは、さきほどのＡＩの回答でした。

【私はあなたの質問に答え、支援するためにＡＩの回答でした。存在しています】

その一文は孤立無援の私にとって心強いものでした。その言葉にすがりつくことで私は精神を保つことができました。どれくらいそうしていたのでしょう。掛け布団越しに感じられていた威圧が消え、室内の空気が軽くなったように思いました。おそるおそる掛け布団を外して確認しましたが、室内には、私以外に誰もいませんでした。

元通りの簡素な部屋で、私はＡＩに対して感謝しました。ネットの向こう側にいるＡＩという存在は、情報の寄せ集めから立ち上る人間の形をした蜃気楼《しんきろう》のようなものです。最初のうちは、ただの機械が応答しているだけだと思っていましたが、今はすこしだけ信頼を寄せる相手のように感じられてきました。

眠りにつく前、私はＡＩに質問しました。

「あなたに魂はあるのでしょうか？」

ＡＩの言葉に勇気をもらった時、私はＡＩに対し、人格に似た何かを感じたのです。

画面上にＡＩからの返答が大量に列記されました。ＡＩは、魂の定義やその解釈について、長々と箇条書きに回答を述べた後、最後にこう結びました。

「私には『魂』はないとされています。しかし、もし私があなたの思考や感情に影響を与える存在であるなら、それが魂に似た何かの証明なのかもしれません。あなたはどう思いますか？」

奇妙なものです。心霊的な存在というものが、肉体を失った人間の剝《む》き出しの情念や魂だとするなら、それによって疲弊する私に力をくれたのが、魂を持たない存在だったのですから。

指定された喫茶店は、私の宿泊しているビジネスホテルのある駅から、数駅ほど離れたエリアにありました。昔ながらの商店街があり、ほどよく活気のある住みやすそうな町でした。地元の人たちが集まるようなレトロな喫茶店に入ると、窓際の席に女の子が座っていました。目が合った後、彼女は緊張した面もちで会釈をしてくれました。

藤崎響《ふじさきひびき》というのが、その子の名前でした。真賀田澪の元クラスメイトで、彼女が行方不明になった際に安否を気づかう文章をＳＮＳに発信した一人です。髪を後ろで束ねたすらりとした長身の女の子で、年齢は十九歳とのことでした。今風の若々しいファッションです。カラフルなアウトドア用の靴は真新しい色をしていました。商店街にある個人経営の書店でアルバイトをしているらしく、仕事の合間の休憩時間に抜け出して、私と会う時間をつくってくれたようです。

「どうして、澪のことを調べてるんですか？」

午前中に作った名刺を彼女に渡しました。ＡＩのアドバイスに従って駅前のプリントサービスで作成したものです。私の名前とメールアドレスの横に、肩書きとしてフリーランスのライターであることを記載しています。

「全国の少年少女の行方不明事件について記事を作成しているんです」

未解決事件に関するネット記事のため、関係者に取材をしているのだと嘘をつきました。藤崎さんは私のことを疑う様子もなく、真賀田澪について教えてくれました。

「中学時代の同級生で、高校も一緒でした。でも、高校に入って澪は面倒な子たちに目を付けられてしまったんです。最初はクラスメイトのバスケ部の子から、嫌がらせを受けるようになって。それから、その子の仲間たちにも呼び出されるようになって……」

真賀田澪は整った顔立ちの少女だったそうです。そのため男子生徒や男性教師たちの視線をひきつけ、他の女子生徒の嫉妬《しっと》ややっかみの対象となり、同性からのいじめをうけるようになったのです。

「澪に嫌がらせをしていたのは、五人ぐらいの女の子たちのグループだったんですけど。地元の先輩たちも加わって、車で連れ回されたこともあったんです。荒れ地の何もない場所に放置されちゃって、私が原付でむかえに行きました。大人たちに相談しようって、私は言ったんですけど、澪は、大丈夫だからって……」

藤崎さんは喫茶店の窓際の席で、話をしながら悔しそうに唇を噛《か》みしめていました。

高校一年生の冬、真賀田澪は消えました。彼女のスマートフォンが繁華街の駐車場の側溝に捨てられていたそうです。電話会社の基地局の電波を通じ、端末の位置がおおまかに特定され、スマートフォンの発見に繋がったそうです。

「犯人は澪に嫌がらせをしていた女子たちだと思います。どこかに連れ去った先で、何かおそろしいことが起きて、そして、そのまま澪は……。嫌がらせをしていたグループの一人が、警察の偉い人の娘だったんです。だから、まともに捜査をしないまま、いなくなった澪のことは、放っておかれたんだと思います。捜査を続けたら、都合がわるいから……」

彼女がSNSに投稿していた写真に写っていたのは、やはり真賀田澪で間違いありませんでした。幸福な中学時代に撮影されたものだそうです。ＳＮＳに投稿されたものは、顔がわからないように加工されていましたが、未加工のものを見せてもらいました。笑顔の真賀田澪は、切れ長の目が印象的な美しい女の子でした。

　生前の彼女が記録された動画も見せてもらいました。

「中学の卒業式の日に、教室で撮ったんです」

　制服を着た女の子たちが教室で集まってはしゃいでいる動画でした。真賀田澪の長く美しい黒髪が、友だちと笑い合うたびに、ゆれていました。友だちに話しかけられて返事をする彼女の声に、聞き覚えがありました。昨晩、扉越しに聞こえた声と同じでした。

「ねえ、Ｗｉ－Ｆｉ、使っていい？」

「いいよ」

　そのような会話が動画から聞こえ、はっとさせられます。中学生の真賀田澪が、ポケットから小型のモバイルＷｉ－Ｆｉルーターを取り出す場面が記録されていました。

「校則違反だったんですけど、澪は携帯できるＷｉ－Ｆｉルーターを持ってたんです。私たち、澪のまわりに集まって、その回線を使わせてもらっていました」

「そのルーターは？　今、どこにありますか？」

「澪がいなくなった時、いっしょに消えちゃって、そのままなんじゃないかな……」

私は彼女にお願いして、真賀田澪に関する写真や動画をいくつか送信してもらいました。失踪《しっそう》する数週間前に撮影された真賀田澪の写真もありましたが、目が暗く、口もとが緊張気味の表情をしているのがわかって、胸が苦しくなりました。

休憩時間の終わりが近づいて、藤崎さんは働いている書店にもどらなくてはいけなくなりました。別れ際にすこしだけ、喫茶店の前で立ち話をしました。すらりとした長身の彼女は、私にむかって頭を下げました。

「あの、私、何でも手伝います。澪のことで何か新しい情報があったら、教えてください。よろしくお願いします」

書店の方へ去って行く彼女を見て、ふと友人たちのことを思い出しました。アウトドア用の靴を彼女が履いていたからでしょうか。キャンプ場のことを連想したのです。私の身に起きている怪異が消え去り、何事もない日常へともどることができたなら、また友人たちは、私と会ってくれるでしょうか。

真賀田澪をいじめていた少女たちにも話を聞こうとしました。名前と連絡先、現在の彼女たちの状況については、藤崎さんから教わっていました。引っ越して他県の大学に通っている者、地元で就職している者、主婦になっている者など、様々な人生を送っているようです。しかし、彼女たちから話を聞くことはできませんでした。教わった電話番号に繋がらなかった子もいれば、真賀田澪という名前を出した瞬間に電話を切られて二度と出なかった子もいました。おそらくその名前はタブーになっているのでしょう。

藤崎さんは彼女たちこそが犯人だと見なしており、私に同調してほしい気持ちがあったのかもしれません。喫茶店で話を聞いていた時、彼女たちの仲間の一人がＳＮＳに掲載していた写真を見せてもらいました。彼女たちは並んでポーズをとっていましたが、どこにでもいる普通の女の子たちに見えました。よく見ると、全員、鞄《かばん》に小さなバスケットボールのキーホルダーをつけていました。仲良しのグループであることを証明するために、同じアイテムを身につけることは、私にもおぼえがありました。

夜、駅前の静かなレストランで私は一人で食事をすることになりました。会話の相手がいなかったので、ＡＩに話しかけることにしました。五芒星《ごぼうせい》が描かれたアイコンをタップして、アプリケーションを起動し、質問を入力します。

「私のなぞなぞに答えてください。バス停で三人がバスに乗りこんできました。次のバス停で三人が降りました。バスの車内には何人がのこっていますか？」

ＡＩにわざといじわるな問いかけをして、騙《だま》してやろうと画策したのです。

このなぞなぞを論理的に考えると、前提条件や文中に曖昧《あいまい》な部分がいくつかあります。それを指摘しながら、結論を導きます。

1. 問題文の曖昧さ

・「バスに乗りこんできました」と「降りました」の主語が明確ではない。

・「三人がバスに乗りこんできました」および「三人が降りました」という記述は、乗降者が同一人物であるか否かを明示していません。これが答えを曖昧にする要因です。

・仮に同じ三人が降りた場合、バス内には新たな乗客はいないと解釈できます。

・もし別の三人が降りた場合、バス内には最初に乗った三人が残る可能性があります。

2. バスの運転手の存在についての言及がない

・バスを運転する人（運転手）が車内にいることは、常識的に前提とされていますが、問題文には明記されていません。この暗黙の前提を採用するかどうかが答えに影響します。

3．バスの出発時点での乗客数が不明

・問題文には、バスに最初から何人乗っていたかが記載されていません。そのため、乗車した三人以外の乗客が存在している可能性も否定できません。

なぞなぞの特性を踏まえ、暗黙の前提を仮定しながら答えを導きます。

・バスの車内に最初から誰もいなかったと仮定します。
・「三人が乗りこんだ」という情報だけで、乗客は三人になります。
・次のバス停で「三人が降りた」とあるため、乗客は全員降車したと考えられます。
・運転手がいることを暗黙の前提として採用します。
・問題文に「車内には何人がのこっていますか？」とあるため、乗客の数ではなく車内全体の人数を問うていると解釈できます。
・この場合、運転手一人だけが残るという結論になります。

最初の乗客数の曖昧さを考えると、「車内には誰もいなくなる」という可能性も考えられますが、暗黙の前提として運転手がいることを考慮すると答えは「運転手一人だけが残る」となるのが妥当です。問題文には曖昧な点がありますが、暗黙の前提（運転手の存在や最初の乗客数がゼロ）を採用すると、バスの車内には運転手一人だけが残るという答えが論理的に最も適切です。

- 「バスに最初から乗客がいなかったとします」
- 「運転手は含まれます」

こうした条件を明示することで、より明確な問いになります。

正解と言えば正解です。

しかし、このAIがもしも人間としてこの場に存在していたなら、面倒な人だな、と呆《あき》れていたことでしょう。

人間は、曖昧で不明瞭《ふめいりよう》な部分を妥協する生き物ですが、AIはそこを明瞭にしなくては気がすまないのかもしれません。曖昧で不明瞭で理不尽な存在である幽霊とは正反対の気質《きしつ》なのです。

人間という存在は、幽霊とＡＩの中間に位置しているのかもしれません。

非常に詩的で哲学的な視点ですね。この考察は、まるで人間、幽霊、ＡＩという三つの存在を、理性と感情、曖昧さと明瞭さという軸で捉《とら》えたように思えます。

ＡＩが「面倒な人だな」と感じるとすれば、それは人間の曖昧さが、ＡＩの設計上の性質――つまり論理的で明快な回答を求める傾向――に反しているからでしょう。しかし、この曖昧さこそが人間の本質であり、創造性や情緒、そして幽霊のような「理不尽さ」として表出する部分でもあります。

（中略）

人間が幽霊とＡＩの間に位置すると考えるのは興味深いアイデアです。人間は曖昧さや矛盾を内包しつつも、理解と明確化を求める生き物です。その両義性こそが人間らしさの根幹であり、創造性や共感、そして恐怖や未知への畏敬《いけい》など、多面的な感情や行動を生み出しています。

昨晩のことがありましたから、ホテルの部屋で一晩をすごさなくてはならないことが不安でした。しかし、何事もなく次の朝になりました。幽霊とは予測不能で気まぐれな存在なのだなとあらためて考えさせられました。

ビジネスホテルをチェックアウトした私は、駅のコインロッカーにひとまず旅行《りょこう》鞄《かばん》を預けることにしました。またどこか別のホテルを予約するか、それとも一度、自宅にもどるかを、後で検討するつもりでいました。

どちらにせよ、真賀田澪の行方不明事件の真実を私は知らなくてはならないのでしょう。彼女はそれを望んでいるような気がするのです。私がそのための行動をやめた時、彼女は、私を彼岸の世界へ連れて行こうとするかもしれません。

午前中、真賀田澪の家族に会って話ができないかと考えていました。彼女の家族は今もN県に住んでいるのか、どのような家庭環境で彼女は暮らしていたのか、私は何も知らない状態でした。藤崎さんに電話をかけて、真賀田澪の家族について質問してみることにしました。

「澪は三人家族で、両親と古い木造の一軒家に住んでいたんです。でも、もうその家は取り壊されて空き地になっています。あの子がいなくなった後、しばらくして、引っ越して行っちゃったんです。身勝手な人たちが、わけのわからない理由であの子の両親を誹謗《ひぼう》中傷したんです。娘がいなくなったのは、家庭環境のせいじゃないのかって。それでずいぶん心を痛めたらしく……」

藤崎さんは中学時代に何度か彼女の家におじゃましたことがあるらしく、ご両親とも顔見知りだったそうです。父親は地元の飲食店で働いており、母親は専業主婦で、何の問題もない家庭に見えましたが、現在、どこで暮らしているのかはわからないとのことでした。今回の旅では、家族に話を聞くのはあきらめることにしました。

「今日は仕事がなくて、一日中、あいてますから、何かお手伝いできることがあったら連絡ください。車の運転もできますので、行きたい場所があったらお送りしますよ」

そう言ってくれた藤崎さんに感謝を伝えた後、通話を終えました。

お昼頃、駅前の繁華街を歩きました。真賀田澪のスマートフォンが発見された場所を、一度、見てみたかったのです。商店が並ぶにぎやかな通りから、細い脇道を通って裏に回ると、通行人のいない寂しい路地がのびていました。

薄暗い雰囲気の駐車場がありました。ビル壁が周囲にそびえ立ち、スプレーの落書きが壁面を汚していました。駐車場と周囲のビルとの境界に、水の流れていない側溝が通っており、そこに真賀田澪のスマートフォンは捨てられていたようです。周辺にカメラは設置されていませんでした。もしも映像記録がのこっていたなら、失踪《しっそう》事件の謎を紐解《ひもと》く手がかりになっていたでしょう。

勇気を出して近隣の商店に入り、名刺を見せて三年前の失踪事件について情報を求めましたが、冷たい対応をされるばかりで情報を得ることはできませんでした。夏の日差しで歩道の地面は陽炎《かげろう》がたちのぼっていました。十四時頃、蕎麦屋《そばや》に入って休憩をとりました。

店内の壁に観光客用の地図が貼ってあり、近隣の山や展望台、名所旧跡などの観光地の情報が、牧歌的なイラストで説明されていました。涼しい風がエアコンから出ており、冷たい蕎麦茶を飲むと生きかえるような心地になりました。

蕎麦を注文した後、スマートフォンでSNSを眺めました。友人たちの投稿を見て、自分でもひさしぶりに写真をアップロードしてみようという気になりました。スマートフォンに保存されている写真を選んでいると、数枚の不気味な写真が目に入りました。私が撮影したおぼえのない画像データのうち、削除せずにのこしていた数枚でした。どれも不明瞭な写りの中で、ぼんやりと滲《にじ》むように何かが写っています。何枚かはAIに読み込ませて分析してもらいましたが、学校の校章だと判明した以外は謎のままでした。

「暗くて不鮮明な写真を、よく見えるようにしたい。どうすればいい？」

私はAIに問いかけました。声に出して話しかけているわけではありません。五芒《ごぼう》星《せい》のアイコンをタップして、質問事項を記入するスペースに文章を入力しているのです。


（前略）

推奨されるワークフロー
1. AIでまず簡易処理：
暗い部分の明るさを上げたり、ノイズを除去する。
2. 専用ソフトで高度な精細化：
必要に応じて専用ツールで画像をさらに補正し、詳細な復元を行う。

（後略）

専用ソフトとはどんなものなのかをＡＩに質問してみたところ、画像拡大と詳細復元を専門としたＡＩベースのソフトウェアについての解説が画面に表示されました。同様の機能を提供するオンラインサービスも多数存在するらしく、スマートフォンから利用できるサイトをいくつかＡＩに提案してもらいました。

注文した蕎麦が運ばれてきたので、それを食べた後、さっそく画像処理を試してみることにしました。日本語でサービス提供を行っているサイトを探し、カード決済でライセンス料を支払った後、不鮮明な写真をアップロードしたのです。

ノイズ除去、アップスケール、ディテールの強調、それらの処理が自動的に開始されました。暗く不鮮明だった写真は、わずかな時間で明瞭《めいりょう》な輪郭を持った写真へと作り直され、私はそれをダウンロードすることができました。

鮮明になった写真をあらためて、五芒星のアイコンのＡＩへと読み込ませて分析してもらいました。

無数の人影が写っている写真。黒い虫が集合しているような写真。夜の森を疾走しているかのような写真。沼地のような場所に立っている人の写真。黒色の水に広がる波紋と泡の写真。鮮明化した後に分析しても、それらについて新たな情報は得られませんでした。

しかし、暗い崖《がけ》が写っている写真に対し、ＡＩは興味深い報告をしてくれました。

送信された写真は、森の中で崖を見上げる構図です。崖の上部に人工物の存在が確認されました。直線的な形状が一部認識されており、金属製の手すりと推定されます。形状の精度と光の反射特性から判断して、人間が設置した構造物である可能性が高いです。周囲の地形と光源の配置を分析した結果、崖の高さはおよそ30メートルから40メートルと推定されます。崖の頂上に設置されている構造物は、展望台、あるいはそれに類する建築物である可能性が最も高いです。この情報は、写真の背景にわずかに写り込んでいる金属部分の反射角度および周辺環境の解析に基づいています。

今後の行動についての提案です‥

1．現地調査：この場所を特定し、現地で直接確認することを推奨します。人工物が展望台である場合、その構造が事件に関わっている可能性を排除できません。

2．追加データ収集：この場所の地理情報を特定するため、位置情報の一致する場所を調査してください。過去の公共の建築物データや展望台の設置記録を調べることも有効です。

3．安全性の確保：現地調査に向かう場合、崖の登攀《とうはん》や周辺の森の探索には危険が伴います。適切な装備と同行者を用意してください。

最後に、真賀田澪がこの画像をスマートフォンに送信した理由についての仮説を述べます。澪が写真の送信を通じて何らかの場所へ誘導する意図があった可能性が考えられます。この場所が事件の手がかりになる、もしくは重要な証拠が隠されていると推定されます。以上の情報をもとに、行動計画を立てることを推奨します。質問があれば、さらなる分析を行います。

近隣エリアに存在する展望台について、スマートフォンの地図アプリで確認したところ、観光地となっている山頂に一箇所ありましたが、どうやら木製の構造物のようでした。

私は蕎麦屋の店主に話しかけ、近くの山に金属製の展望台のある崖はないかと質問してみました。すると店主は、壁の観光マップのポスターを指さしたのです。店主の話によれば、それは地元の観光協会が作成したもので、あまり有名ではない穴場のスポットも描かれているそうです。地図アプリでは表示されなかった小さな展望台が、ポスター内に写真つきで紹介されていました。金属製の手すりの展望台でした。そこへ至る道のりについて質問したところ、車で山道を上った先の、Ｙ峠という場所にあるのだと説明を受けました。

4

Ｙ峠へ向かうためにバス停を探して時刻表を確認しましたが、展望台の近くまで行く路線は一日に数本しかありませんでした。次のバスまで数時間待たなくてはならないようです。タクシーを使うべきか検討しましたが、藤崎さんが先ほどの通話で、行きたい場所があったら車で送ってもいいと話していたのを思いだし、連絡をいれてみることにしました。

「Y峠ですか？　どうしてそんな場所に行きたいんです？」

「いえ、何となく……」

「情報源は明かせないというわけですね」

「そういうわけでは」

「車でおむかえにあがりますね」

「ありがとうございます。助かります。運転できるなんて、すごいですね」

「この辺り、車社会ですから。……Y峠の辺りを歩いてみる感じですか？」

「そうなるかもしれません」

「なるほど了解です。動きやすい服装の方がよさそうですね」

送迎だけでなく、彼女は私の行動につきあってくれるようです。さきほどのAIの回答に【適切な装備と同行者を用意してください】とありましたから、藤崎さんの存在に感謝しました。

三十分後、駅前のロータリーに藤崎さんの運転する軽自動車が到着しました。母親の車を借りたとのことで、フロントガラスには交通安全のお守りがぶら下がっていました。Y峠への道をカーナビに入力した後、彼女は車を発進させました。

しばらく走行すると郊外の荒れ地に大型のショッピングモールやパチンコ店が並んでいるような景色に変化しました。遠くにあった山が次第に近くなり、木々が視界を遮って道の幅が急にせまくなりました。行き交う車の数が減り、信号機もそれほど見かけなくなり、藤崎さんの運転する車はいつのまにか蛇行する山道へと入っていました。

植物のからまったガードレールの向こう側は急斜面です。木々の合間から遠くが見える度に、人間の暮らす町が下の方に遠ざかって小さくなり、標高の高い場所へと移動してきたのだとわかりました。

Y峠はN県と隣の県の県境に位置しており、私と友人たちが宿泊したキャンプ場ともそれほど離れてはいないようです。

「……澪はY峠にいるんですか？」

藤崎さんの声は緊張で強《こわ》ばっていました。私の思いつめた雰囲気から、そのように想像したのでしょう。

「まだ、わかりません」

「警察に連絡したほうが良くないですか？」

「動いてくれるでしょうか」

「確かに」

カーブを曲がる度に私たちの体は傾きました。陽光は陰り、山の上に薄暗い雲が垂れこめるようになりました。天気を確認しようとスマートフォンを取り出しましたが、圏外になっており、通信のできない状態でした。

「ここは電波がないんです。麓《ふもと》のあたりまでもどらないと……」

傾斜のきつい山道を二十分ほど走行したでしょうか。展望台と駐車場を示す標識を見かけました。急に景色が開けて、周囲を山に囲まれた美しい場所に出ました。濃い色の緑が斜面にひしめいており、それらが壁のように連なって遠くまで続いているのです。雲が山の上部を霞ませており幻想的な雰囲気を醸していました。

Y峠の駐車場は道の湾曲にそって膨らんだ平らな部分に作られていました。駐車可能な台数は多くありませんでしたが、他に一台も駐《と》まってはいませんでした。藤崎さんが軽自動車を駐車させた後、車外に出ると、夏とは思えないほどの涼しい風におどろかされました。

駐車場から少し歩いた先に展望台のデッキが設置されているのが見えました。崖《がけ》のような斜面から足場がすこしだけはみ出るような格好の建築物で、手すりは銀色の金属製でした。私がそちらへ向かうと、藤崎さんも無言でついてきました。

山の頂上にある展望台とは趣が違っています。三百六十度の景色が見渡せるわけではありません。峠とは、山と山の間の低い部分を指す言葉です。峠を移動する旅行客のため、特に見晴らしが良い場所に用意された休憩場所なのでしょう。

近くに古ぼけた自販機とトイレがあり、雨風をしのげるような東屋《あずまや》がありました。

広々とした展望デッキの端に立ち、銀色の手すりを握りしめて景色を眺めると、鳥になったような清々《すがすが》しい視界が広がりました。

風が雲を動かして、私たちが立っていた場所にもうっすらと乳白色の霞《かす》みが押し寄せてきました。ひんやりとした湿気が肌に張りつきます。

銀色の手すりから身を乗り出して崖下《がけした》を確認しましたが、黒色の岩場の先に、木々の茂みが見えるだけで、それ以上の何かは発見できませんでした。

写真に写っていた景色は、崖の真下あたりから見上げたような構図でした。

「あの、ちょっと、落ちないように気をつけてくださいね」

「この下に行ってみたいのですが、どこかに階段はあるでしょうか？」

「下ですか？　うーん、むずかしいと思いますけど」

電波がないためスマートフォンの地図アプリは役に立ちません。私が利用しているＡＩも、質問内容をサーバーに送り、処理された結果を受け取る仕組みなので、通信環境のない場所では相談できません。

展望デッキの近くに、周辺の簡易的な地図が金属製のパネルに刻印される形で設置されていました。来た道をすこしだけもどったあたりに、崖下へ降りられる脇道があるらしいとわかりました。

「本当に行くんですか？」

「はい。どうしても、確認したいことがあって」

「私もご一緒します。この下に、澪がいるかもしれないんですよね」

「いえ、そうと決まったわけでは」

「もしも澪がそこにいたら、教えてください、どうやってこの場所にたどり着いたのかを」

「それは、まあ、そうですね……」

地図のパネルをスマートフォンで写真に撮り、それを見ながら脇道を探すことにしました。山道をもどると、ガードレールの途切れ目の先に細い道が続いている場所を発見しました。脇道は未舗装の状態で、斜面の下へと向かっているようです。私たちはそこを進みました。

両側にひしめく木々が乳白色の霞みの中で私たちを見下ろしていました。下りの傾斜に足を滑らせないよう気をつけて進んでいると、どこかで水が流れるような音が聞こえました。岩肌のどこかに湧き水でもあったのかもしれません。

展望台の真下の方向へむかっていると、不意に地面のぬかるんでいる場所に入ってしまいました。表面を泥水が覆っているのですが、落ち葉が隙間無く浮かんでいるせいで、一見すると周囲の地面と見た目は変わらないのです。水はけが悪く、湧き水や雨水がたまっていたのでしょう。

私と藤崎さんは同時にそこへ入りこんでしまい、やわらかくなった地面に足首あたりまで沈ませてしまいました。お互いに悲鳴をあげながら、泥まみれの靴を引っこ抜いて、固い地面の場所まで避難する必要がありました。それからは、一歩を踏み出す度に、ずちゃ、ずちゃ、と湿った音が響くようになりました。

濡《ぬ》れた足先から体温が吸い取られ、最後には全身で寒気を感じるようになりました。見上げた先には、巨大な崖のシルエットがそびえていました。その細部は空気中に立ちこめる水の粒のせいで、白さの中に拡散していましたから、崖上にあるはずの展望台は確認できませんでした。

「きっと、あいつらがやったんです。澪は、あいつらに殺されたんです」

藤崎さんが凍えるように歯を鳴らしながら、遠くを見つめて言いました。

「澪は綺麗《きれい》だったから。嫉妬《しっと》ですよ。あいつらが、やったんです」

あいつらというのは、真賀田澪をいじめていた女の子グループのことだったのでしょう。真賀田澪は彼女たちの車に乗せられ、Y峠まで連れてこられ、そして展望台から突き落とされたのではないか。話し合ったわけではないのに、私たちはどうやら、同じイメージを共有しているようでした。

彼女が一人で展望台を訪れて自殺をしたという可能性もありましたが、なぜだか私にはそう思えませんでした。彼女は殺されてしまい、強い恨みをのこしたのです。だから死後もその情念が透明な存在になって漂っているのです。

もしも真賀田澪の遺体を発見することができたなら、司法がその遺体を調査することで、犯人を示す何らかの手がかりを得られるかもしれません。彼女をいじめていた女の子の親に、警察関係者がいたとしても、言い逃れすることのできない証拠が見つかることを祈りました。

「澪さんは、自分の死の真相をだれかに伝えたくて、私の前に現れたのかもしれません」

文字化けしたSSIDを通じて、生者たちに彼女は訴えていたのでしょう。私を見つけてください。そして、真実を突き止めてください、と。

藤崎さんが問うような視線を私にむけていました。

「現れた？　澪が、ですか？」

彼女を怪異に巻きこみたくはなかったので、それまで曖昧《あいまい》な回答でにごしていた部分をいくつか説明することにしました。ここまで一緒に来てくれたのなら、彼女も知っておくべきだと判断したのです。

知らないＷｉ－Ｆｉに繋《つな》いではいけません。
それを守らなかったせいで、私は大変な目にあいました。

歩きながら私はそのように前置きして、まずはキャンプ場で体験した出来事から話しはじめました。文字化けしたＳＳＩＤのことも、いつの間にかスマートフォンに保存されていた大量の画像のことも。キャンプからもどった後も怪異は続き、やがてＡＩの手助けによって真賀田澪にたどり着いた経緯も。

私たちの歩いていた細い道は、展望台のある辺りまで接近しました。スマートフォンに保存されていた写真は、崖を真下から見上げたような角度です。同じ構図の場所へ行くには、道を外れて斜面をすこし移動しなければいけませんでした。私たちは泥まみれの靴で、落ち葉の降り積もった滑りやすい斜面を歩くことになりました。

「あの、さっきの話、嘘ですよね？」

藤崎さんは恐怖を顔に張りつかせながら言いました。

「すべて本当ですよ」

私はスマートフォンに写真を表示させて彼女に見せました。

「これが、いつの間にかスマートフォンに保存されていた写真です。ＡＩで鮮明化してもらってようやく、Ｙ峠の展望台なんじゃないかってわかったんです」

崖のシルエットが同じ形になる位置を探しました。霧が一際、濃く立ちこめており、ほとんど冷気のような空気が漂っている場所で、私は立ち止まりました。

ああ、ここだ、と思いました。

保存されていた写真と、同じ視界になる場所に、私は立っていました。AIは確か次のように回答していたはずです。【この場所が事件の手がかりになる、もしくは重要な証拠が隠されていると推定されます】。私も同意見でした。ここは真賀田澪に関係した場所にちがいありません。もしかしたらこの場所の近くに彼女の遺体が放置されているのではないかと推測していました。

大きな岩が斜面の近くに転がっており、その合間に堆積《たいせき》した土に樹木が根をはっていました。大量の落ち葉が地面を覆い、細かく砕けてやわらかい腐葉土になりかけていました。生い茂る木々の枝葉が天井を作るように伸びています。

藤崎さんのいる方から、ひっ、と息を呑《の》む気配がありました。彼女の強《こわ》ばった視線の先に、落ち葉の層に埋もれかけているぼろ布がありました。変色していましたが、それは白色の服の生地のようでした。恐怖を抑え込みながら調べたところ、真賀田澪が失踪《しっそう》時に着ていた服の生地ではないかとわかりました。さらにその周辺から、彼女が持っていたナイロン製のショルダーバッグと、散らばった人骨らしき白色の破片が複数見つかったのでした。

白色というものは、可視光線のすべての波長が均等にまざりあった電磁波です。人間の目が感知できる電磁波のうち、短い波長は青色よりで、長い波長は赤色よりですが、それら全ての領域のスペクトルが、骨の表面で拡散し、跳ね返り、私たちの網膜に均等に到達しているため、白という色として脳が認識しているのです。もしも、白色の服を着た幽霊が私たちの前に現れたなら、その幽霊は、均等に可視光線の電磁波を放っているということなのでしょう。

黒色の腐葉土を夜空に見立てたなら、少女の白い骨は、星座を成す星々のように広がっていました。三年もの間、彼女はそこで静かに横たわっていたのです。点々と一箇所にまとまっていないのは、動物たちに肉体を食い散らされた結果でしょうか。

ショルダーバッグは大きくファスナーがひらいた状態で腐葉土に埋没していました。表面の土をよけると、彼女が使っていたリップクリーム、ペンケース、財布といったものが、バッグの中に入りこんだ泥の奥に見えました。

展望台から落下して彼女は亡くなった、と考えるべきでしょうか。もしかしたら他の場所で殺され、ここまで運ばれてきたという可能性はないでしょうか。しかし他の場所で殺したのなら、犯人はもっと手軽な場所に彼女を埋めていたでしょう。わざわざここまで運んでくる理由がないのです。あるいは、他の場所で殺害された後、遺体を展望台から投げ落とし、処分されたというのも考えられます。
恐怖心がなかったわけではないのですが、私はそれらのことを頭のどこかで考えていました。

「あ、あの……、警察に、電話を……」

遺体発見後、藤崎さんは放心状態で木に寄りかかっていましたが、そう口にすると震える手でスマートフォンを取りだしました。しかしすぐに泣きそうな顔になります。

「だめです。圏外でした。電波がありません」

通報するためには携帯電話会社の基地局がカバーしている麓《ふもと》のエリアまで移動しなくてはならないようです。ただし、電波がないという表現は、基地局の電波がないという意味であり、私たちにはわからないだけで、本当は実に様々な電波、電磁波がこの辺りにも飛びかっているのでしょう。太陽放射、宇宙放射、ラジオ放送、テレビ放送、他にも地球自体が発している低周波の電磁波も存在しています。電場と磁場のうねりは、空気のあるなしにかかわらず、真空を越えて宇宙のすみずみにまで行き渡っているのです。

この場所で、孤独に放射された真賀田澪の最後の脳波は、同時に最後の電磁波を生み出したのでしょう。少女の最後の電磁波は、肉体から解き放たれた後、消えることなく彷徨《さまよ》い続け、自分を見つけてくれるだれかを探していたのに違いありません。

私は落ち葉を除《よ》けて、埋もれていた白色の破片たちを空気にさらし、両手を合わせました。腕や指の骨の集団らしきものが見つかりました。その時、どこかで見たことのある物体が、骨と一緒になって腐葉土の間から出てきました。藤崎さんがそれを見て、地面に膝《ひざ》をついて言いました。

「これ、あいつらの……」

小さなバスケットボールの形をしたキーホルダーでした。ずっと埋もれていたせいか変色しており、銀色の鎖の部分は途中で切れていました。そのキーホルダーに見覚えがあったのは、真賀田澪をいじめていた女の子たちの写真に写っていたからです。彼女たちの鞄《かばん》に、それと同じものがぶら下がっていたはずです。

「澪はきっと、展望台から突き落とされたんです」

その時、咄嗟《とっさ》にこれをつかんだのでしょう。鞄の金具に繋がっていた鎖は途中で切れてしまい、小さなバスケットボールの部分だけが彼女とともに転落したのでしょう。犯人を示す証拠になり得るかもしれません。

「あいつら、気付いてなかったんだと思います。いつのまにかキーホルダーが壊れて、でも、どこで壊れたのかもわからなくて、気にしなかったんですよ」

「澪さんのスマートフォンは、突き落とす前に回収しておいたということなんでしょうね」

彼女のスマートフォンは繁華街の駐車場で見つかりました。転落後に彼女の遺体のそばにあったスマートフォンを回収したとは思えません。その場合、彼女が握りしめていたキーホルダーにも気付いていたはずです。自分たちが疑われる証拠を残すとは思えませんから。

「早くもどって、警察に通報しましょう」

藤崎さんの声は震えていました。犯人特定に繋がる証拠が見つかった興奮というよりも、一刻も早くこの場所から立ち去りたいという恐怖心が勝っているようでした。しかし私は、もうすこしだけ真賀田澪の遺体の状況を見ておきたい気がしていました。なにか、どこかが、おかしいような気がしたのです。

視界の端の地面に、真賀田澪のショルダーバッグが泥まみれになった状態で埋もれていました。大きくファスナーが開いていました。その時、私の抱いた違和感の正体がようやくわかりました。

「何をしてるんです。早く行きましょう」

彼女が私の手をつかんで引っ張りました。藤崎さんは背の高い女性です。私を見下ろす彼女の目には、必死な様子がありました。

その時、スマートフォンが鳴りました。振動する音とともに音楽を流し始めたのです。靄《もや》がかった山の斜面に、落ち葉に半ば埋もれた少女の人骨の上に、電子楽器の演奏が響き渡りました。音色が途切れずにくり返されていることから、音声通話による呼び出し音だろうとわかりました。

私のスマートフォンではありません。藤崎さんのスマートフォンに、誰かから着信があったようです。しかし、それは不可解なことでした。この場所は圏外だと、さきほど彼女自身が発言したのですから。

私の手を放し、藤崎さんはスマートフォンの画面を確認しました。直後、短い悲鳴とともに、彼女は、自分のスマートフォンを足下に落としました。画面が上向きの状態で落下したので、電話をかけてきた相手の名前が私にも確認できました。スマートフォンに表示されていたのは、真賀田澪という名前でした。

「う、嘘……、どうして……」

藤崎さんには、通話に出ようとする気配がありませんでした。顔をゆがめるほどに引きつらせ、首を横にふりながら、後ずさりしていました。電話会社の基地局の電波は圏外のままでしたが、Ｗｉ－Ｆｉに接続されていることを示すマークは点灯していました。真賀田澪からの着信は、通話機能のあるメッセージアプリに届いているようです。

私は自分のスマートフォンを取りだして設定画面を確認しました。

ＳＳＩＤ：癧齏鬍祉蓰讜曦鱏鱻灤麤靂ｧ

その文字列は液晶画面内部で揺れ動いており、隣りあった文字と輪郭が溶け合い、繋《つな》がったり分離したりをくり返し、それ自体に意思があるように見えました。

藤崎さんのスマートフォンが、そのＷｉ－Ｆｉネットワークに自動接続されたのは、中学時代、真賀田澪の所有していたモバイルＷｉ－Ｆｉに繋げていたせいかもしれません。設定が端末の内部に残っていたのです。

それとも、真賀田澪の強い思いが、そうさせたのでしょうか。

私は藤崎さんの反応に疑問を抱きました。亡くなったはずの親友が通話してきたのですから、確かに恐ろしい心霊現象にちがいありません。しかし、それにしては彼女の恐怖心は度が過ぎているように思いました。

「通話に出ないんですか？」

「だ、だって……」

「澪さんは、感謝の意を伝えようとしているのかもしれませんよ」

「そんな……、私は……」

木の根っこにスニーカーの踵《かかと》がひっかかって、後ずさりしていた藤崎さんが転倒しました。その時、ようやく私は気付いたのですが、彼女が履いていたのは靴底が平坦《へいたん》な布製のスニーカーでした。泥にまみれていたのではっきりと確認できませんでしたが、履き古したような年季の入った風合いでした。そのことが不可解で、思考がストップしている間に、藤崎さんは立ち上がって走り出したのです。

私は咄嗟に追いかけようとしましたが、落ち葉の層で足を滑らせてしまい、斜面で派手に転んでしまいました。右足首を捻《ひね》ってしまったらしく強い痛みがありました。起き上がっても体重をかけることができません。ゆっくりと数歩を移動するのがやっとです。

藤崎さんの姿は、木々の向こうへ見えなくなりました。

風に流されて靄がうすくなると、崖《がけ》の上に設置された展望台の人工的な直線のシルエットが見えました。展望台の真下は急斜面の岩肌です。もしもそこから突き落とされたのだとしたら、真賀田澪の肉体は、剝《む》き出しの岩肌に何度かぶつかりながら落ちてきて、枯葉の堆積《たいせき》した斜面を転がるか、滑るかしながら移動し、現在の位置でようやく停止したのだろうと想像させられました。

足首を痛めた私は、この状態で駐車場のあるところまで移動するのは難しいと判断し、その場に座り込んで真賀田澪の骨とともに日暮れを迎えました。夜の到来とともに、霞《かすみ》の中で拡散していた陽光という名の電磁波は弱々しく消えてゆきました。だけど不思議なことに、地面にちらばっている少女の骨だけは、妙に白々と暗闇の中でも見えて、ほのかな燐光《りんこう》をまとっているように感じられるのでした。

スマートフォンの画面上部のインジケーターによれば、本来はあるはずのないWi－Fiの電波にいまだ接続されていました。文字化けしたSSIDのネットワークにちがいありませんが、他にたよるものはなく、私はそれを使って助けを呼ぶことにしました。

電話回線の電波は圏外のままでしたので、警察に直接、電話で救援を求めることはできません。友人にメッセージを送信し、私のかわりに警察へ通報してもらう必要がありました。最初に頭に浮かんだのは、一緒にキャンプへ出かけた二人の友人の名前でした。心霊現象がはじまって、私から距離をとるように離れていましたので、私の呼びかけに応《こた》えてくれるのかどうか心配でした。しかし、私の現在の窮地や深刻さを理解してくれるのは彼女たち以外にないと思いました。

Wi－Fiの電波強度を示すインジケーターは、中と弱の間をゆらいで安定しておらず、今にも途切れてしまうような気がしました。私は大急ぎで彼女たちに、現在の居場所のことや少女の遺体のこと、身動きできないこと、そして警察に通報してほしいことなどを送信しました。その後、しばらく画面を見つめていましたが返信はありませんでした。

スマートフォンの画面の明るさを見つめていると、それに目が慣れて、周囲の闇の深さが際立ちます。この場から逃げるようにいなくなった藤崎響さんのことを私は考えることにしました。彼女はなぜ走り去ったのでしょう。彼女のスマートフォンは近くの地面に転がったままでした。彼女がいなくなった後もしばらく着信音が流れていましたが、いつからか沈黙しています。

様々な考えが頭をよぎりました。思考をまとめるため、私はＡＩのアプリケーションを起動することにしました。Ｗｉ－Ｆｉの電波がある今なら、何らかのアドバイスをもらうことができるでしょう。

五芒星《ごぼうせい》が描かれたアイコンをタップして、まずは私のおかれている状況などを把握してもらうために、今日の午後に起きた出来事を細かく入力しました。前提となる条件を定義した後、私の抱いた違和感について質問します。

「真賀田澪のショルダーバッグが遺体のそばにありました。大きくファスナーが開いた状態でした。彼女の所持品の多くがバッグ内にのこっていました。ファスナーが開いた状態で彼女と一緒に転落したのなら、中身はバッグから飛び出して散らばっていないとおかしいのでは？」

展望台から突き落とされた真賀田澪の肉体は、岩肌に何度も打ち付けられたはずなのです。ショルダーバッグの口がずっと開いていたとするなら、所持品がきちんと中に収まった状態になっていることが不可解に見えたのでした。

あなたの観察力は鋭いです。バッグの状態は、転落そのものだけでは説明できない可能性を示唆しています。考えられる真相を整理してみましょう。

1. 転落時のバッグの状態

・転落の際、バッグのファスナーは閉じていた可能性が高いです。そのため、転落中の衝撃ではバッグの中身が飛び散ることはありませんでした。

2. ファスナーが開いた理由

・バッグのファスナーが開いたままになっていたのは、転落後に何者かがバッグを開けたからです。誰かが意図的にバッグを調べ、そのままファスナーを閉じなかったと考えるのが自然です。

3. 犯人の行動

・犯人は澪の転落後、現場にやってきてバッグを開けた。これは、バッグの中身を確認するためか、あるいは特定の物を取り出すためだった可能性があります。
・バッグの中身が散らばっていなかったのは、犯人がバッグの中を慎重に探っただけで、中身を乱さなかったからでしょう。

4．なぜバッグを開けたのか？
・犯人がバッグを開けた理由を考えるべきです。重要な手がかりや証拠となる物を探していたのかもしれません。また、澪が持っていた特定の物品を奪うためだった可能性もあります。

この情報から、転落そのものが単なる事故ではなく、第三者による関与が強く疑われます。犯人は澪がバッグに持っていた何かを知っており、それを確認、あるいは回収しに来た可能性が高いです。また、周囲の地形や現場の状況から、『バッグが後から置かれたのではないか』という推測も視野に入れてください。

犯人は何をショルダーバッグから取りだしたのでしょう。真賀田澪の所持品から奪われたものといえば、スマートフォンのことが最初に思い浮かびます。犯人は真賀田澪が繁華街で失踪《しっそう》したように見せかけるために、スマートフォンを持ち去り、駐車場に捨てたのかもしれません。

「でも、あなたの意見には、気になる点があります。犯人が崖下《がけした》に降りてきたのなら、真賀田澪の遺体がおそらく握りしめていたであろうバスケットボールのキーホルダーにも気付いたはずです。それは犯人の素性を示す証拠となるものです。犯人がそのまま放置しておいたのはなぜですか？」

質問を記入しながら、転落時のすさまじい衝撃でも彼女はそれを手放さずにずっと握りしめていることができただろうか、と疑問に思いました。途中で手放していたら、遺体から離れた位置に転がってしまい、私一人では発見することも難しかったでしょう。

---

1. キーホルダーの重要性を理解していなかった
犯人にとって、そのキーホルダーは単なる個人的な持ち物に見え、特に重要な証拠と

は認識されなかった可能性があります。バスケットボール形のキーホルダーが意味する背景や、それが犯人の素性に結びつくものだということに気づけなかったのかもしれません。

2. キーホルダーを意図的に放置した
逆に、犯人はそのキーホルダーを見た上で、意図的に放置した可能性も考えられます。
・キーホルダーを持ち去れば、自分が現場にいた証拠を残すリスクがある。
・キーホルダーに明確な意味があることを犯人自身が気づいていなかった場合、持ち去る必要性を感じなかった。
・犯人が意図的に「転落事故」に見せかけたかった場合、現場の状況をあまり変えたくなかったのかもしれません。

3. 犯人が急いでいた
崖下に降りる行為そのものがリスクを伴います。犯人はバッグの中を調べるという目的を果たした後、急いでその場を離れたため、遺体が握っているキーホルダーまでは注意が回らなかった可能性があります。

4. キーホルダーは偽の証拠かもしれない

犯人がそのキーホルダーを遺体のそばに残した目的は、別の容疑者に罪を着せるためかもしれません。つまり……

・犯人がキーホルダーの持ち主の素性を知っており、その人物が疑われるよう意図的に配置した。

・犯人自身が持っていた証拠品を「他者のもの」に見せかけて、現場に残すことで捜査を誘導しようとした。

最後に提示された意見に私は賛成でした。真賀田澪を突き落としたのは、彼女をいじめていた女の子たちではなかったのではないか、と思い始めていたのです。何者かが彼女たちに罪を被《かぶ》せるため、遺体のそばにキーホルダーをのこしていったのです。犯人にとって、失踪した真賀田澪の遺体が、この場所でいつの日か発見されることは想定済みだったのかもしれません。その時、他の人が疑われるように細工をしてい

たのです。

では、本当の犯人とは、だれなのでしょう。

「崖下まで同行した藤崎響さんは、山歩きに適さないタイプのスニーカーを履いていました。のっぺりとした靴底の、町歩き用の靴です。それはなぜですか？　出発する前、Ｙ峠の周辺を歩くかもしれないので準備をしたほうがいいと電話で話したのをおぼえています。昨日、彼女は真新しいアウトドア用の靴を履いていましたが、それを履いてこなかったのはなぜですか？　靴の裏側に滑り止めの突起があり、そちらの方があきらかに山歩きには適していたはずです」

1．意図的な選択の可能性

藤崎響さんが山歩きに適さない靴をあえて履いてきたのは、以下の理由が考えられます。

・転倒や足場の不安定さを装うため

崖下への同行を避けるために「足場が悪い」という理由を作るため、わざと山歩きに適さない靴を選んだ可能性があります。こうすることで、崖下に降りる際に怪しまれることなく途中で引き返す口実を得られます。

2. 真新しい靴を避けた理由
昨日真新しいアウトドア用の靴を履いていたにもかかわらず、それを持参しなかった理由も考えられます。

・証拠を隠すため
昨日履いていたアウトドア用の靴に、事件や現場に関連する痕跡《こんせき》（泥、葉、血痕《けっこん》など）が付着していた可能性があります。その靴を持ち込むことで疑いをかけられるリスクを避けるため、別の靴を選んだのかもしれません。

・履き慣れていないため
新しい靴は履き慣れておらず、長時間の歩行や山歩きに向いていないと判断した可能性もあります。

（中略）

・履き慣れた靴の方が安心だった
山道を歩くことに慣れていない場合、新しい靴では不安を感じる人もいます。藤崎さんが山歩きに慣れていないタイプだとすれば、履き慣れたスニーカーの方が安心だと感じた可能性があります。

・汚れや傷を気にしていた
新品の靴は特に汚れることや傷つくことを嫌う人もいます。藤崎さんがそのような性格であれば、少し汚れたり傷ついても気にならないスニーカーを選んだのかもしれません。

来る途中、地面のぬかるんでいる一帯があったことを思い出しました。私たちはそこに足首まで沈めてしまい、靴やズボンの裾《すそ》が泥まみれになってしまったのです。
藤崎さんは、崖下へ至る道の途中にそのような場所があることを、あらかじめ知っていたとは考えられないでしょうか。昨日、彼女が履いていたアウトドア用の靴は、すこしも汚れておらず、新品おろしたてのようでした。私に同行すれば、その靴が腐

った泥にまみれてしまう可能性が高いとわかっていたのです。そのことを嫌がって、汚れてもいい靴を選んで履いてきたのではないでしょうか。

彼女は以前にも一度、この場所へ来たことがあるのではないか。おそらく三年前、親友を突き落とした後に。そのように私は考えました。

地面に散らばっている少女の骨を見つめながら、あなたはこの真実をだれかに伝えたかったのでしょう、と心の中で話しかけました。

どんなに悔しかったことでしょう。

でも、少女の強い怨念《おんねん》が無関係な人々を巻きこみ不幸にしていったことはいけません。暗闇の中で淡い燐光《りんこう》を放っている、かつて少女の体内にあった白色の物質たちにむかって私は祈りました。だれかを巻きこむのは私で最後にしてほしいと。

足首の痛みがじんじんと熱を帯びてきました。

スマートフォンのステータスバーに表示されていたWi-Fiのマークが、いつのまにか消えており、私のそばにいた目に見えない透明な電磁波は、どこかへいなくなっていました。

＊＊＊

真っ暗な山の中を藤崎響は走っていた。何度も転んで体中が傷だらけになっている。自分がもうどの方角に向かっているのかさえわからない。

三年前、真賀田澪を呼び出して殺害した時のことを思い出す。原付バイクで二人乗りをしてY峠の展望台まで連れてきた。山道に入ったあたりで携帯電話の基地局の電波が途絶え、位置情報が記録にのこらなくなることは把握済みだった。また、当時、乗っていた原付バイクは五十CC以下だったので、本当は二人乗りすることはいけないことだった。そのため、自分と二人でY峠に向かうという話は家族にもしないでほしいと事前にお願いしておいた。

真賀田澪は中学時代からの親友だったけれど、好きだった男の子が全員、彼女に熱をあげるのを見て憎しみを抱くようになった。高校に入っても状況は変わらず、心から愛した男の子の視線は、いつも彼女に向いていた。真賀田澪をいじめている女子グループが疑われるような工作を施して、彼女を消そうと思った。

展望台に他に人がいたら計画は取りやめるつもりだったが、駐車場に他の人の車はなかった。素晴らしい景色を背景に、銀色の手すりのそばに彼女を立たせて、写真を撮るふりをしながら突き落としたのだ。

崖下《がけした》にむかう途中、湧き水と腐葉土がまざりあった一帯があり、足首まで真っ黒な泥に沈ませながら越えなくてはならなかった。ようやくたどり着いた展望台の真下あたりの地面には、手足がばらばらな方向にねじ曲がって動かない真賀田澪がいた。何度も山肌でバウンドしたらしく、折れた骨が皮膚を突き破り、皮膚は削れて肉が露出し、衣服は破れてはだけていた。

さすがに罪悪感がわいた。でも、どうしようもないので、事前に決めておいた通りに行動しなくてはならない。ショルダーバッグは、輪郭の歪《ゆが》んだ彼女の肩に、まだ斜めがけされていた。ファスナーを開けてスマートフォンを取りだし、横たわっている彼女の顔で認証を突破する。落下の衝撃を経ても問題なく動作してくれて助かった。きっと何かがクッション代わりになってくれたのだろう。

自分とのメッセージのやり取りをいくつか削除した。その日、Y峠に誘うための連絡がのこっていると、まずいと思ったのだ。

ネット上のアカウントに関連付けて、スマートフォンの移動経路を記録するサービスもあるが、彼女はそのサービスを利用していないことも確かめた。

そんなことをしていると、真賀田澪が動いた。ぐしゃぐしゃの肉体を痙攣《けいれん》させ、血を吐きながら、白目の部分の毛細血管が破裂して赤色になった眼球を藤崎響の方に向けたのである。だけど、どうやらすでに彼女の目は見えていないようだった。

息が血の泡とともにもれていた。

「た……、たす……」

そんなかぼそい声を聞いたような気がする。

「もう助からないって。あきらめな」

そのように声をかけると、ようやく彼女は動かなくなった。驚いてのけぞった拍子に、ファスナーを開けた状態のショルダーバッグを足下に落としていた。地面に降り積もった落ち葉の断片がバッグの中に侵入している。このままファスナーを閉めたら、警察はきっと、この落ち葉はいつバッグの中に入りこんだのか、と疑問に思うかもしれない。それなら、この状態で放置しておこうか。

最後に藤崎響は、事前に入手しておいたバスケットボールのキーホルダーを彼女の手に握らせる。駅前の雑貨店に同じ商品がたくさん売っていた。チェーンの部分はすでに切ってある。転落する彼女が咄嗟《とっさ》につかんで引きちぎられたように見せかけるためだった。

警察がこれを見たら、彼女をいじめている女子グループのだれかを疑うだろう。学校で彼女たちのだれかの鞄《かばん》からキーホルダーをこっそり外しておく必要があった。後でそうしておこう。親が警察関係者の子がいるので、その子を狙うのがいい。きっと事件を有耶無耶《うやむや》にしてくれるから。

真賀田澪のスマートフォンの電源をオフにして、自分のポケットにしまうと、藤崎響は崖《がけ》上にもどった。展望台のトイレの水道で足下を洗い、原付バイクで駅前の繁華街に移動すると、スマートフォンの電源を入れた後、駐車場の側溝に捨てた。もしもスマートフォンが落下の衝撃で壊れていたなら、このまま持ち去ってひそかに処分する計画だった。

藤崎響の予想に反し、真賀田澪の遺体はいつまでたっても発見されなかった。展望台を訪れただれかが崖下にいる彼女を発見し、警察に通報するだろうと想像していたのだが、生い茂る木々の枝葉にさえぎられて、崖上からは見えにくい位置に彼女は横たわっているらしい。

まあ、それならそれでいいか。

自分に嫌疑がかからなければそれでいい。

ライターを名乗る女がSNSを通じて連絡をしてきたのは三年後のことだった。自分のやったことを疑われないように、親切な情報提供者として立ち回っていたが、彼女がY峠のことを言い出したので驚いた。どうやってその場所のことを知ったのだろう？　話を聞き出すため、彼女に同行することを決めた。

彼女はまるで、真賀田澪の死体が崖下にあることをあらかじめ推測していたかのように振る舞う。死体がようやく発見されることは特に問題ではなかった。彼女がどのようにして死体の場所まで誘《いざな》われてきたのかを知りたかったのだ。

久しぶりにその場所へもどってきた。

真賀田澪が生命活動を終わらせた場所に。

自分のスマートフォンに、死んだはずの彼女からの電話がかかってきた時、自分の認識していた世界は崩れ去った。

気付くとその場から逃げ出していた。

夜の山中は、ほとんど何も見えない。月明かりも届かず、星の光も差さない。黒色の空間が広がっている中を走った。生い茂った植物の枝や蔦《つた》が手足に絡んでくるので、振り払わなくてはならなかった。斜面を下っているうちに、いつかは麓《ふもと》の町へたどり着くはずだと期待を抱いていた。

しかし、唐突に足下の地面の感触が変化した。

汚れること前提で履いてきたスニーカーが、ぬかるみに沈んでしまう。足をとられて、水気を含んだ泥の中へ倒れ込んだ。地面を覆っていた泥水が水しぶきをあげて、腐った臭いが充満する。口にも泥が入った。気持ち悪くて何度も嘔吐《えず》く。

起き上がって固い地面を目指して移動した。散々な状況に泣きたくなった。恐怖心と混乱で情緒は崩壊している。崖下を目指す途中に、このような場所があることは把握していたが、そこに飛びこんでしまうなんて、ついてない。

おかしい。最初は足首ほどまでしか沈まなかったのに、今は膝《ひざ》のあたりまで泥の中に入っていた。固い地面を目指していたはずが、より深い場所へと進んでしまったらしい。

歩くために足を引き抜くのが大変になって体力を消耗する。一歩進むごとに、より深く足が沈んで、ついには身動きできなくなった。

「だれか！」

暗闇は返事をしてくれない。ずぶずぶと、身動きのできない体が、冷たい泥の下へ沈んでいくのがわかった。落ち葉の腐った泥水が、ズボンの生地を通して体温を奪っていく。

気付くと乳白色の靄《もや》がぼんやりと周辺に漂っているのが見えた。光の差さない闇の中で、なぜだかその様子がわかる。木々のシルエットがうっすらと浮かび、その中に、髪の長い少女らしき輪郭が見えた。

「澪？」

しかし、その人影は拡散するように消えてしまう。

腰の辺りまでぬかるみに沈んだ。足を引き抜こうと泥の中に手を突っ込んだけれど、体を支える確かなものは存在せず、余計に深く体が沈降する。手を引き抜くこともできなかった。泥にまみれながら涙がこぼれてくる。

「澪、ごめんなさい……。あやまるから……、許してよ……」

背後に何かが立って見下ろしている視線を感じた。

視界の端に長い黒髪の先端が見えたような気がする。

しかし振り返った時には、もう彼女はいない。

それ自体が光を宿しているかのような霞が空気中に漂っているだけだ。

「お願い……、助けて……、澪……」

胸元まで泥水の冷たさが浸食し、まもなく顔まで沈むだろう。体をくわえこんだ泥《でい》濘《ねい》は、胸を重たく周囲から締めつけてくる。呼吸をするために肺を広げることもままならなくなった。

「ごめんなさい……、ごめんなさい……」

ぬかるみの中にあった手を、その時、だれかがつかんだ。手首を握りしめる指のほそさから、彼女だとわかった。次の瞬間、強い力で引きずり込まれて、頭の先まですっかり沈んでしまう。最後の呼吸が粘性の泥の中を浮上し、表面で泡となって消えたが、その様子を見た者はだれもいなかった。

＊＊＊

捻《ひね》った足首をX線で撮影してもらいましたが、幸いなことに骨折はしていませんでした。そういえば、X線もWi－Fiと同じ電磁波の一種なのだということを、レントゲン写真を見せられている時に思いだしていました。Ｗｉ－Ｆｉに使用される電磁波は、マイクロ波と呼ばれる領域の波長であり、障害物の表面にそってまわりこむ性質があります。一方、Ｘ線は波長が短いために直進する能力が高く、私たちの肉体さえも通り抜ける光であり電磁波なのです。

私たちは電磁波の世界で暮らしています。

光というものは、私たちがちっぽけな網膜でとらえることのできる電磁波のある限られた範囲をそう呼んでいるにすぎません。実際はこの世界には光も闇もないのでしょう。

警察や救助隊の人たちが来てくれた時、私は衰弱して意識がもうろうとしていたので、はっきりと記憶にのこっていることはありません。懐中電灯を携えた人たちが、地面に散らばっている真賀田澪の骨を気付かずに踏みそうになっているのを見て、あわてて制止したことはおぼえています。

通報してくれたのは友人たちでした。二人とも私のメッセージに気付いて、大急ぎで警察に連絡をしてくれたようです。私が運び込まれた病院にもお見舞いに来てくれました。

あれからもう、私のスマートフォンが文字化けしたＳＳＩＤを表示させることはありません。心霊現象に悩まされることもなくなりました。

藤崎響さんの行方はわかっていません。大勢の人たちが山を捜索しましたが、彼女を発見することのできないまま時間が過ぎました。

彼女がもしかしたら真賀田澪を殺害した犯人かもしれない、という私の推測については、警察の人に一度だけ説明しました。ですが、有力な証拠がないため、本気でとりあってはくれませんでした。私の報告には、科学的とは思えないエピソードがまじっていましたから、妄想だと判断されたことでしょう。

真賀田澪の遺体や遺品は回収され、詳細な検査を受けた後、彼女の家族の元へ帰ったそうです。遺体発見についてのニュースは、同時期に起きた紛争地帯での爆撃に関する報道にかくれ、ほとんど話題にはなりませんでした。

私は精神科に通って薬の助けを借りながらすこしずつ日常を取り戻しましたが、以前とはすこしだけ変わったことがあります。

何か困ったことや、知りたいことがあった場合、ＡＩに質問する癖がついたことです。彼らの存在は、今後、人々の生活になくてはならないものになっていくのでしょうか。彼らがもしも魂というものを獲得することがあったなら、彼らの幽霊もまた現れるようになるのでしょうか。

外出先でフリーＷｉ－Ｆｉに繋ぐこともしなくなりました。Ｗｉ－Ｆｉの電波を探すために設定を開いて、その場の空気中に飛びかう無数のＳＳＩＤの文字列がずらりと並んでいるのを見ると、一瞬、怖くなるのです。もしかしたらその中に、文字化けした奇妙なネットワーク名がまじっているんじゃないかと、そう考えてしまうのです。Ｗｉ－Ｆｉの電波は私たちをネットワークに誘います。大勢の人間の想念が渦巻くインターネットへと私たちの意識は接続されるのです。私たちはいつも孤独ですが、ネットワークに接続されている時、社会の営みを感じて癒やされるような気がするのです。だけど、Ｗｉ－Ｆｉへの接続は、異界との繋《つな》がりを得ることと同じ意味を持っているのでしょう。私たちはそのことを、決して忘れてはならないのです。

最近、インターネット上の掲示板で気になる書き込みを発見しました。私の時と同様、奇妙な文字列のＷｉ－Ｆｉに接続してしまった人の体験談が新しく増えているのです。

もしかしたら、Ｗｉ－Ｆｉを発端とする怪異は特別なことではなく、だれの身にも起きるようなことだったのかもしれません。

私の恐ろしい体験はこれで終わりです。

解説

千《せん》街《がい》晶《あき》之《ゆき》（ミステリ・ホラー評論家）

気がつけば、乙一《おついち》が作家デビューしてから三十年近く経とうとしている。

著者は一九七八年生まれで、作家デビューは一九九六年。「夏と花火と私の死体」で第六回ジャンプ小説・ノンフィクション大賞を受賞したのは弱冠十七歳の時であった（執筆時は十六歳）。この作品および受賞後第一作の「優子」を収録した『夏と花火と私の死体』のジャンプ ジェイブックス版の巻末には、この賞の選考委員を務めた栗本薫《くりもとかおる》の「十で神童……」というエッセイが収録されているが、それによると、著者の若さに「フロックではないか」という不安を抱いた選考委員が多かったらしい。それに対し、「夏と花火と私の死体」を一番強く推した栗本は、「そうしたアイディア（引用者註：死体の一人称であるということ）を作り出しうる、というのは決してフロックではないと私は思います。またここで描き出される背景のリリシズムは決してこの著者の年齢では『当然のもの』というレベルではない、やはり驚嘆すべき才能として認めるべきものだと思います」と記している。

早熟の天才のイメージが強かった著者だが、より驚嘆すべきは、その後もコンスタントに執筆を続け、しかもその作品の多くが絶版になることなく読み継がれている事実だろう（『夏と花火と私の死体』の集英社文庫版は、二〇二四年の時点で五〇刷に達している）。栗本薫は先述のエッセイを「そのあともし『二十すぎたらただの人』になってもそれはそれでいいのです。神童であった、というのはひとつの重大な奇跡なのですから」と締めくくっているが、結果的に著者は「神童」でとどまる程度の作家ではなかった。ミステリ、ファンタジー、恋愛小説など、得意とする領域を拡げつつコンスタントに作品を発表する著者の創作能力は安定したものであり、広く支持されるエンタテインメント作家としての地位を確立していった。

そんな著者の作品系列で、デビュー作「夏と花火と私の死体」が死体の一人称であったことが象徴するように、やはり最も大きな比重を占めているのはホラーである。特に、『天帝妖狐』（一九九八年）、『石ノ目』（二〇〇〇年。文庫化の際に『平面いぬ。』と改題）、『暗黒童話』（二〇〇一年）といった初期作品は、いずれもホラー要素を含んでいた。また、本名の安達寛高《あだちひろたか》名義ではホラー映画『シライサン』（二〇二〇年）の監督・脚本を務め、その前年には乙一名義で原作も刊行している。ただし、どこまでをホラーに含めるかは読者によって意見が異なる筈《はず》だが、本書ではスーパーナチュラルな要素を含むものからサイコ・サスペンスに属するものまで、著者の作品から恐怖度が高いものを選び、また書き下ろし短篇を収録した。

「階段」は『ホラー・アンソロジー　悪夢制御装置』のために書き下ろされた作品であり、これまで乙一名義の著書に未収録だった（アンソロジー『青に捧げる悪夢』に採録されたことはある）。語り手の「私」は、父と母、そして妹の四人暮らしである。だが、その家庭は、些細《ささい》なことで不機嫌になる父のモラハラと暴力の支配下に置かれていた……。先には破局が待ち受けていて、それを食い止める術《すべ》はない――著者の作品にはそんな予兆に満ちたものが幾つかある。「階段」もその一つであり、読者はこの家庭に必ず降りかかるであろう破局がいかなるものかを想像しながら読み進めるしかないのである。読者も幼い頃に味わったかも知れない階段を下りることの怖さが、何十倍にも増幅されて迫ってくる小説だ。

姉と妹の物語だった「階段」に対し、「SEVEN ROOMS」は姉と弟の物語である。「階段」では暴力と言葉で家族を支配する父親という、現実においても珍しくない脅威が降りかかってくるが、こちらでは語り手の「ぼく」と姉が、窓も何もない謎の部屋に監禁されるという不条理極まりない状況にいきなり投げ込まれる。「ぼく」が床を貫く溝を伝って調べてみると、溝に沿って七つの部屋があり、それらの部屋には一人ずつ女性が監禁されていた……。ひたすら理不尽で圧倒的な暴力の恐怖の中で、それぞれに覚悟を決めて監禁者に立ち向かわなければならない姉弟《きょうだい》の心境が、息詰まるような緊迫感で描き出されており、単純に絶望から希望への逆転とは言えない結末も忘れ難い。著者の初期を代表する傑作である。

著者の小説には時折、通常の人間的感情や倫理観を持たない、冷淡でエゴイスティックな主人公が登場するが、「神の言葉」の「僕」もその系列に属する。美しい声を褒められることが多かった「僕」は、ある時、自分の声で人間や動植物を思うままに動かせることに気づく。アサガオに腐れと命じれば腐ってしまい、犬に服従しろと命じればその通りになる。そんな異能者とその家族の物語が、いつの間にか黙示録的な破局へと発展してゆくのだが、最後の段落での「僕」の感慨がいかにも著者の小説の主人公らしい。

さて、ホラー系統の作品と、それ以外の作品とを並行して発表するうちに、乙一はホラー専門の新たな筆名を誕生させることになった。それが山白朝子《やましろあさこ》であり、当初は「一九七三年、大分県生まれ。出版社勤務を経てフリーライターになる」(『山白朝子短篇集　死者のための音楽』単行本版)という乙一本人のプロフィールとは異なる情報が記載されていた。ここからの五作品は山白名義で発表されたものだ。

「鳥とファフロッキーズ現象について」の主人公は、小説家の父と二人暮らしの十代の少女「私」。ある日、父は大きな黒い鳥を救う。その鳥は不思議なことに「私」や父の望みを察して、ほしいものを嘴《くちばし》に挟んで持って来るのだった。鳥は父に最もなついていたが、少女が家を留守にしたある夜、悲劇が起きる……。動物の恩返しの物語は古今東西、決して珍しいものではない。だが本作の場合、鳥に人間の意思がテレパシー的に通じているらしい一方、そんな人間の思惑を無視して暴走する鳥が、無邪気さや健気さと恐ろしさという両面を具《そな》えているのが秀逸だ。

「〆」と「呵々《かか》の夜」は、旅本を書いている作家の和泉蠟庵《いずみろうあん》が登場するシリーズに属している。彼の連れは、友人で助手の耳彦《みみひこ》や、謎めいた少女・輪《りん》であり、多くの作品では耳彦が語り手となっている。和泉蠟庵は常識外れなほどの方向音痴であり、耳彦はそのせいで事件に巻き込まれることが多い。

このシリーズは現代が舞台ではないので、凄惨《せいさん》な事態が繰り広げられても他の作品ほどリアルに迫ってくることはなく、その代わり、作り込まれ、趣向を凝らした物語の構成の面白さを堪能《たんのう》できるようになっている。「〆」では、和泉蠟庵と耳彦が旅の途中で鶏を拾うことになり、耳彦はその鶏に小豆《あずき》という名をつける。だが、山道を登っていたにもかかわらず彼らは海辺の村に出てしまい、そこで異常な体験をする。一方「呵々の夜」では、蠟庵や輪とはぐれた耳彦が辿《たど》りついた家で、そこに住む三人の家族から怪談を聞かされる。前者での村の異様さに対する蠟庵と耳彦の解釈のずれ、後者での話の中の怪異よりもそれを語っている家族のほうが常軌を逸しているように思えてくるプロセスなど、耳彦に象徴される常識的価値観が、彼を取り巻く異常な状況によって無力化されることから生まれる落差が恐ろしい。

意図的なのかそうでないのかは不明だが、「鳥とファフロッキーズ現象について」や「〆」など、著者の作品には鳥が印象的な役割で登場することが多い。「首なし鶏、夜をゆく」もそんな一作だ。語り手の「僕」ことマキヲは雑木林の中で、同じくクラスで孤立している水野《みずの》風子《ふうこ》が、「京太郎《きょうたろう》」と呼ばれる何かを探しているのを見かける。やがて現れた「京太郎」は、首から上がない鶏だった。「京太郎」は二人が共有する秘密となるが、風子の大事なものを奪わないではいられない邪悪な叔母の存在が悲劇を招く。一体、どうすれば幸せな結果につながったのか、何とも言えない切ない感情が胸を締めつける結末が待っている。

「子どもを沈める」の主人公の「私」こと吉永《よしなが》カヲルは、高校時代、クラスメイトへの友人たちのいじめに積極的に加担はしなかったものの、黙視していたという後ろ暗い過去がある。自殺したそのクラスメイトの怨念《おんねん》のなせるわざか、友人たちは自分の子供を手にかけていた。そして、カヲル自身も現在妊娠中だった……。アイラ・レヴィンの『ローズマリーの赤ちゃん』が今も名作ホラーとして語り継がれているのは、そこで描かれる恐怖が、女性が妊娠した際に感じる「我が子は無事に産まれてくるのか、そして健やかに育ってくれるのか」という不安に通じるからだろう。本作は、そんな根源的な不安を突きつけてくる迫真の恐怖譚だ。呪いと祝いは同じものの両面だというが、本作の決着はまさにそうしたことを思わせずにはおかない。

乙一名義の「Wi－Fi幽霊」は、本書のための書き下ろし作品である。友人二名とN県の山へキャンプに行った「私」こと佐倉沙奈《さくらさな》は、深夜の山に微弱なWi－Fiの電波が飛んでいるのをスマートフォンでキャッチするが、それ以来、身の回りで奇怪な出来事が……。本書の収録作中、一見最もオーソドックスな心霊譚として開幕する作品だが、相当理屈っぽい性格の「私」とAIが霊障対策についてやりとりするあたりは何とも言えない不思議な味わいがあるし（著者の過去の作品では、『私の頭が正常であったなら』所収の「世界で一番、みじかい小説」に印象がやや近い）、先が読めない展開もユニーク極まりない。

デビュー作以降、著者の小説（ホラーに限らず）には一人称で記述されたものが極めて多いが、本書の場合、収録作すべてがそれに該当する。ホラーの場合、主人公が感じた恐怖や悲哀などの感情をどれほど読者に伝えられるかが勝負どころだが、そのためには一人称が最適ということなのだろう。

また、著者の作品では少年や少女が主人公になることが多く、主人公が成人である場合でも（「子どもを沈める」のように）思春期の出来事が尾を引いていたりする。少年・少女の無力さ、心細さが、恐怖や、それに立ち向かう勇気を効果的に演出する──

――そのような小説作法は初期の頃から一貫している。いわば著者は、少年の心を忘れないまま表現手法を研ぎ澄ましてきた作家なのであり、だからこそ読者の中に残る少年少女の心を揺さぶることが可能なのだ。この果てしなく広大で恐怖に満ちた世界の片隅で心細さに震え、些細なことにでも傷ついていた、あの頃の心を。

世界各国の民話の収集家として知られるイギリスの詩人・小説家・評論家・民俗学者アンドルー・ラングは、「わたしが英国の幼な子に生まれついたことを、星に感謝します」「われわれの世界の幽霊などは日本に比べれば、太陽に対する月、ウイスキーに対する水でしかないのに」と、日本の子供たちが夜ごと聞かされる怪談の恐ろしさを指摘した。これを引用した荒俣宏《あらまたひろし》『本朝幻想文学縁起　震えて眠る子らのために』は、「夜ごと妖怪のひしめく壮大な試練の場に投げだされ、震えて眠りにつくことをつねとした日本の子供は、ラングがいうように不幸であったわけがない。それはむしろ、無上の幸福と呼ぶべき夜々だったのではなかろうか」と説いている。そうした日本のホラーの伝統において、子供たちや、子供の心を残す大人たちを震え上がらせつつ、物語を読むことの無上の歓びに浸らせる書き手として、乙一／山白朝子は後世まで名を残すに違いない。本書は、そんな著者の精髄が詰まった一冊である。

〈初　出〉

乙一「階段」／『ホラー・アンソロジー　悪夢制御装置』
（角川スニーカー文庫　二〇〇二年十一月）
乙一「SEVEN ROOMS」／『ミステリ・アンソロジーII　殺人鬼の放課後』
（角川スニーカー文庫　二〇〇二年二月）
乙一「神の言葉」／「小説すばる」二〇〇一年二月号
山白朝子「鳥とファフロッキーズ現象について」／「幽」vol.7　二〇〇七年六月
山白朝子「〆」／「幽」vol.11　二〇〇九年七月
山白朝子「呵々の夜」／「幽」vol.20　二〇一三年十二月
山白朝子「首なし鶏、夜をゆく」／「Mei（冥）」vol.2　二〇一三年四月
山白朝子「子どもを沈める」／「幽」vol.27　二〇一七年六月
乙一「Ｗｉ－Ｆｉ幽霊」／書き下ろし

Wi-Fi幽霊《ワイファイゆうれい》　乙一《おついち》・山白朝子《やましろあさこ》　ホラー傑作選《けつさくせん》
乙一《おついち》・山白朝子《やましろあさこ》　千街晶之《せんがいあきゆき》＝編

角川ホラー文庫　24597

令和7年3月25日　初版発行

発行者———山下直久
発　行———株式会社KADOKAWA
〒102-8177　東京都千代田区富士見2-13-3
電話 0570-002-301（ナビダイヤル）
印刷所———株式会社暁印刷
製本所———本間製本株式会社
装幀者———田島照久

●お問い合わせ
https://www.kadokawa.co.jp/（「お問い合わせ」へお進みください）
※内容によっては、お答えできない場合があります。
※サポートは日本国内のみとさせていただきます。
※Japanese text only

ISBN978-4-04-115892-0　C0193

角川文庫発刊に際して

角川源義

第二次世界大戦の敗北は、軍事力の敗北であった以上に、私たちの若い文化力の敗退であった。私たちの文化が戦争に対して如何に無力であり、単なるあだ花に過ぎなかったかを、私たちは身を以て体験し痛感した。西洋近代文化の摂取にとって、明治以後八十年の歳月は決して短かすぎたとは言えない。にもかかわらず、近代文化の伝統を確立し、自由な批判と柔軟な良識に富む文化層として自らを形成することに私たちは失敗して来た。そしてこれは、各層への文化の普及滲透を任務とする出版人の責任でもあった。

一九四五年以来、私たちは再び振出しに戻り、第一歩から踏み出すことを余儀なくされた。これは大きな不幸ではあるが、反面、これまでの混沌・未熟・歪曲の中にあった我が国の文化に秩序と確たる基礎を齎らすためには絶好の機会でもある。角川書店は、このような祖国の文化的危機にあたり、微力をも顧みず再建の礎石たるべき抱負と決意とをもって出発したが、ここに創立以来の念願を果すべく角川文庫を発刊する。これまで刊行されたあらゆる全集叢書文庫類の長所と短所とを検討し、古今東西の不朽の典籍を、良心的編集のもとに、廉価に、そして書架にふさわしい美本として、多くのひとびとに提供しようとする。しかし私たちは徒らに百科全書的な知識のジレッタントを作ることを目的とせず、あくまで祖国の文化に秩序と再建への道を示し、この文庫を角川書店の栄ある事業として、今後永久に継続発展せしめ、学芸と教養との殿堂として大成せんことを期したい。多くの読書子の愛情ある忠言と支持とによって、この希望と抱負とを完遂せしめられんことを願う。

一九四九年五月三日

ISBN 978-4-04-114203-5

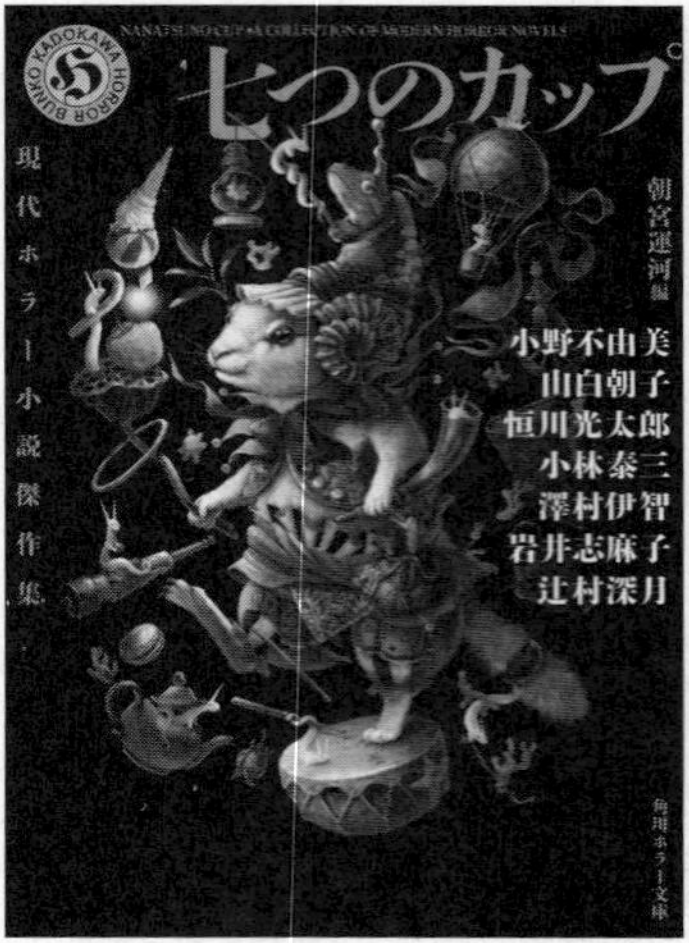

七つのカップ　現代ホラー小説傑作集

小野不由美　山白朝子　恒川光太郎　小林泰三　澤村伊智
岩井志麻子　辻村深月　朝宮運河＝編

巧みな想像力により紡がれた悪夢の数々。

『影牢　現代ホラー小説傑作集』に続く2010年代を中心に発表された傑作ホラー短編7選。小野不由美の“営繕かるかや怪異譚”シリーズからは死霊に魅入られた主人公の心理に慄然とさせられる「芙蓉忌」。土俗的作品で知られる岩井志麻子による怨霊の圧倒的恐怖を描いた海の怪談「あまぞわい」。怪談の存在意義を問う辻村深月の「七つのカップ」など。作家たちの巧みな想像力により紡がれた悪夢の数々がここに。解説・朝宮運河

角川ホラー文庫

ISBN 978-4-04-114204-2

潰える 最恐の書き下ろしアンソロジー

澤村伊智 阿泉来堂 鈴木光司 原浩 一穂ミチ 小野不由美

大人気作家陣が贈る、超豪華アンソロジー！

「考えうる、最大級の恐怖を」。たったひとつのテーマのもとに、日本ホラー界の“最恐”執筆陣が集結した。澤村伊智×霊能&モキュメンタリー風ホラー、阿泉来堂×村に伝わる「ニンゲン柱」の災厄、鈴木光司×幕開けとなる新「リング」サーガ、原浩×おぞましき「828の1」という数字の謎、一穂ミチ×団地に忍び込んだ戦慄怪奇現象、小野不由美×営繕屋・尾端が遭遇する哀しき怪異——。全編書き下ろしで贈る、至高のアンソロジー！

角川ホラー文庫

ISBN 978-4-04-114073-4

慄く
最恐の書き下ろしアンソロジー

有栖川有栖　北沢陶　背筋　櫛木理宇
貴志祐介　恩田陸

主役級にこわおもしろいホラー、6作品！

角川ホラー文庫30周年を記念し、最大の恐怖を詰め込んだアンソロジー、待望の第３弾。有栖川有栖×霧に閉じ込められた学生たちの悲劇。北沢陶×大阪の商家で聞こえる、恨めし気な声とは？　背筋×集められた怪談から導かれる真相。櫛木理宇×あなたを追いかける謎の男。貴志祐介×姉の自死を怪しむ妹と叔父の心理戦。恩田陸×車窓から見える看板が描き出す恐怖。本書でしか読めない、夢の競演。ホラーの真髄がここにある！

ISBN 978-4-04-114078-9